RIO NEGRO, 50

NEI LOPES

RIO NEGRO, 50

3ª edição

EDITORA RECORD
RIO DE JANEIRO • SÃO PAULO

2025

CIP-BRASIL. CATALOGAÇÃO NA FONTE
SINDICATO NACIONAL DOS EDITORES DE LIVROS, RJ

L854r
3ª ed.
Lopes, Nei, 1942-
Rio Negro, 50 / Nei Lopes. – 3ª ed. – Rio de Janeiro: Record, 2025.

ISBN 978-85-01-10284-3

1. Romance brasileiro. I. Título.

14-17366

CDD: 869.93
CDU: 821.134.3(81)-3

Copyright © Nei Lopes, 2015

Capa: Estúdio Insólito

Texto revisado segundo o novo Acordo Ortográfico da Língua Portuguesa.

Direitos exclusivos desta edição reservados pela
EDITORA RECORD LTDA.
Rua Argentina, 171 – 20921-380 – Rio de Janeiro, RJ – Tel.: 2585-2000

Impresso no Brasil

ISBN 978-85-01-10284-3

Seja um leitor preferencial Record.
Cadastre-se e receba informações sobre nossos
lançamentos e nossas promoções.

EDITORA AFILIADA

Atendimento e venda direta ao leitor:
sac@record.com.br

Pedindo as bênçãos dos **Ancestrais** e a licença dos **Guerreiros Desbravadores dos Caminhos.**

In memoriam:
Gilberto de Jesus ("Popó");
Moacir Ferreira dos Santos ("Fernando Romero");
Maurício Theodoro, que, quando se foi, levou consigo, dentro do coração, o Salgueiro querido.

E também à memória de **Arnaldo Ferreira dos Santos**, autor de *Peitudo Caburé: Reminiscências de um ex-aluno do Colégio Pedro II, médico da UFRJ nascido no Morro do Alemão*, Rio, Achiamé, 2007 (póstumo).

Para
Elisa Larkin Nascimento, guardiã da memória de Abdias Nascimento, líder imortal do povo afro-brasileiro, e **Haroldo Costa**, artista, diretor e amigo, de cujos relatos este texto não poderia prescindir.

Agradecimentos a:
Carlos Alberto Rabaça, pela Rua Larga;
Ronaldo Conde Aguiar, por Getúlio Vargas e a Rádio Nacional.

"...a princesa Isabel acabou com o cativeiro, mas depois continuou o aperto ainda. Quem derrubou um bocado desse aperto foi Getúlio Vargas..." (Seu Julião — in A. Rios & H. Matos, *Memórias do cativeiro*, Civilização Brasileira, 2005)

"Art. 1º Todo estrangeiro poderá entrar no Brasil desde que satisfaça as condições estabelecidas por esta lei. — Art. 2º Atender-se-á, na admissão dos imigrantes, à necessidade de preservar e desenvolver, na composição étnica da população, as características mais convenientes da sua ascendência europeia, assim como a defesa do trabalhador nacional." (Decreto-Lei 7.967 de 27 de agosto de 1945 — vigente até 1980)

"Com isso, não foi minha tenção fazer obra d'arte, romance, embora aquele Taine que, certa vez, o doutor Graciliano, o promotor público me deu a ler, dissesse que a obra d'arte tem por fim dizer aquilo que os simples fatos não dizem." (Lima Barreto, *Recordações do escrivão Isaías Caminha*)

PRÓLOGO

"Bárbaros vãos, dementes e terríveis..."[1]

Um gosto de cabo de guarda-chuva. Ou de morte matada. Com certeza é isso o que esse rapaz — como todos — sente na boca, desde de manhã. Não que nunca nenhum brasileiro tivesse sentido. Mas desta vez é diferente: mistura de amargor e sangue; como uma hemorragia interna, anunciando o fim do caminho.

Por isso ele anda devagar, as pernas curtas ainda mais arqueadas sob o tronco maciço; os olhos ainda mais apertados por cima dos malares de banto sul-africano.

Sobe as escadas da estação; passa pela ponte sobre os trilhos; desce à plataforma, sem perceber os olhares desconfiados.

Espera uns dez minutos; até que o trem encosta e abre as portas, com o chiado característico. Entra sem dificuldade, pois já é de tarde. Procura um canto e senta,

---

[1] Os versos decassílabos, como este, que servem de epígrafe aos capítulos são de autoria do poeta Cruz e Sousa (1861-1898), símbolo maior da intelectualidade afrodescendente no Brasil.

encolhido, pra esconder a ressaca e a tristeza. Mas os olhares estão no trem também.

Cascadura... Engenho de Dentro... Méier... Os olhos cada vez mais insistentes e incisivos.

São Francisco Xavier... Lauro Muller... Alguém grita que "acabou o conforto". As portas se abrem.

Na plataforma, os olhares agora geram cochichos. No saguão alto e imenso, o velhote de terno e gravata encara, faz um muxoxo, balança a cabeça reprovando; e sai na direção da Gamboa, murmurando xingamentos.

Ministério da Guerra... Rua Larga... Olha para trás e vê o cordão que se forma: quatro, seis, oito, doze... no seu encalço.

— Mas é ele mesmo?
— É, sim! Não tá vendo?
— Crioulo safado! Covarde!
— Entregou de bandeja, né, seu merda?
— Vendido!
— Frouxo!
— Viado! Filhadaputa!

Itamaraty (que diplomacia, que nada...). Pedro II (...uma banda, à oriental). Light and Power!

Sente o choque. Nas costas. Pensa em correr. A segunda pedra vem do outro lado, da "Fera da Rua Larga". E passa raspando na cabeça.

— É ele mesmo?
— Não tá vendo a cara?
— Olha a cara dele.

Esquina de Camerino. Cara a cara. Um tapa; mais outro. A rasteira.

Pula, mas outra perna o pega no salto. Cai. Esquina da Conceição: outro grupo engrossa a turba.

— Negro sem-vergonha! Cadê o outro viado, seu filhadaputa?

— Mete-lhe a ripa!

— Toma, seu puto caga-leite! Pra aprender a ser homem.

— Nos culhões, pra não levantar mais!

— Na cabeça, não! Na cabeça, não!

— Na cabeça, sim! Pra deixar de ser besta! Toma!

— Que que é isso, gente? Vocês vão matar o homem!

— É pra matar mesmo! Segura essa, seu merda!

...

João vem da Praça Quinze, no 76, Engenho de Dentro, ainda vazio esta hora. Do estribo, ele vê a cena: a fúria animal e o sangue espirrando a cada paulada.

Pula ligeiro, com o bonde andando, e sai fora, mais rápido ainda, meio atrapalhado com a bolsa das compras e o rolo de papel cor-de-rosa.

Anda um pouquinho, entra na Rua do Acre, atravessa e sobe a Ladeira que vai dar lá no alto da Conceição.

O quartinho da tia Caetana é escritório e oficina. Aqui, com a ajuda da velha, é que ele prepara a mercadoria.

— Estão metendo a lenha num homem lá na Rua Larga, tia.

— Ladrão?

— Acho que não! Ouvi dizer que é o Bigode, jogador do escrete.

— Do jogo de ontem?

— É... Mas eu acho que não é ele, não. E estão mas é linchando o homem errado. Traz o tacho aí, tia, por favor!

O fogão de barro, no canto do muro lateral do cortiço, já está aceso. João vai descascando os amendoins e jogando no tacho. A tia vai botando areia, pros carocinhos não grudarem uns nos outros.

João tenta não lembrar, mas a cena do linchamento não lhe sai da cabeça. Alguma coisa lhe diz que aquilo é um baita de um engano. O espancado parecia, sim, mas não era o Bigode, como o povo achava que era...

Mas agora é com a tia. E ela vai botando as porções prontas na bacia e torrando mais, sempre mexendo com a colher de pau, pra torrar sem grudar; enquanto João corta o papel rosa em pedaços. Depois, enrola e dobra, fazendo os cartuchos compridinhos, em forma de cone.

Aquele não era o Bigode. E Bigode não foi o culpado de o Uruguai ter levado a Copa do Mundo. Nem ele nem o Barbosa. Muito menos o Juvenal.

Deixa pra lá; já está feito. Agora é arrumar os cartuchos na "lata-fogareiro", em forma de carrossel. E essa é a parte de que tia Caetana mais gosta e em que mais capricha.

Tudo arrumado, João enfia as brasas acesas no andar de baixo da lata, que é a fornalha. Passa uma água no rosto e sai.

— Até amanhã, tia!

— Vai com Deus, meu filho! Hoje é segunda-feira! Seu Barabô que te abra os caminhos!

João fecha a portinha do cortiço e sai. Mas, ainda na calçada, tem a visão deslumbrante: alta, elegante, cabelos muito pretos, brilhantes, enrolados num coque no alto da cabeça, brincos de argola nas orelhas. Com certeza, é uma artista. João se recorda de já tê-la visto, talvez no Abará. Parece que é de teatro, ou de show. Chama-se Norma, ele consegue lembrar. Norma Nadall, sim, é ela. Deve ter vindo consultar com Tia Caetana. Veio, sim. Benza a Deus!

Poucas horas antes, talvez no momento da confusão, um jovem professor deixava para trás o lago dos cisnes e as colunas gregas do Palácio Itamaraty.

— Olha, vou lhe dar um conselho; de amigo. Eu, se fosse você. Se tivesse esse físico, esses músculos, eu ia era trabalhar no Cais do Porto, meu filho! O Brasil precisa mais é de braços assim como os seus. Bobagem, essa de querer ser diplomata. Você nunca vai conseguir entrar para o Itamaraty.

A sentença do embaixador o deixou tonto, cego, pelas lágrimas que lhe desciam à face. E, assim, o professor foi saindo do palácio sem ver nem ouvir nada, nem mesmo o outro linchamento que acontecia na velha Rua Larga de São Joaquim.

1

"Nem negros nem azuis e nem opacos..."

O nome "gare" é do tempo do francesismo. Por isso, hoje, ninguém chama assim o amplo edifício que abriga o terminal ferroviário. Pro carioca, tanto daqui quanto de fora, isso tudo, incluindo os arredores, é simplesmente a "Central". No final do Império, era a "Gare Dom Pedro II". Mas ainda não era vista como a fronteira entre a "Cidade", os subúrbios e a Zona Rural.

Daqui é que saem e aqui é que chegam os trens suburbanos. Dos subúrbios "da Central"; porque os dos ramais da Rio Douro e da Leopoldina saem de outras estações.

Há quem diga que a vida, os sonhos e as aspirações nascem e morrem nos limites dos trilhos dessas três estradas de ferro; restando aos moradores, como única possibilidade de fuga, o rádio.

Mas existem também os subúrbios de horizontes mais amplos. Como o Méier, que tem quase vida de cidade grande; e que herdou da Piedade o lugar de estação mais adiantada da zona da Central.

Aliás, aqui, o conceito de "estação" vai muito além de "ponto de parada dos trens". Ele identifica não só o centro do comércio, como o do lazer e da diversão. E, sob esse aspecto, a Zona Norte do Rio, presentemente, só inveja mesmo, da Zona Sul, é o mar.

Do outro lado da gare da Central do Brasil, eis o Centro, a "Cidade" — como o carioca costuma dizer —, sede do comércio e da administração, municipal e federal. Depois, vêm Catete, Flamengo e Botafogo, ainda tradicionais... Mas cosmopolitismo, de fato, é na Zona Sul, depois dos túneis. Entretanto, toda essa distância entre o Rio suburbano e o da praia já é encurtada pelo carnaval e pelo futebol.

Nos três ou quatro meses que antecedem a festa de Momo, nos morros de Mangueira, Salgueiro, Serrinha, na Estrada do Portela, em Parada de Lucas e outros redutos, as escolas de samba esquentam seus tamborins. E no Maracanã, em São Januário, General Severiano, Campos Sales, Laranjeiras e outros gramados, a bola rola, redondinha. Nos pés e mãos de artistas com nomes sugestivos: Bitum, Caboclo, Carango, Jaburu, Lamparina, Sabará, Veludo, Vermelho, Escurinho...

Aí, as disputas, mais pelas cores que por peculiaridades geográficas ou sociais, reavivam e potencializam antigas rivalidades e tormentosas paixões. Como a daquele torcedor fanático que, emocionalmente destroçado por uma humilhante derrota do seu time para o do Vasco da Gama, pôs fim à existência e foi enterrado vestido de rubro-negro dos pés à cabeça — sapato bicolor, calça preta, camisa listrada e touca de crochê —, na boca o gosto terrivelmente ácido do último guaraná. Com formicida.

Um gosto em cada boca. Eis o sabor deste momento. Uns tomam uísque; um e outro bebem gim-tônica, *bitter* russo, traçado... Mas o chope é que é a grande pedida. Com colarinho.

Pois, apesar de julho, faz calor nesta segunda-feira; um calor abafado, sufocante, neste fim de tarde. Em que as rodas de amigos, companheiros e colegas, de repartição e boemia, vão se formando.

São principalmente artistas, pintores, escultores, escritores e jornalistas, além de alguns políticos. Afinal, o bar que frequentam é na Esplanada do Castelo, pertinho da ABI e a poucos passos da Escola de Belas Artes, do Theatro Municipal e da Câmara dos Vereadores.

O nome oficial, "Café e Bar Rio Negro", tem por origem a antiga denominação do pedaço de rua onde o estabelecimento está até hoje. Chamava-se "Travessa Rio Negro", mas desapareceu com a construção do prédio do Ministério da Educação. O nome fora dado em homenagem a um fidalgo do Império, que ninguém sabe direito o que fez. Teve inclusive historiador afirmando que esse barão nunca existiu; e que a travessa foi assim batizada, em 1910, só pra chatear os puxa-sacos do Barão do Rio Branco, homenageado na avenida principal da cidade. Pois o bar, antes um pé-sujo sem-vergonha, está lá no mesmo lugar desde essa época; e curiosamente com a mesma numeração na placa.

Diz o velho Paula Assis que "quem bebe em casa é alcoólatra". E tem toda a razão. Pois boemia (Esdras diz "boêmia", acentuando o "e" fechado) é a roda de intelectuais ou artistas que leva a vida de modo hedonista (o prazer como bem supremo, finalidade e fundamento da vida moral) e livre, bebendo e se divertindo. Boemia e alcoolismo nem sempre andam juntos. São que nem bandidagem e malandragem. Só às vezes se encontram. Como prazer e vício; discussão e bate-papo; turma e corriola.

Pois, no Rio, como em todo lugar, cada turma tem seu bar.

Aqui, o Rio Negro é a casa dos escritores e jornalistas. O Nice é a dos compositores e cantores de rádio. O Simpatia é dos corretores de imóveis; o Gaúcho é dos pintores e escultores. Na Praça Tiradentes, o Café Capital é dos músicos; o Ópera, do pessoal do teatro de revista; o Café dos Artistas, do pessoal da pesada, os técnicos de teatro.

E tem também o Abará, na Cinelândia, na Rua Álvaro Alvim, pertinho do Hotel Serrador.

Mas o caso é que esta é uma segunda-feirazinha cabulosa, esquisita, cinzenta! E o Rio Negro, normalmente tão animado, hoje parece até um quarto de doente; ou uma capela mortuária.

O Lima, sempre falante, gaiato, espalhafatoso, hoje pisa em ovos, cuidadoso, pé ante pé feito um ladrão de galinha. O Besteirinha, estabanado como ele só, hoje é o mais cauteloso dos garçons, carregando a bandeja com as xícaras e os copos vazios sem um ruído; e sem derrubar nem quebrar nada.

A meia dúzia de gatos-pingados que veio hoje quase não fala, ou fala aos cochichos, segredando mágoas ou suspirando de vez em quando. O dia é realmente de luto.

Mas a turma de Paulo Cordeiro começa a chegar. Ninguém quer deixar de bater o ponto nem ser descontado no "ordenado", pois nessa "repartição" ninguém tem chefe nem rotina; e tudo acontece no melhor dos ambientes.

Aliás, a casa tem três ambientes: o da calçada, com as mesinhas de vime; o do balcão, onde é servido o café em pé — depois que o cafezinho sentado começou a dar prejuízo. Porque o elemento entrava, sentava, pedia um, que custava vinte centavos; ou uma média, quarenta; e ficava duas, três horas batendo papo sem gastar mais nada. No interior, estão as mesinhas com tampo de mármore e pés de ferro, algumas cativas, como a daquele velho jornalista, sempre de gravata-borboleta. E, no "reservado", mesas forradas e cadeiras estofadas.

Aqui, o freguês ou "cliente", como é mais elegante dizer, pode beber uísque, escocês ou nacional; e chope da Brahma, claro ou escuro, sempre bem tirado e gelado a contento, pois passa por uma serpentina de chumbo. Pode-se comer um sanduíche frio, uma salada de batata... Mas a boa pedida, mesmo, é o sanduíche de pernil.

No Rio Negro, o pernil é temperado de véspera com vinho branco, sal, limão, pimenta-do-reino e cominho. Depois de assado, ele é fatiado na hora de servir. Mas, antes de serem colocadas no pão, as fatias são aquecidas de leve na chapa, o que é feito também depois de o sanduíche pronto; após o que, então, ele é servido acompanhado do costumeiro pedacinho de limão.

Entretanto, o bar não é só comes e bebes: ele já começa também a ser visto (mal e bem) como um reduto da Negritude, aquela dos poetas africanos e antilhanos de fala francesa. Tanto que alguém já comentou a presença, lá, de "poetas negros apertando contra o peito, defendendo-os do naufrágio da raça, originais de escritos que nunca serão publicados". Esse parece ser o caso de Alves Cruz, caboclo escuro, vendedor de bilhetes de loteria, autor de um soneto que diz assim:

Meu Segredo

Cada dia que passa, o meu fadário
De ter de contemplar-te sempre a medo
E ter de restringir o triste enredo
Às paredes de um quarto solitário

Faz de mim um noturno estradivário
Que externa em notas negras um segredo
Premido pelos tortuosos dedos
De um Destino escravista e sanguinário.

Este sentir tende a perpetuar-se
Posto que envolto num sutil disfarce
E recalcado no meu modo austero.

E é esta a alternativa que me invade
Quanto menos te vejo, ó Liberdade,
Quanto mais tu me foges, mais te quero!

Pois é isso: poetas (alguns medíocres, como Alves Cruz), sonhadores, artistas, a turma do Rio Negro é boa, é mesmo da política forte. São em geral comunistas e simpatizantes, migrantes do Verde-Amarelo, agora reduto de udenistas, pessedistas e outros mal-amados. Porque, na Esplanada que restou do Morro do Castelo e em seus arredores, cada bar tem uma definição ideológica, uma cor. Neutro, mesmo, só o Manhattan, lá perto da Embaixada Americana.

Ah! Tem também o Gaúcho, na Rua São José, onde outra turma de cabeça boa se reúne, pra papear e formar opinião. Inclusive sobre as causas da frustrante derrota do escrete brasileiro na final da Copa do Mundo, que ainda ecoa, por deboche, numa suspeita emissão em ondas curtas:

"O Brasil há de ganhar, ê-ê / Para se glorificar, ê-ê / Bota a pelota no gramado / palmas pro selecionado..."

Mas o dono da casa, rápido, pra evitar problemas, muda de estação no radinho da prateleira.

— Agora, vamos ver se o zé-povinho para de pensar em bola e se preocupa mais com o que é importante.

— É... A coisa anda feia. Esta cidade, hoje, de "maravilhosa" não tem é mais nada!

— Ah, que isso, Paulista? Deixa de ser ranzinza, homem! E Copacabana? E o Pão de Açúcar? E a Urca? E a vista lá de cima do Corcovado?

— Paisagem não enche barriga, não, meu amigo. Falta água, falta energia, a condução é uma bosta, de bonde, de ônibus ou de lotação...

— O caso é que as companhias constroem prédios, apartamentos, mas isso não resolve o problema de moradia na cidade. Um operário ganha uma média de um conto e duzentos; e o aluguel de uma quitinete está numa base de dois contos e quinhentos.

— As favelas se multiplicando, assaltos aumentando; e os empregos, cadê? A cidade já tem mais de dois milhões de habitantes e só pouco mais de trezentos mil têm emprego. E desses, sessenta mil são funcionários públicos. O resto vive de biscates, ou se vira do jeito que dá.

— A tal da especulação imobiliária, como eles dizem, veio sem que a cidade tivesse um mínimo de planejamento. A falta d'água...

— "De dia falta água, de noite falta luz" — como diz a marchinha.

— Diz que vêm aí umas obras na adutora do Guandu e na outra...

— Promessa de político...

— Outro problema é o tráfego. São milhares de carros, automóveis, ônibus, lotações, bondes trafegando na cidade. Em todo lugar tem engarrafamento. E os coletivos não dão conta...

— Trem que nem sardinha em lata; estribo de bonde apinhado de gente pendurada; lotação levando nego abaixadinho, pro guarda não ver...

— Na Central, os trens carregam gente como se fosse boi pro matadouro...

— E toda hora tem um descarrilando e matando gente.

— Não sei onde é que isso vai parar.

— Em plena Capital da República...

— Uma capital onde a educação é uma vergonha; capital de um país que tem o maior número de analfabetos do continente.

— E a corrupção, hein?

— É... E o ambiente político está cada vez mais pesado... Qualquer dia estoura uma bomba aí. Daquelas.
— Vamos ver se agora o prefeito deixa de pensar em estádio, em futebol, e faz alguma coisa.
— Hmmm... Esse Mendes de Moraes, não sei não...
Ninguém sabe. Mas o radinho da prateleira, agora, ecoa a marchinha eleitoral:

"Bota o retrato do Velho outra vez / Bota no mesmo lugar / O sorriso do velhinho / Faz a gente se alegrar"

Uns fingem indiferença, outros se manifestam. Quer queiram, quer não, o assunto é importante...
— É... A eleição está na rua...
O comentário é do sujeito de bigodinho, e cabelo gomalinado, tomando chope preto, sem muito entusiasmo; o que dá ensejo à pergunta de seu companheiro de mesa, fisgando uma rodela de salaminho.
— Você leu a entrevista dele?
— Não.
O de bigodinho desdobra o jornal na primeira página.
— Ele está cabreiro, Feitosa! Escuta aqui. — Mostra a manchete e lê o texto: — Ele diz aqui que tem plena confiança de que vai ser eleito; mas sabe que, de novo, não vai levar o governo até o fim.
— A pressão é muito forte mesmo.
— Fala até em ser morto; mas que humilhação é que não pode tolerar.
— Já está muito velho também, né?

— Ele reconhece isso. E diz, olha aqui, que quer dedicar o pouco de vida que lhe resta ao povo e ao Brasil.
— Consciência pesada! Esse homem já fez muito mal ao país, meu chapa.
— Mas muita coisa procurou corrigir. Olha o que ele diz aqui:

"Procurei desmanchar alguns erros de minha administração e empenhar-me a fundo num governo eminentemente nacionalista. O Brasil não conquistou ainda sua independência econômica. Tudo farei nesse sentido. Cuidarei de valorizar o café, de resolver o problema da eletricidade e sobretudo atacar a exploração das forças internacionais. Eles poderão, ainda, arrancar-me alguma coisa, mas com muita dificuldade. Por isso mesmo, serei combatido sem tréguas."

— Que jornal é esse?
— *Folha do Norte*. De São Paulo. Mas ainda tem mais; escuta!

"Eles, os grupos internacionais, não me atacarão de frente, porque se arriscariam a ferir os sentimentos de honra e civismo do nosso povo. Usarão outra tática, mais eficaz. Unir-se-ão com os descontentes daqui de dentro, os eternos inimigos do povo humilde, os que não desejam a valorização do homem assalariado, nem as leis trabalhistas, menos ainda a legislação sobre os lucros extraordinários. Subvencionarão brasileiros inescrupulosos, seduzirão ingênuos inocentes. E, em nome de um falso idealismo e de uma falsa moralidade, dizendo atacar sórdido ambiente corrupto que eles mesmos, de longa data, vêm criando, procurarão, atingindo a minha pessoa e o meu governo, evitar a libertação nacional. Terei de lutar, se não me matarem..."

— Que dramático, hein!? Isso não é declaração de candidato e, sim, uma carta de suicida.

— É... Mas...

— Isso é conversa pra boi dormir. Pra emocionar as massas. O zé-povinho adora um melodrama!

— Pode ser, pode ser. Mas esses trustes, essas empresas, não são mesmo sopa, não, meus amigos! Eles corrompem mesmo; e matam também. Noventa por cento dos crimes políticos são motivados por dinheiro. E quando se trata de capital estrangeiro, aí tem Máfia, tem sequestro, tem chacina... Tudo pago em dólar.

— Justamente! Pago em dólar, em libras esterlinas, em marcos alemães... Em muitos contos de réis.

— Em cruzeiros, Feitosa; em cruzeiros. O mil-réis ficou lá atrás, em 42.

O do bigodinho pede mais dois chopes, um preto e um branco, com colarinho, e dois *steinhäger*, pra temperar as ideias. E é nisso que chega o vendedor de amendoim, dirigindo-se à mesa do canto esquerdo.

— Opa! Olha o amendoim aí, pessoal! Vamos nessa!

O autor da animada exclamação é Cordeiro — Paulo Cordeiro, formado em sociologia e jornalista de profissão. Ainda não tem 30 anos; mas a reputação de seus estudos e reportagens sobre as tradições populares, principalmente as do povo negro, fazem muita gente supor que ele seja mais velho.

Mesmo sendo mulato e jornalista, o sociólogo Cordeiro é aceito entre a intelectualidade, pois vem de família pobre mas de gente formada, filho de pai advogado e mãe diretora de escola. Na década de 10, seu pai, um dos fundadores do Partido Socialista, foi, gratuitamente, advogado de defesa de marinheiros envolvidos na Revolta da Chibata. E o fez ao lado do velho Evaristo de Moraes, seu amigo-irmão.

Mas Paulo empreende suas pesquisas de campo nas macumbas, nos candomblés, nas escolas de samba, nas rodas de batucada e de partido-alto — onde não faz feio num improviso nem num "miudinho". Por isso, a chamada "Academia" não reconhece valor em seus trabalhos, o que o magoa profundamente, pois essa é a glória que mais deseja.

Presença marcante, Cordeiro é o líder natural do grupo que se forma, ao seu redor, toda tarde, no "América". Grupo que até agora conta apenas com a presença de Esdras do Sacramento, homem de teatro; do pintor Lázaro Dantas; do advogado Paula Assis; e de Hamilton Nascimento, que é estudante e uma espécie de mascote do time.

O vendedor de amendoim já vai entregando os pedidos, depois de ter colocado na mesa pequenas amostras de sua mercadoria. E Paulo Cordeiro aproveita para "pontificar" um pouquinho.

— Em Angola, amendoim se chama "jinguba"; e se degusta com gengibre — ensina o douto especialista.

— Combinação explosiva! De alto teor afrodisíaco! — acrescenta o vivo e oportuno Esdras, levantando-se e se dirigindo ao "reservado", onde um repórter de *O Radical*, recém-chegado, o espera para uma entrevista.

Esdras é baixinho mas destemido; e transgressor. Dramaturgo, ator e militante pelos direitos dos afro-brasileiros, Esdras é um dos dirigentes da União dos Homens de Cor do Distrito Federal, a "Uagacê". A entidade tem as mesmas finalidades de sua congênere nacional, mas goza de autonomia, já que os estatutos da outra ainda são da época do Estado Novo.

A Uagacê tem diretorias em vários bairros, e o da Tijuca, onde ficam os morros do Salgueiro, da Formiga e do Borel, é dirigido pelo aplaudido compositor Synval Silva, um dos preferidos de Carmem Miranda.

Os planos são ambiciosos; e é isto que Esdras mostra agora, na entrevista que concede:

— Temos do nosso lado gente muito boa, de posses, que está ajudando muito. Uma das ideias é escolher, entre crianças e adolescentes, os mais inteligentes e com boas notas na escola, pra dar a eles instrução, secundária, profissional e superior, quer dizer, dar a eles todas as oportunidades pra desenvolverem suas capacidades. — Esdras se entusiasma, mas o repórter que o entrevista é provocador:

— Uma elite de talentos ...

Esdras não percebe a casca de banana, e prossegue:

— Esse grupo quer também fornecer auxílio material a artistas e escritores, pra que eles possam não só criar como mostrar, divulgar e até vender, depois, os trabalhos que criarem.

— Uma espécie de mecenato... — O repórter insiste na provocação, de maneira já irritante. Mas Esdras não lhe dá importância.

— Estamos também organizando um departamento feminino. Aí, as moças e senhoras formadas — professoras, enfermeiras... — vão orientar as menos esclarecidas sobre os assuntos delas, inclusive em termos de saúde, direitos, essa coisa toda...

A Uagacê de Esdras quer fundar um grupo de teatro para formar atores dramáticos negros e propiciar a criação de uma literatura dramática afro-brasileira, num cenário onde os negros só são vistos como subalternos. Por isso, ele coloca toda a sua energia neste seu projeto de vida.

Mas o caso é que, embora generoso e solidário, muitas vezes Esdras mostra sua outra face; a de homem enérgico, exigente, impulsivo, até mesmo violento; e principalmente transgressor. Tudo o que faz é para transgredir os limites, o que nem sempre é bem aceito. Para ele, todas as coisas se estendem umas nas outras. Por isso ele luta contra o racismo, para que o negro se estenda no branco; luta pela Humanidade, para que esta se estenda no mundo. Nele, convivem a cordialidade e a agressividade. É tão carinhoso com as pessoas de quem gosta quanto intransigente nas ideias que defende. Como, por exemplo, na necessidade de tornar visíveis as grandes realizações do povo negro.

E é mais ou menos por aí que corre a conversa na mesa de Paulo Carneiro. Onde o amendoim é o tema.

— Na América do Norte — Cordeiro informa — o professor Carver explorou o amendoim até suas últimas possibilidades.

O professor a que se refere, George Washington Carver, foi um botânico, inventor, cientista e agrônomo afro-norte-americano, falecido há poucos anos. Suas pesquisas com o amendoim e a soja até hoje dão suporte à indústria de alimentos.

— Ele foi o primeiro a pesquisar e revelar o valor da soja como alimento.

— Amendoim é produto tipicamente brasileiro. Tanto que o nome vem do tupi mandubi, que quer dizer "enterrado". — O sujeito de bigodinho, da mesa ao lado, tenta se intrometer na conversa. E seu amigo, já bastante "alto", não deixa por menos.

— Sinceramente: pra mim, "amendoim" é diminutivo de "amêndoa".

Cordeiro lembra de certo povo africano "mundubi", escravizado no Brasil; mas não diz nada. E João, o rapaz do amendoim, acha meio estranha aquela conversa. Mas acaba gostando de ficar por ali, entre uma mesa e outra, pois seu produto está vendendo bem.

— Dá pra viver só com o amendoim, caboclo? — pergunta Lázaro Dantas.

— A gente vai levando, doutor. Não tem outro jeito, né?

— Você estudou?

— Parei no terceiro ano. Tinha que ajudar em casa.

— Por que não continua, rapaz? Você pode trabalhar de dia e estudar de noite.

— Mas de noite é que eu ganho meu dinheiro, doutor.

— Então, estuda de dia.

— Não dá mais não, chefe. A cabeça já não presta pra leitura. É melhor eu ficar no amendoim mesmo. A

pessoa da minha cor, no Brasil, tem muita dificuldade pra essas coisas...
— Ei! Espera aí. Olha bem pra esta mesa. Aqui todo mundo é "queimadinho" igual a você, uns mais, outros menos. E todo mundo tem o seu emprego direitinho.
— Mas o senhor e seus amigos são gente estudada, de boa família, são doutores. Sabem falar, conversar... Eu, não! Não dei nem pra cantar, nem tocar violão, nem jogar bola. Só sei mesmo é torrar e vender amendoim.
— Escuta aqui, ô Maní!
— Como é que é, doutor?
— Maní!
— Meu nome é João.
— Maní é amendoim em Cuba. Tu não conhece aquela rumba? — Canta: —... "Cao, cao, cao, maní picao, cao, cao..."
— É...
— Então? "Maní picao" é amendoim picado. Não conhece a música?
— Não conheço, não, doutor. De amendoim, eu só sei mesmo é torrar, botar no cartucho e vender.

Daquele dia em diante, o "Maní" se integra, de certa forma, à mesa de Paulo Cordeiro no Café e Bar Rio Negro.

Rapaz bonito e gracioso, em quem a miséria da infância parece não ter deixado marcas, ele tem modos delicados, fala suave; e sente-se bem naquele ambiente de artistas que agora está conhecendo.

Conforme ele disse, seu nome é João; João Bonifácio. Acaba de completar 16 anos e teve infância dramática: é filho de uma portadora de hanseníase, que ele vez por outra visita; no hospital-colônia de Curupaiti, Jacarepaguá, onde ela vive segregada.

João foi separado da mãe ainda neném, tendo sido criado num internato no interior de São Paulo. Cresceu vendo aquela mulher estranha poucas vezes no ano; e sabendo pelas freiras do colégio que ela era uma "vagabunda", e que por isso não podia criá-lo.

Tudo isso — mas João nunca soube — era por conta de uma lei, dos anos 20, que determinou o isolamento dos "leprosos" ou "morféticos", já que a doença era, como se dizia, uma das ameaças ao crescimento de uma população forte e sadia no país. Tudo isso, dentro de uma orientação política que tinha por objetivo eliminar qualquer traço que impedisse o Brasil de se parecer com uma nação europeia. Ser sadio não era só ter saúde; era também não ter nenhum defeito físico. Como o da cor, por exemplo.

João não sabe nada disso. Nem se importa que alguns daqueles "doutores" o chamem de "Maní". Acha até bonito, simpático, bacana. E conta pra menina com quem mora no Morro da Congonha, no subúrbio de Vaz Lobo.

A menina é apenas dois anos mais velha que João. Mas tanto ela quanto ele aparentam ter mais idade. Então, pelo menos no Morro, não surpreende ninguém aquele casal de adolescentes, parece que "amigados". Como não surpreendem outros hábitos e costumes que o pessoal "lá de baixo" nem imagina.

O jovem Hamilton do Nascimento, por exemplo, não tem ideia do que seja a vida na Congonha, lugar do qual, aliás, nunca tinha ouvido falar. Embora também de origens humildes, como as do Maní, nunca passou necessidades e consegue manter-se na escola. Nasceu e foi criado em Vila Isabel, numa pequena e organizada família de baixa classe média.

Estuda e trabalha. Primeiro, foi como estafeta da Western, uniformizado, de bicicleta. Agora, é como auxiliar de escritório na União Fabril. Inteligente e estudioso, completou o curso científico e quer continuar estudando; e o contato com a turma do Rio Negro abre uma perspectiva.

Embora ainda bem jovem, Hamilton já deixa ver seu caráter, no qual coragem, generosidade e criatividade são marcas facilmente perceptíveis. Calmo, tranquilo, gosta de cinema e teatro, mantendo-se atualizado com a programação. As conversas sobre artes o atraem e animam.

Seu maior gosto pelo estudo veio através de uma professora, Dona Etiópia de Oliveira, com quem, segundo dizem, manteve uma relação nebulosa. Tornou-se um "moço velho" depois da morte da Mestra, dizem; mas vai vivendo e aos poucos esquecendo. Sua vida, porém, é um mistério. Por isso, Esdras não cansa de "bulir" com Hamilton. E suas brincadeiras com ele têm sempre como motivo seu jeito triste de menino velho. Como agora, já de volta, encerrada a entrevista.

— E então, garoto, tá pensativo? Já sei... — Dirige-se ao garçom: — Ô Lima, traz mais um refresco de groselha aqui pro nosso estudante!

— Que refresco, que nada! O caso desse rapaz é falta de mulher, Seu Esdras!

O aparte grosseiro vem de Lázaro Dantas, já um pouco "queimado" pelos quatro ou cinco cálices de parati que virou goela adentro; e que emenda impiedoso:

— Na minha terra, quando cabra da idade dele fica assim macambúzio, juburungo, a gente já sabe: tá é "atrasado"; ou ainda não foi lá onde a coruja dorme.

Hamilton, é claro, sente-se mal com o comentário, completamente descabido naquela mesa de intelectuais. Mas, em respeito à idade e à figura do poeta e pintor, limita-se a um meio riso, constrangido, amarelo.

Lázaro Dantas, o "Eledê" (espécie de sigla com que assina seus trabalhos), nasceu no interior de Alagoas. No seu tempo, sua cidade, recém-saída da Abolição, era organizada da mesma forma que na época escravista e dominada pelas mesmas famílias patriarcais. Talentoso mas muito pobre, ele, como outros meninos do seu tempo, mesmo relativamente instruído, não conseguiu trilhar outros caminhos que não o do subemprego e dos trabalhos subalternos. Aprendeu o ofício de tipógrafo, numa gráfica que imprimia principalmente folhetos de cordel, e na qual despertou para a poesia. Mais tarde, em Maceió, foi tipógrafo de um pequeno jornal. Lá, publicava seus versos, para tapar buraco nos espaços em branco da paginação, que precisava preencher. Assim, conviveu diariamente no duplo ambiente de sua condição social e no de seu trabalho "intelectual", onde era veladamente excluído.

No mocambo onde vivia, deixou-se levar pelo hábito da bebida desregrada; e lá, muitas vezes era visto como pernóstico, e metido a melhor do que os outros. E isso agravou seus problemas. Vindo para o Rio, conseguiu emprego nas oficinas do jornal *Diretrizes*. E passou a frequentar a roda do Rio Negro, onde, quase sempre desleixado, sujo, e muitas vezes inconveniente (apesar de reconhecido como bom poeta e pintor), é visto como uma companhia desagradável. Mas Paulo Carneiro o compreende; e tenta ajudá-lo.

Eledê, além da poesia e da pintura, gosta de teatro, escreve peças, luta por melhores dias para a classe operária e o povo negro; e vem se dedicando, anos a fio, a seu projeto artístico, mesmo não vendo quase nenhum resultado. Em seus períodos de sobriedade, Eledê deprime-se, preocupado com a impressão que causa, buscando aprovação e amor. Na roda do Café e Bar Rio Negro, o que procura é uma forma de compensar sua fragilidade, com reconhecimento e afeição. Mas a bebida é uma barreira. E a temperança, que volta e meia se impõe, o torna calado e triste. Mas hoje não é o caso.

— *Cullus bebedorum dominum non habet* — adverte, com seu latim de taberna, sua formalidade jocosa e sua voz abaritonada o advogado Paula Assis, emendando com uma veemente ordem ao garçom: — Mais uma rodada aqui, meu caro Lima! Aos costumes! De conformidade com a jurisprudência. — E então sentencia, em tom cavernoso: — Aos piores papéis se prestam aqueles que se dedicam ao feio vício da embriaguez.

A turma se esbalda com o jurista. Inclusive João, o "Maní", que, depois de uma boa volta pela Cinelândia, retorna para renovar a provisão de amendoim da simpática mesa. Porque o advogado é mesmo uma grande figura. E descontrai qualquer ambiente menos leve.

Criminalista famoso, o Doutor Evilásio de Paula Assis é também assíduo nas "tertúlias do Rio Negro", como costuma dizer. Carioca de 1914, de origens muito humildes, fez o curso primário em uma escola pública de Irajá e o ginásio no Instituto Profissional João Alfredo, em Vila Isabel, onde foi interno e integrante da banda de música.

Contrariando todas as probabilidades, bacharelou-se pela primeira turma da Faculdade Nacional de Direito, em 3 de dezembro de 1937. Como acadêmico, foi representante de turma, secretário do Diretório, diretor do Centro Acadêmico Cândido de Oliveira e redator da revista *Época*.

— Naquele tempo, havia o Centro Acadêmico e o Diretório. O Centro se ocupava só das questões acadêmicas e culturais, enquanto o Diretório era voltado pras questões políticas e pra representação estudantil. Mas eu era "bis in idem", participava dos dois.

Na faculdade, Paula Assis conheceu Evaristo de Moraes Filho, grande jurista, especialista em Direito do Trabalho.

— O Evaristinho, não sei se você sabe, é um mulato assim, um pouco mais claro do que eu. O pai dele era um mulatão carregado, e era um bambambã, tanto na advocacia criminal quanto na trabalhista. Aí, ele fez carreira como professor de Direito do Trabalho; e o irmão mais novo, Evaristo também, foi pro lado do Direito Penal. Mas todos são profissionais muito competentes.

Ainda estudante, Paula Assis fez estágio, como "solicitador", em escritórios importantes. E, formado, não quis fazer nenhum curso de pós-graduação, nenhum concurso; e jamais exerceu qualquer cargo público. Sempre gostou mesmo, como gosta até hoje, é de advogar. Daí o escudinho que carrega na lapela com a inscrição em latim *ADVOCATUM NEC ULTRA*, cuja tradução jamais revela, a ninguém, nem mesmo a mim, seu quase biógrafo.

Jamais publicou um livro e nem um artigo, o nosso Paula Assis. Mas o que sabe não cabe na coleção completa das obras de Pontes de Miranda. Não só de hermenêutica e jurisprudência, como também de chicanas, molecagens, safadezas e casos engraçados.

Por seu envolvimento comunitário, o doutor é uma espécie de cidadão benemérito do Morro do Pinto, simpático bairro alto e sem favela, no Santo Cristo, perto da Praça Onze, da Gamboa e da Saúde. Na tradicional corrida rústica que lá se realiza todo último domingo de julho, quem dá o tiro de largada é ele; que, na chegada, abre o champanhe e entrega a taça ao vencedor. Aliás, no Morro do Pinto nada se faz sem ele; sem seu saber jurídico, seu pistolão, sua amizade e seu refinado humor.

Nesse campo, então, é ele que faz a alegria do Café e Bar Rio Negro, com seus ternos e coletes impecáveis, cortados pelo Dermeval; seu anel de rubi cravejado de brilhantes; seus finos charutos cubanos e baianos; e seu cabelo esticado, cuidadosamente feito pelo Jaime da Mem de Sá, "de oito em oito dias", como diz:

— Jamais perdi um prazo — garante.

Renovada então a mesa, a turma resolve inquirir o Maní, para saber sua opinião sobre a vida que leva e sua condição de "homem de cor", como eles. João acha estranha a conversa. Para ele, no Brasil não existe diferença:

— Todos são iguais perante a Lei e não existe distinção de classe, cor ou religião. — Hamilton completa, com ironia, o possível pensamento do Maní. Mas acaba perguntando como é que se torra o amendoim; o que João explica com detalhes, sem deixar de creditar a técnica e os ensinamentos a Tia Caetana; pois é na casa dela que prepara o produto e guarda o material todo fim de noite de trabalho, quando retorna ao Morro da Congonha.

— É... Vou chegando... E ainda tenho que passar no Abará. Minha freguesia lá também é boa. De papo e de amendoim.

2

"Vozes veladas, veludosas vozes..."

Do outro lado da Avenida, a uns poucos duzentos ou trezentos metros do Rio Negro, fervilha o Abará, maldosamente apelidado de "Café e Bar Colored", com o eufemismo usado para designar os "moreninhos". No Colo... perdão! No Abará, costuma se reunir outra roda de boêmios artistas e profissionais, menos intelectualizados e talvez mais sonhadores. São costureiras, camareiras e técnicos do Theatro Municipal; músicos, coristas e sambistas dos shows da famosa boate Night and Day e seus aderentes. Que certamente não sabem que do outro lado da Avenida, no prédio da ABI, está se realizando o 1º Congresso do Negro Brasileiro, idealizado pelo Teatro Experimental do Negro, sob a liderança do artista Abdias do Nascimento e do sociólogo Guerreiro Ramos.

— Teatro Experimental do Negro... Ora, veja você! Esse povo não quer mesmo nada com batente, não é? Em vez de aprender um ofício, pra trabalhar e se sustentar, fica fazendo teatrinho. Onde já se viu? Ora... Vão trabalhar, vagabundos!

O comentário parte de uma funcionária do Tesouro, lanchando chá com torradas Petrópolis, na varanda do Abará, ela e a colega, em um dos longos intervalos de seu curto expediente na repartição. O que felizmente ignoram é que o "Teatro" mencionado é antes de tudo uma entidade política, que usa a prática teatral como um pretexto. No fundo, o que seus idealizadores querem mesmo — e fazem — é alfabetizar, organizar o povo das favelas, preparar os estudantes contra o racismo nas escolas... Enfim, dar consciência e cidadania aos pretos e mulatos, notadamente às mulheres, duplamente oprimidas, pela origem e pelo sexo. O "Teatro", inclusive, já conseguiu reunir as empregadas domésticas em uma associação, devidamente legalizada.

— Está muito difícil conseguir empregada hoje em dia, Marion. — Agora quem puxa o assunto é a colega, retocando a pintura dos lábios diante do espelhinho da *trousse*.

— Mas é isso! — anima-se a escriturária, concursada e recém-promovida. — As pretas agora só querem saber de escola de samba e gafieira. Ninguém mais quer nem passar perto de um tanque, arrumar uma casa, pegar num escovão, num ferro de engomar...

— O negócio delas é ser cantora de rádio, artista de teatro...

— E apostar corrida também, já viu? Está cheio de pretinhas — como é que elas falam?...

— ???

— "Atrétas"... No "Framengo", no Botafogo... E até no "Fruminense", como elas dizem... Tudo correndo, pulando salto em altura...

— Antigamente, as pretas eram mais comportadas, mais obedientes...
— Sabiam onde era o seu lugar.
— Eram boas cozinheiras, boas lavadeiras, sabiam arrumar uma casa...
— Lá em casa teve uma que praticamente criou a gente. Era como se fosse uma pessoa da família. Nunca quis sair. Ficou conosco mais de cinquenta anos: morreu com mais de 80. E nunca exigiu nem reclamou de nada.

Reúnem-se também, aqui no Abará — especializado em quitutes baianos, daí seu nome —, jogadores de futebol. Assim, não é impossível um torcedor de repente encontrar, agora mesmo, em uma das mesas, aqui dentro ou lá fora, saboreando seu acarajé ou seu abará fumegante, um Zizinho, um Alfredo Segundo, um Leônidas da Silva... Ou mesmo uma linha média completa como Rubens, Oswaldinho e Godofredo; uma dupla de ataque como Tesourinha e Ipojucan; ou de defesa como Eli e Jorge.

Então, as conversas sobre o noticiário esportivo são uma constante, como ouvimos no papo da funcionária letra M; e vemos agora, na segunda mesa à esquerda:

— Esse Ademar é bom mesmo, hein? Campeão pan-americano, ouro nas Olimpíadas de Helsinque e ouro de novo em Melbourne.

— É... O Brasil tem grandes atletas de cor. Ademar no triplo; Zé Teles da Conceição no salto em altura e na corrida... Até no basquete já temos o Rosa Branca e o Ray.

— Mas parece que preto só é bom mesmo no futebol, no salto e na corrida. Por que será?

— Será que é do corpo?

— Eu acho que não tem nada a ver com raça, com biologia, com nada disso. Eu acho que, se eles são bons corredores, é porque corrida não requer nenhum equipamento caro, nada especial.

— E natação? Natação é só o calção. Por que não tem nadador nem mulato?

— Eu acho que é porque eles não têm acesso a piscinas. Aí, não desenvolvem.

— É... Pode ser.

— Então, eles são melhores nos esportes onde as barreiras econômicas são menores.

— Faz sentido, faz sentido.

• • •

Durante o dia, o Abará é um bem-sucedido restaurante de quitutes baianos, um dos mais famosos da cidade. Seu sustentáculo é a cozinheira Dionísia, nascida na Bahia e chegada ao Distrito Federal, tempos atrás, pra tentar vida nova, fugida de um marido que a explorava, humilhava e espancava. Para tanto, Diô, como é carinhosamente chamada, trouxe consigo um bom dinheiro, que conseguiu esconder do "senhor" violento. Com essas economias, botou tabuleiro na rua; e, nessa atividade, depois de algum tempo, conheceu Pepe, um espanhol bem-apessoado e simpático, mais novo que ela; e mais pobre. Tornaram-se amigos e Pepe passou a aconselhá-la nos negócios. A amizade virou namoro, que virou amor, que virou amigação — embrulhada no papel pardo e grosso da relação comercial. Mas até chegar aqui, Diô comeu o acarajé que o diabo amassou.

Na "boa terra", durante o Estado Novo, a baiana era cozinheira de um *restaurant* — como então se dizia — no Mercado do Ouro, na Cidade Baixa. E, nesse mister, protagonizou um episódio de grande repercussão. Foi numa tarde de segunda-feira: a cidade inteira viu Diô ser conduzida, algemada, para a Cadeia Pública, onde amargou noventa dias de prisão por ter tido a cachimônia, o desplante, a audácia de preparar e servir, a Sua Excelência o Senhor Interventor Federal, uma moqueca de siri mole com pouco dendê e sem pimenta. Mas tudo acabou se resolvendo pela intercessão do Major Cosme de Faria, o advogado dos baianos humildes.

No Rio, então, Diô e o espanhol começaram com um botequim em Madureira; de onde foram sucessivamente para o Méier, o Grajaú e a Tijuca, sempre com muito sucesso e poucos problemas. Até que chegaram ao centro da cidade, com o Abará, nome de fantasia sugerido pelo etnólogo Édison Carneiro — que Diô conhecia desde a Bahia — logo aceito e sacramentado num letreiro chamativo.

— Abará é o primeiro verbete da enciclopédia da culinária baiana, minha nega!

— Oxe! Falou bonito, professor! Tem gente que pensa que é só um bolinho de feijão-fradinho... Mas tem que ter ciência pra fazer, não é?

— Minha finada mãinha botava de molho na véspera, pra no dia seguinte, bem inchado, ela descascar grão por grão, tirando o olhinho preto.

— Todo mundo gosta de abará, mas ninguém quer saber o trabalho que dá! Dorival Caymmi tem muntcha razão, meu sinhô!

— Depois ela ralava na pedra.
— Eu já peguei a máquina de moer carne...
— Mas tu é muderna, Diô. Minha senhora mãe batia a massa na mão, pra dar aquele formato. Juntava a pimenta, o camarão seco e o dendê... Então, batia mais um pouco, pra massa ficar bem levinha.
— Eu gostava de ver minha tia Hermínia... Ela punha as colheradas na folha de bananeira, certinhas, embrulhava direitinho, arrumava no cuscuzeiro, cobria com mais folhas de bananeira...
— Justamente! Assim é o certo.
— ...e deixava cunzinhando no vapor.
— O verdadeiro abará da Bahia é servido na própria folha onde foi cozido. Mas depois de esfriar.
— O sinhô sabe mesmo, hein, professor!?...
— Na África, entre o povo nagô, chama "abalá"; e é um bolinho de arroz. E "acará" é de feijão. Daí, veio o acarajé. Que é frito, e não cozido.

Pois é assim o professor Édison Carneiro: teoria aliada à prática.

Tem gente que pensa que ele é apenas um folclorista. Mas o que ele é, mesmo, é um etnólogo de mão cheia, pois estuda os povos africanos e a importância dos seus hábitos e costumes na cultura brasileira.

Nossa cultura, aliás, tem como uma de suas características a protelação, o deixar para amanhã o que se pode fazer hoje. Por diversas razões. E é assim que, embora o tempo passe cada vez mais rápido, na Delegacia da Praça Mauá as investigações sobre o "Crime da Copa" permanecem praticamente na estaca zero. Não há nada de concreto ainda. E a vítima já começa a se transformar em culpado:

— Era um punguista... Roubou a carteira de um rapaz no trem e passou prum comparsa. Na Central, ele se misturou com o povo que saltava do trem e confundiu o pessoal. Mas aí foi reconhecido; e então...

• • •

Da mesma forma que o Café e Bar Rio Negro ganhou o apelido de "América", por agregar comunistas e simpatizantes, tidos como "vermelhos", cor do clube tijucano; o Abará (no registro, "Restaurante Nosso Senhor do Bonfim") é veladamente referido, por concorrentes e detratores, como o "Colored" ou, ainda, "Harlemzinho". E isto em clara referência à pigmentação epidérmica do grupo de frequentadores de que estamos falando.

Talvez por isso, com certa regularidade, o Abará e o Rio Negro "conversam"; principalmente por via de relacionamentos existentes entre frequentadores daqui e de lá. Mas o elo mesmo entre os dois ambientes, muitas vezes complementares, agora é João, o Maní, nosso vendedor de amendoim.

Entretanto, se no Rio Negro ele se retrai, muito por conta das conversas complicadas e do vocabulário de alguns "doutores", como Paulo Carneiro, aqui no Abará o Maní se solta, principalmente quando estão presentes Ministro, Pitoco ou Nelsinho Lorde; ou pelo menos um deles.

"Ministro" é o apelido de Hilário de Almeida (ele diz "Almêda"), baiano de meia-idade, irmão gêmeo, idêntico, de Tia Caetana, madrinha e protetora, em cuja casa, na Ladeira da Conceição, o gracioso Maní torra e embala o produto do seu comércio.

Hilário (nome detestado pelo dono) é contínuo do Ministério da Educação e Saúde, lotado numa repartição aonde vai uma vez por semana bater o ponto, tomar "umas coisinhas" e "beliscar" uns acarajés no Abará. Velho malandro, mulherengo e folgazão, é a cara do outro "Ministro", que toca cuíca na Rádio Mayrink Veiga e em shows e integra a "escola de samba" de Herivelto Martins. Gozador, com seu mau humor fingido, frasista e piadista, o nosso Ministro — porque "manda" no Ministério — também tem sempre uma história engraçada pra contar; e fazer a alegria da roda do Abará.

— ...Aí, quando chegou a minha vez, o vagulino plantou e coisa, eu vapt, ele pulou; eu fingi que fui, mas não fui, mandei de novo... e ele se estabacou com os cornos no chão. Comigo eles se fode, cumpádi! Comigo eles se fode, morô?

Por sua vez, "Pitoco" chama-se Olavo Ananias e é jogador do América Futebol Clube. Famoso mas "duro" e endividado, por não ter alcançado sucesso econômico-financeiro, foi também, como o Maní, criado sem mãe.

Extremamente sensível, Pitoco, destacado no futebol, é, entretanto, infeliz no amor, pois vive uma paixão pela artista Isa Isidoro, também frequentadora do Abará. Ele não lhe é de todo indiferente, mas ela não permite a aproximação, pois sabe que o craque tem graves problemas financeiros.

Já Nelsinho Lorde é sambista e malandro. Integrante da Ala dos Lordes do Salgueiro, exímio dançarino, sempre bem-arrumado e perfumado, também usa cabelo impecavelmente "esticado", com aquele molho especial, segredo do famoso cabeleireiro Bêibi.

O "molho" — explique-se — é um preparado químico que alisa o cabelo a frio, sem necessidade do pente de ferro aquecido. Mas é cáustico; então, sua aplicação só pode ser feita com o cabelo crescido e o couro cabeludo protegido pela camada sebácea natural. A aplicação tem que ser rápida, e a lavagem imediata. Por isso é que, da cadeira, Nelsinho literalmente corre pra pia, pra enxaguar depressa. E, aí, sim! Tranquilamente, o Bêibi (*Yeeah, Baby!*) apara, faz o pé e molda o penteado, à vontade do freguês: todo pra trás, como o Duke Ellington; com topetinho, igual ao Nat "King" Cole; repartido do lado, feito Fats Domino; ou com pastinha, como Sammy Davis Jr.

O Bêibi, e seu ex-parceiro Jaime, agora concorrente, são craques nessas mumunhas! E Nelsinho vai nos dois.

Criado na Praça Onze, na Rua Pereira Franco, entre Visconde Duprat e Machado Coelho, aos 17 anos Nelsinho já tinha conquistado, na Zona, uma mulher que, no campo do Vasco, lhe pagava a cadeira numerada, a cerveja e o sanduíche. E lhe garantia as apostas no Bilhar Guarani, na Praça Tiradentes, esquina da Rua da Constituição.

Hábil jogador de ronda, carteado safado e fraudulento — jogado até ao ar livre, e fortemente reprimido pela polícia —, Nelsinho, contudo, é rapaz de família; inclusive tem ginásio completo. Sua mãe é, desde muitos anos, empregada da família do advogado Paula Assis, cuja mulher, uma distinta senhora branca, tem amor filial por ela.

Quanto à mencionada Isa Isidoro, é bailarina e coreógrafa. Mas antes foi modelo-vivo da Escola de Belas-Artes, onde, com seu corpo de linhas perfeitas, enlouqueceu muito estudante. Por esse tempo, posou para o pintor Di Cavalcanti, de quem não guarda boas recordações. Mais tarde, aprovada num concurso e graças ao "pistolão" de um senador, passou a integrar o corpo de baile do Theatro Municipal. Mas nunca dançou, nem na *Aída* — em que poderia representar uma egípcia — nem no *Guarani* — fazendo papel de índia. Então, sem chance no balé clássico, passou a alimentar uma ideia fixa: a criação de uma companhia de danças afro-brasileiras.

— Quem me chamou a atenção pra isso foi uma patroa que eu tive, uma grande artista, muito culta. Chamava-se Etiópia de Oliveira Houston; porque era filha de uma família amulatada, mas era casada com um maestro e compositor americano. Era cantora lírica, de ópera, mas a especialidade dela era "folk-lorr"...

Isa não fala "folclore", como todo mundo. Ela diz "folk-lorr", separando os elementos da palavra e metendo no fim um erre vibrante.

— O "folk-lorr" é a música do povo, do interior, do sertão, da floresta; música de pescador, de lavrador, de gente que pega no pesado. Tinha uma coisa que Dona Etiópia dizia que eu nunca esqueci: "A pessoa só pode ser universal quando conhece bem o seu quintal."

Dona Etiópia... Etiópia de Oliveira Houston — a pronúncia certa é "Riúston" — tinha um pé aqui e outro na Europa, como Isa diz: "e uma perna na Europa e outra nos Estados Unidos". Aqui, segundo ela, foi amiga do maestro

Villa-Lobos, do professor Luciano Gallet... E lá fora se dava com todos aqueles artistas e escritores famosos: Picasso, Modigliani, Cézanne, Josephine Baker...

— A casa dela era cheia de quadros desses artistas. E o trabalho dela tinha muita pesquisa, coisa em que ela parece ter feito uma espécie de tabelinha com outra grande artista que foi a bailarina Katherine Dunham. Mas a América não foi um bom negócio pra ela, não! Porque ela não era uma Bidu Sayão; e não queria ser. E muito menos Carmem Miranda, que não tinha nada a ver com o que ela queria mostrar do Brasil lá fora. Pra mim, a morte dela nos Estados Unidos, daquele jeito, foi mais por causa do ambiente do que por problemas de família. Racismo mata de paixão também! E como mata! E Dona Etiópia, se aqui até podia passar por morena, lá, por mais talento que tivesse, era sempre uma "colored", uma "Beulah", uma negra.

Isa fala pelos cotovelos. No entanto, como o assunto é interessante, a mesa quer mais é ouvir, mesmo.

— Teve isso, então, comigo. E a coisa da dança veio desde a primeira vez que eu fui na casa de meu pai, Seu Joãozinho. Nas festas, antes de eu ser raspada e catulada, eu via aquelas danças, aqueles movimentos, cada orixá contando a sua história, a sua lenda, a sua mitologia... Eu ficava fascinada com aqueles passos, aqueles gestos, aquela mímica toda; e pensava: Ah, isso no palco!...

Segundo Isa, a iaô, a filha de um orixá, quando é feita, preparada para incorporar ou "receber", ela começa aprendendo todos os fundamentos de seu santo, de seu eledá, inclusive o modo de ele ou ela dançar. Ogum dança guerreando, combatendo; Oxóssi dança caçando, procurando o animal pra abater; Xangô dança reinando, comandando, porque Ele é acima de tudo um grande rei.

Iemanjá dança afastando as águas salgadas, que é o seu ambiente; Oxum dança se banhando nas águas do rio, faceira; Iansã dança lutando e dominando os raios e os Eguns, os espíritos dos mortos — ela explica.

— Só aí a gente já tem toda uma coreografia, todo um balé... E tem ainda as danças de trabalho, de colheita, de pesca, de mineração. E as do namoro, da brincadeira também, que ninguém é de ferro. Pois a gente pegou isso e botou no palco. Como Katherine Dunham já tinha feito na América.

Isa é uma entusiasta do seu trabalho, e de mestras, como a coreógrafa americana Dunham, que sempre menciona; e a brasileira Mercedes Baptista. Por isso, no Abará, sempre que pode, evoca passagens de uma viagem fantástica, mirabolante, que teria feito, não se sabe quando, com um estranho grupo de "folk-lorr" chamado "Dançarinos de Ébano". Aliás, "O Ébano", como ela prefere chamar.

— Nós estreamos em Paramaribo, uma cidade muito bonita, holandesa. O povo é aquela mistura linda de holandeses, indianos, negros e indígenas. Maravilhosos! E eles adoraram o Ébano. As pessoas se aproximavam da gente, queriam saber do Brasil. Perguntavam por Josephine Baker e Joe Louis, pensando que eles são brasileiros... Era uma loucura!... De Paramaribo nós fomos para a Venezuela: "fizemos" Ciudad Bolívar, Barquisemeto, San Cristóbal... O povo da Venezuela é bastante mestiçado. Eu soube inclusive, quando estivemos lá, que a percentagem de "coloreds" estava diminuindo; tinha mais, mesmo, era aquela mistura de índio com branco. Mas ainda havia umas danças negras, recordações dos cumbes, que eram os quilombos de lá.

Nossa coreógrafa traz sempre na bolsa uma caderneta com anotações sobre os negros nas Américas. E, sempre que pode, explana e esclarece as pessoas com quem conversa sobre o assunto.

— Na Venezuela, os mulatos e pretos estão concentrados em Barlovento, que é uma região do estado de Miranda; e no litoral de Vargas, que já é outro estado. E também no sul do Lago de Maracaibo; e mais principalmente na cidade de Callao.

Quando Isa fala, coquete, torcendo o cantinho da boca, e contando passagens de sua saga fantástica, o craque Pitoco fica bobo. Ou mais bobo ainda. E sempre tem uma perguntinha pra fazer.

— E fizeram sucesso, Isa? Foi legal?

— As coisas estavam meio tumultuadas. Tinha havido uma revolução e o presidente era Rómulo Bittencourt. O ambiente estava pesado; então, nós fomos pra Colômbia. Em Bogotá conhecemos um empresário que nos convidou para uma turnê pelo seu país. Aí fomos: Medellín... Manizales... Buenaventura... Como achávamos que era tudo perto, por comodidade deixamos as malas em Bogotá. Fizemos um mês de turnê; sem malas. Quando voltamos, o hotel tinha sido demolido e virado um estacionamento. Imagina! Tivemos que pedir asilo na Embaixada do Brasil. E só conseguimos porque havia lá um diplomata que era amigo da finada Etiópia de Oliveira. Esse nome abria portas, meu amigo! Mas interessante mesmo foi no Equador...

O relato de Isa às vezes, como agora, é enfadonho. Resta então, aos circunstantes, o consolo de fingirem que prestam atenção, ouvidos postos no contagiante "Mambo Jambo", com a orquestra de Dámaso Pérez Prado, que agora vem, baixinho, da Rádio Cruzeiro do Sul, através do discreto serviço de alto-falantes do Abará.

Pois o caso é que três décadas depois de implantado no Brasil, o sistema de transmissões radiofônicas é uma alegre realidade. Entretanto, alguns analistas pressentem que este seja apenas um período de transição, uma espécie de ponte entre o passado que já vai ficando bem lá pra trás e alguma coisa bem diferente que parece já estar surgindo. Apesar dos céticos, para nós essa espécie de profecia talvez já possa ser observada no que começa a acontecer no ambiente da música popular. Observemos!

Com apenas 13 anos de idade, um menino de nome estranho, "Baden Powell", morador em São Cristóvão, na Zona Norte, já está tocando seu violão em festas e bailes do subúrbio e também em rodas de samba no Morro de Mangueira. Faz o ginásio num colégio do "Bairro Imperial", e daqui a pouco, embora ainda menor de idade, já vai estar trabalhando como músico na Rádio Nacional. Se Deus quiser!

Nesse mesmo momento, lá para os lados do Méier, a menina Alaíde, 16 anos, trabalha como babá na casa de Dona Vanda, uma professora para quem sua mãe lava roupa. A professora gosta de ouvi-la cantar e a aconselha a ir a um programa de calouros; e ela parece que vai seguir o conselho. Tomara!

Segundo uma cartomante da Praça da Bandeira, daqui a uns cinco anos o menino violonista de São Cristóvão já vai estar tocando guitarra num conjunto de boate, a Plaza, na Zona Sul, no grupo de um tal Ed Lincoln, chamando a atenção dos frequentadores, entre os quais um músico de família tradicional, Antônio Carlos, mais conhecido por seu apelido doméstico, "Tom".

O tempo passa, a profecia se realiza. E perto da Plaza, numa outra boate, brilha uma moça, cantora e compositora, também do subúrbio, chamada Adileia. Da mesma forma, no mesmo ambiente, o moço Alfredo José, cantando e se acompanhando ao piano, reivindica-se como um "rapaz de bem". É filho de um cabo morto na Revolução de 32, e da mulher deste, obrigada pela viuvez a trabalhar em "casa de família". Por sorte, essa família o criou e deu estudo, inclusive de piano clássico. Chegando ao curso ginasial, estudando inglês e gostando de filmes musicais americanos, o Alfredo José se encanta pela música americana, nela se inspira e renasce como Johnny Alf.

A menina Adileia tem 16 anos. Já deixou de ser menina para ser Dolores Duran, cantora de boate. E já é, também, contratada da Rádio Nacional, onde atua ao lado dos mais famosos artistas do Brasil. O radialista que a levou é dono de uma casa noturna em Copacabana. E nela brilha o "rapaz de bem", modesto, mas encantando o público com seu piano, sua voz original e seu fino repertório de músicas americanas, semelhante ao de Dolores, que canta em vários idiomas.

Agora, na poderosa Nacional, o pianista Antônio Carlos Jobim lhe mostra a melodia de um samba-canção que fez com o diplomata Vinicius de Moraes. Dolores gosta tanto que, ali mesmo, escreve uma letra:

"Ah, você está vendo só / Do jeito que eu fiquei / E que tudo ficou..."

E o faz quase no mesmo momento, as letras espontâneas das complexas melodias de Johnny Alf começam a chegar ao público na voz de Mary Gonçalves e envoltas em belíssimos arranjos escritos pelo maestro Lyrio Panicalli.

Então, juntos ou separados, Baden, Alaíde, Dolores e Johnny Alf começam a escrever um novo e importante capítulo da música brasileira. Lançando luzes também para jovens talentos, como os de Agostinho dos Santos e Almir Ribeiro. Entretanto, e muito certamente, nenhum deles conhece ou ouviu falar do músico que agora chega à frente da nossa cena.

Chama-se Sebastião Arruda e é "músico, arranjador e regente", como consta da carteirinha de sua associação de classe, a qual volta e meia dá um jeito de exibir, como se fosse por acaso. Músico, "por concurso" — como faz questão de frisar —, da Orquestra do Theatro Municipal. E, não admitindo o eurocentrismo da música de concerto no Brasil, tem o projeto de uma orquestra especializada em ritmos afro-americanos.

Por força de seu temperamento difícil, Sebastião é tratado como "maestro" só pela frente. Por trás, é sempre mencionado como "Tião"; e qualificado como "crioulo chato", "complexado" e "invejoso".

Se a inveja é, mesmo, a "arma dos incompetentes", como diz o ditado, nosso maestro não é invejoso e, sim, competitivo, emulador. Nesse caso, em seu psiquismo, a força da rivalidade se dirige principalmente a dois colegas que não têm dele a mínima ideia: Abigail Moura e Moacir Santos.

E agora que cai a noite sobre o Café e Bar Rio Negro, a apenas algumas horas de o maestro Abigail apresentar, no auditório da ABI, a 40ª audição de sua Orquestra Afro-Brasileira, em homenagem ao aniversário natalício do "grande mestre Theodoro Sampaio", como informam os três prospectos colocados sobre a mesa de Paulo Cordeiro — já molhados de chope e meio lambuzados de gordura —, mais uma vez Arruda reclama:

— Essa ideia de naipes de sopro misturados com atabaques e chocalhos nasceu lá em casa, meus caros! É mais uma que me afanam... Paciência!

Imagine o leitor uma orquestra, composta de percussão, palhetas, metais e piano, que, antes de cada concerto, e para que eles tivessem o sucesso almejado, realizasse, passo a passo, cerimônias semelhantes àquelas que antecedem as festas do candomblé. Uma orquestra que utilizasse trajes cênicos sacralizados e instrumentos submetidos a rituais de purificação a cada récita. E cujo regente, em vez de se servir dos gestos convencionais de comando herdados da tradição clássica, usasse, para regê-la, um gestual tirado das danças de orixás e brados guerreiros dos caboclos de umbanda.

Pois essa é a Orquestra Afro-Brasileira, que Abigail Moura criou e mantém, a duras penas, há nove anos, desde 1942.

— Eu não misturo música com animismo ou fetichismo, meus amigos! Isso é folclorização barata. A música tem que se impor por si mesma; e nunca à custa desse tipo de... "macumba pra turista", como diz o outro — Sebastião Arruda bronqueia.

Mas Paulo Cordeiro não perde a oportunidade de discordar:

— Desculpe, Arruda, mas aí eu acho que você exagera. O maestro Abigail Moura é, sem dúvida, um pioneiro. Primeiro porque ele resgata a percussão de sua condição de "cozinha" e traz ela pra frente da orquestra...

— Mas essa ideia é minha. — Arruda não se conforma.

— Cadê a patente da invenção, Seu Arruda? Cadê a patente? — Cordeiro ironiza e arremata: — Além disso, você tem que admitir que a sonoridade da Afro-Brasileira está muito próxima do que se está fazendo na América, com o *bebop*. E o *bebop*, por sua vez, está muito mais próximo do conceito tradicional de música negra que outras formas de jazz.

Arruda não se entrega:

— Jazz é algaravia, é barulho de gafieira. Eu estou falando é de música. Porque foi música que eu estudei e aprendi.

A outra realidade é que, desde o ano passado, a presença de Moacir Santos, um músico pernambucano de 26 anos, chama muita atenção na Rádio Nacional.

A Nacional é, cada vez mais, o dínamo que gera não só a integração da Nação brasileira, como também o ímã que atrai para o Distrito Federal, sede do poder da República, as atenções e os ouvidos de quase todo o país. Por isso e para isso é que ela fatura, em patrocínio, alguma coisa em torno de cinquenta milhões de cruzeiros por mês, enquanto a Tupi fica com vinte e quatro, menos da metade, e a Continental, a terceira, com menos de sete milhões.

— O rádio, no Brasil, é mais um mito que outra coisa. Dá prestígio, sim, mas só isso. Porque, na Nacional, que é a maior de todas, os artistas, com raríssimas exceções, ganham salários ridículos, vergonhosos. A única vantagem é a divulgação do nome, por todo o Brasil. E isso, é claro, ajuda também a ganhar dinheiro extra, com excursões, durante as férias. Mas, de modo geral, todo artista lá é duro. A não ser os diretores, os políticos, e seus assessores. Esses, sim, ganham rios de dinheiro!

— E os que ganham dinheiro nunca são, pelo menos, moreninhos, bronzeados. Não tem um "colored", unzinho só, nesse meio, já notaram?

— Pra eles, nosso pessoal é sempre malandro, empregadinha; só serve pra fazer coro, rebolar ou servir cafezinho.

— Aí vai ser caricatura, fazer graça, tocar bumbo pra maluco dançar, como diz o outro.

— Noutro dia, num programa, teve lá um quadro humorístico sobre um baile de gafieira. De repente, um camarada, falando errado, invadia o salão, mandava parar a música e avisava que ia dar uma notícia muito triste. Aí, depois de ele avisar que tinha morrido "um crioulo", entrava em cena o corpo pro velório, ao som de uma batucada. Nesse velório, então, o texto desfiava um montão de baboseiras: que "velório de preto sem cachaça não é velório"; que "diversão de preto é roubar galinha"... E tudo acabava em uma correria atropelada, ao som de uma sirene da polícia.

— É... Racismo brabo, meu camarada. E você já reparou que, no rádio, artista preto dificilmente tem nome?

— Como assim?

— Não tem nome, é só apelido: Blecaute, Caboré, Chocolate, Jamelão, Gasolina, Pato Preto, Risadinha... E até as mulheres, mesmo bonitas: Rosa Negra, Vênus de Ébano, Pérola Negra...

Moacir Santos chama a atenção. Integra a equipe de arranjadores e regentes da Rádio Nacional, ao lado de nomes como Radamés Gnatalli, Leo Perachi, Lírio Panicalli, Alceu Bocchino, Alberto Lazolli... E Sebastião Arruda não entende como pode.

— Alguma coisa esse rapaz arrumou para estar nessa posição... Aí tem dente de coelho.

— Mas ele é muito bem-preparado, Arruda. Estudou com mestres europeus, sabe tudo de Stravinsky, é amigo de Duke Ellington, faz experiências com o dodecafonismo...

Maestro Arruda não se dá por vencido:

— É muito moderno pro meu gosto!... Mestre, pra mim, só Paulo Silva.

José Paulo da Silva, o "Paulo Silva", professor da Escola Nacional de Música, é o único com quem o nosso competitivo músico, arranjador e regente, o nosso maledicente Tião Arruda, não compete. Pois o que sabe aprendeu com ele.

— Antes de Paulo Silva, só o finado Anacleto de Medeiros. Agora mesmo, a Justiça está discutindo o plágio

de uma música do Anacleto, "Rasga o coração". Esse Villa-Lobos, que é malandro, meteu a lança na melodia e botou no tal do Choro nº 10. Então, o perito disse que o Villa melhorou a música. Músico da nossa cor... Sabe como é, né? Se o perito fosse o Paulo Silva...
    Mas a música de Paulo Silva não toca no rádio. Muito menos no Abará. Por isso Pitoco não a conhece. Música de que ele gosta é essa que está tocando agora, baixinho, no seu radinho Spica, um samba-canção que ainda nem foi composto:

"*Teu olhar me fascina / Oh, como eu vivo a sofrer / Quase que eu disse agora / O teu nome sem querer...*"

    Pitoco vira o cálice de uma só golada. E lembra de um outro tempo e de uma outra circunstância.
    O time era o Bonsucesso. E já naquele tempo, mesmo sem ter nenhum problema como este de agora, ele não entrava em campo sem uma "lapada". E no dia a dia, de três em três horas, como um remédio, uma homeopatia, tinha que tomar "uma", dar uma "bicada", uma "porradinha", uma "calibrada", como dizia:
    — Bota aí uma "três com goma", ô patrício!
    — Pura ou com Fernet?
    — Pura. Da que incha, da que matou o guarda.
    — Mais?
    — Capricha!... Isso!
    — Tá bão?
    — Passa a régua!

Seu Gentil fazia tudo pra cortar aquele vício. E em véspera de jogo, então, era um desespero: revirava o colchão, apalpava o travesseiro, olhava dentro do armário à procura da garrafa, que sabia que ele escondia.

Mas o caso é que daí é que vinha boa parte de seu talento, de sua genialidade, sua intimidade com a pelota, virtudes que, no fundo, no fundo, não passavam de irresponsabilidade. Afinal, driblar daquele jeito, ciscando, sapateando, sambando miudinho; matar no peito daquela forma, dar aquelas "chilenas", aqueles "lençóis", aquelas "bicicletas" rasantes, quase na altura do chão, era coisa de moleque, de irresponsável. Ou de bêbado.

Não! Pitoco era um crioulinho educado. Fora criado pela madrinha, viúva de um general, num casarão no Alto da Boa Vista. Mas, no terceiro ano ginasial, no internato do Pedro II, seu mundo caiu: a madrinha morreu de repente; e, na hora de dividir o legado, ninguém da família quis ficar com aquele encargo pesado.

— Não, não! Quem pariu Mateus que o embale! Nós não temos nada a ver com as beneficências de Mamãe.

O amadrinhamento, porém, não era nenhuma obra pia, nenhuma beneficência. Dona Mariana pegara o negrinho para criar mais por uma espécie de purgação de um pecado de família do que por outra coisa. A história vinha de longe. Como um dia Olavo Ananias, já famoso como "Pitoco", descobriria e revelaria a um matutino sensacionalista, que a publicara sob a deselegante manchete "*CRAQUE DO AMÉRICA, FILHO DE DOIS PAIS*", e assim resumida:

O político F. foi senador na Primeira República. Era de Minas, onde tinha terras e fazendas, mas, por força do mandato, morava no Distrito Federal, com a mulher e um casal de filhos.

Aí por 1925, na volta de uma de suas idas à fazenda, ele escolhe em seu plantel pós-escravista e traz para a Capital, para servir como doméstica, a menina M., então com uns 14, 15 anos de idade.

A menina passa a ser, a um só tempo, criada para todos os afazeres e babá do filho mais novo do senador. Bonita e atraente, ela logo se torna, também, objeto do desejo sexual do filho mais velho, por quem acaba seduzida e emprenhada. Descoberta a gravidez, com o habitual escândalo, a família se divide. A senhora quer que o filho assuma a responsabilidade por seu ato; o pai quer mandar a mocinha de volta, para não manchar sua reputação de político, e oferece um médico para o aborto.

Serenados os ânimos, o meio-termo é encontrado. M. tem a criança, um mulatinho vivo e saudável, esperto como ele só, cuja origem é atribuída a um mau passo dado por ela com um namorado ocasional. A jovem mãe permanece na casa carioca, prestando os mesmos serviços e tendo que, agora, suportar também a sanha libidinosa, lúbrica, do velho senador, dividindo seu corpo entre pai e filho. Por sorte, o menino Olavo — que tem o mesmo nome do respeitável senador — acaba sendo amadrinhado por Mariana, filha mais velha do político, solteira por opção, que o encaminha aos estudos e a quem dedica os melhores anos de sua vida. Até que "a morte os separou" — como disse o jornal.

Por essas e outras é que o técnico Gentil Cardoso sempre faz questão de afirmar sua condição de negro.

E o faz, segundo arguta observação de um respeitado jornalista, não por orgulho, mas por mágoa; por tristeza contra o preconceito e a discriminação que ainda hoje, na metade do auspicioso século 20, de incríveis avanços, tanto pesam contra os descendentes de africanos no Brasil. Ele sabe que, se não fosse preto, já teria sido técnico do escrete brasileiro. Porque técnico, mesmo, no verdadeiro sentido da palavra, no Brasil, só ele. E, sobre isso, a opinião da roda do Café e Bar Rio Negro, é quase unânime. Quase.

— Duvido que, se o "Moço Preto" estivesse lá, aquilo acontecia.

— É verdade!

— Ele estudou medicina, tem formação em educação física...

— Será que estudou mesmo?

— Estudou, sim; e é um estrategista.

— Gentil não caiu no futebol de paraquedas, não! Antes de ser técnico, foi jogador. E nenhum desses que estão aí já ganhou tantos campeonatos quanto ele.

— O problema é que fala um pouquinho demais.

— Mas você há de convir que ele fala na hora certa. E cria umas expressões muito inteligentes, que já caíram na boca do povo e daqui a pouco já estão até nos dicionários.

— É verdade... Chamar dirigente de "cartola" é muito apropriado, não é?

— Chamar bom jogador de "cobra" também.

— Eu gosto é de "zebra". Não é formidável? "Zebra" é resultado imprevisível.

— Cá entre nós, pra mim, ele é que é uma zebra.

— Mas será que o Brasil perdia a Copa se ele estivesse no comando?
— Vamos ver na Suíça. Quem sabe ele não vai?
— Muito difícil. Pelo que eu sei, quem vai, mesmo, é Zezé Moreira.
Dizem que o Pitoco ganhou a posição mais pela ginga. Mas o gingado é do corpo dele mesmo. Inclusive andando já era assim: jogava uma perna pra frente, como se estivesse chutando, dava uma balançada com o ombro; e só aí botava a outra perna, num ritmo sincopado, feito um samba de breque. E, em campo, onde só entrava depois de uma "lapada", gingava com mais balanço ainda. Mas um dia, de tanto que Seu Gentil fez a cabeça dele, o craque parou de beber.

Não perdeu a classe, a malícia, a artimanha dos dribles. Mas, no convívio, no dia a dia, ficou triste, meio cabisbaixo, depressivo. E é assim que o encontramos, agora, na roda do Abará: afogando no copo o desprezo que lhe vota Isa Isidoro. Por quem nutre verdadeira e desvairada adoração, perfeitamente expressa no samba-canção de Mirabeau, que soa, antes de ser gravado, na veludosa voz de Carmem Costa:

"*Teu olhar me fascina / Oh, como eu vivo a sofrer...*"

O amor impossível paira nas ondas hertzianas da Rádio Nacional. E aqui embaixo, na Delegacia da Praça Mauá, avolumam-se as hipóteses sobre o "Crime da Copa" ou o "Justiçamento da Rua Larga", como estampa *A Luta Democrática*:

— Pilantra! Ele vendia bananada de Mangaratiba no trem. Mas dentro da bananada tinha essa erva, a tal de maconha, diamba, tabanagira; sei lá... E ainda teve a cachimônia de vender pra mim, uma pobre viúva. Quando tirei o papel fino, aí eu senti o cheiro. Então, botei a boca no mundo. Tô errada?

Não tem erro. Do Abará, seguindo pela Senador Dantas, você chega à Lapa, que é quase uma continuação da Cinelândia. É só passar pelo Passeio Público, chegar ao Largo, atravessar os Arcos e chegar à Mem de Sá. Ou, então, entrar na Evaristo da Veiga e cair na Visconde de Maranguape. Porque o famoso e lendário "bairro" é só aquele pedaço lá, pequeno mas nervoso, por conta dos cabarés Casanova e Novo México; da Leiteria Boll, do Café Indígena, do "ferro de engomar" (prédio engraçado!)... E do Imperial, que é onde a rapaziada cura a ressaca e limpa o fígado, com o Hidrolytol, água gaseificada com uma espécie de sal de fruta Eno.

Nelsinho Lorde de vez em quando vai até lá. Ou vem de lá, como agora — do outro lado: Conde Laje, Joaquim Silva, desce, passa pelo Cine Colonial... —; vem de lá, trazendo as novidades do "ponto maior do mapa do Distrito Federal", como diz o samba de Herivelto e Benedito Lacerda.

— Ih, rapaz! O Negão está lá. Impossível. Pra variar, está descendo a ripa na UBC, falando mal da diretoria; que estão metendo a mão no bolso dele, que não está recebendo nada de direitos autorais...

— É um criador de caso.

— Sei lá... Eu acho é que ele tá birimbolado...

— O problema dele é a bebida: sem beber, é uma dama; depois do terceiro copo, destrata até os amigos. Já saiu no tapa com o Arnô, com o Barão... Não sei como é que ainda tem gente que atura.
— É um compositor formidável, honra seja feita! Cada samba que ele tira é tiro e queda.
— E é um pedaço de crioulo, não é? — Agora quem fala é Norma Nadall, do elenco do Night and Day. — E como se veste bem.
— Veste-se bem mas procede mal.
— Tem mulher que gosta!
— E como tem...

• • •

Paulo Cordeiro não se vestia tão bem assim, mas seu procedimento era irrepreensível, como lembrava a jovem Marina.

Paulo não sabia mais dela, havia quase vinte anos. E tinha certeza absoluta de que ela fora o grande amor de sua vida. Um amor que agora renascia ou parecia renascer das cinzas, com mais força ainda, tirando-lhe a paz de espírito e devolvendo ao seu corpo todas aquelas coisas estranhas da primeira vez: boca seca, suor frio, descontrole da fala, vontade doida de escrever coisas diferentes de todos aqueles "antropologismos" e "etnografices" que alimentavam seus artigos e livros.

A voz ao telefone foi logo reconhecida: era pura música. E a ligação não chegava a ser uma surpresa. Em uma de suas últimas viagens à Bahia tinha ido com um grupo de amigos, meio de farra meio em pesquisa, ao candomblé de Mãe Nininha. E, mesmo incrédulo como era, não se furtou a uma consulta aos búzios.

No jogo, entre outras previsões nebulosas, foi dito que alguém muito querido, que fazia muito tempo ele não via nem ouvia falar, estava de volta à sua vida, não se sabia ao certo por que nem pra quê. Mas não era para o mal — diziam os búzios. Porque, se fosse — Mãe Nininha garantia —, Oxóssi, o Grande Caçador, retesando o arco, mirando bem no meio da nuvem escura, neutralizaria a força negativa, flechando a ave agourenta em pleno voo.

Oxóssi sabia — segundo o jogo — que Paulo Cordeiro vivia um casamento sólido e estável. Mas talvez não soubesse, como o próprio Paulo não sabia direito, nem admitia, é que aquele era um casamento calmo apenas por fora, na aparência, pois era, na essência, uma chaleira fervilhando de carências e insatisfações.

O telefonema, então, embora não fosse exatamente uma surpresa, deixou Paulo nervoso. E a ansiedade aparecia agora, nas horas e nos minutos que antecediam o reencontro.

— Tu tá estranho hoje, hein, caboclo!? O que que tá havendo? — Esdras preocupa-se com a notória ansiedade do amigo, fumando sem parar e já na terceira dose de uísque.

— Estou esperando uma pessoa...

— Hmmm... Pessoa importante, então...

Cordeiro procura ironizar, pra demonstrar controle sobre a situação:

— Importante?... Eu diria "significativa".

— Ah! Sei... — Esdras, malandro velho, entende que a pessoa é uma mulher; e o caso é amoroso. — Nesse mato tem coelho...

Há algum tempo que o casamento de Paulo Cordeiro se equilibra e sustenta apenas na amizade e na parceria. Virgínia é a secretária que datilografa seus escritos; a cozinheira que melhor sabe preparar, nos dias especiais, os quitutes baianos de sua preferência ("aprendeu com minha finada mãe", costuma dizer); é a gerente de seus pequenos negócios ("se não fosse ela, eu não tinha nem um barraco pra morar, seu mano!"). É pau pra toda obra, naquela casa em que o chefe não sabe nem trocar uma lâmpada. Só não conseguiu foi dar-lhe um filho, nesses vinte anos de casamento, coroação de uma parceria que vinha desde a faculdade, onde se conheceram. E assim como, naquela época, se empenhou para que Paulo fosse eleito presidente do Diretório Acadêmico, hoje ela move paus e pedras, céus e terras para que ele assuma a cátedra de Estudos Brasileiros na Universidade. Pois ela, mais do que ninguém, sabe que ele, embora não tenha os certificados e títulos exigidos, é, sem dúvida, o mais qualificado entre todos os postulantes; e sabe o quanto ele deseja esse cargo. Muito embora, na época atual, um negro — mesmo sem carregar na pele, em grau elevado, a marca tida como infamante — ingressar naquela "egrégia congregação" é, no mínimo, um problema.

— Antigamente, o Brasil era o inferno dos negros, o purgatório dos brancos e o paraíso dos mulatos! — como dizia o padre Antonil. — Se o Conselheiro Rebouças e seus filhos; Luiz Gama; Theodoro Sampaio; Juliano Moreira fossem brancos, certamente não teriam o nome que tiveram. Mas eram mulatos, e por isso, e por não serem pretos, foram considerados os melhores entre os melhores...

— A Universidade não foi criada para dar oportunidades a desfavorecidos. O único e legítimo critério para o ingresso na vida acadêmica é o mérito: mereceu, seja bem-vindo; não mereceu, vá procurar seu caminho. Se formos admitir no corpo docente alguém só pelo fato de ser dessa ou daquela cor, por ser especialista em costumes exóticos, em folclores e sambas, estaremos convertendo a Universidade em uma mistificação. O princípio do mérito inibe os apadrinhamentos, a nomeação dos apaniguados ou "empistolados". A não observância do princípio acabará por minar as estruturas da Universidade... O ingresso de docentes sem o mérito exigido e sem o perfil acadêmico adequado poderá ter um impacto devastador.

Perfil, mérito, impacto...

Nem alta nem baixa, magra, cabelos curtos, trajando a saia de *pied-de-poule* e a blusa creme das funcionárias do Banco de Comércio e Indústria, Marina é toda elegância e discrição. Elegância simples, de moça suburbana nascida em família pobre mas boa.

Paulo a conheceu ainda adolescente, estudante do Visconde de Cairu, bom colégio público no Méier. Conheceu no bonde 85, Cachambi, ela absorta, lendo, num livrinho de capa preta, estes versos de Fernando Pessoa.

"*A minha consciência de ter consciência de ti*
é uma prece,
E o meu saber-te a sorrir é uma flor murcha a
meu peito..."

Namoraram firme. Com o consentimento de Seu Ferreira, operário gráfico, filiado ao Partido Comunista, tranquilo, esclarecido, pensando adiante do seu tempo.

— Existe muita semelhança entre a condição da mulher e a do trabalhador, meu rapaz; sempre existiu. Desde a dissolução das comunidades primitivas, quando a humanidade descobriu que uma pessoa podia explorar a força de trabalho de outra ou de um grupo, é assim. No feudalismo, a mulher era apenas uma propriedade do marido; podia ser vendida, trocada, emprestada, e até morta. No capitalismo, o Estado burguês só proclama a liberdade das mulheres pra ele se servir da mão de obra pro sistema industrial. Mas os pais e maridos são donos dos sentimentos, da virgindade, da fidelidade da mulher...

As afinidades entre o velho comunista e o jovem simpatizante iam além da sociologia e da política. Elas chegavam, em longas conversas, de arroubos de camaradagem, e espírito de seita, até o futebol:

— Antigamente, pra ser jogador de futebol tinha que provar saber ler e escrever, ter bom comportamento; não ser mendigo, nem analfabeto e nem jogar por dinheiro. O senhor sabe por que isso? Pra não dar entrada a pretos e mulatos, só isso. Em 23, o Vasco, que era da segunda, passou pra primeira divisão; e como os jogadores eram quase todos pretos ou mestiços, vindos do subúrbio, os portugueses da diretoria, malandros como eles só, tiveram uma saída formidável: registraram os jogadores como empregados nas firmas de alguns sócios do clube. E, como tinham capital, davam casa, comida e bom passadio aos jogadores. Foi assim que o Vasco montou um timaço: Nelson, Leitão e Mingote; Nicolino, Claudionor e Artur; Pascoal, Torterolli, Arlindo, Cecy e Negrito. E foi campeão; quase invicto; só perdeu uma... Pro Flamengo.

— Então, quer dizer que o Vasco foi mesmo o primeiro clube de futebol a dar vez a jogadores pretos e pobres...

— Foi e não foi. Na minha visão, o que falou mais alto aí foi o interesse dos capitalistas. Mas o futebol ficou mais popular.

— E mais bonito, não é, Seu Ferreira!?

3

"E os voos de águia nas estrelas solta..."

Localizado entre a Glória e Botafogo, bem antes de ser a sede do governo da República o Catete já era um bairro bacana. E ainda hoje ele abriga construções daquele tempo: antigos palácios e palacetes, vários deles agora utilizados como pobres moradias coletivas, as célebres "cabeças de porco".
Dominando a paisagem do pequeno mas importante bairro, vê-se o Morro da Nova Cintra, com subida pela Rua Bento Lisboa; e que é fronteiriço ao do antigo Cantagalo, onde se sobe pela Rua Santo Amaro.
Aqui, manda Getúlio, para todo o Brasil. Mas no bairro do Catete e adjacências o presidente é o bicheiro Cristalino Damásio da Encarnação, o "Lino do Catete", católico apostólico romano, membro da Irmandade de Nossa Senhora da Glória do Outeiro; filho de Iemanjá com Ogum.
Com já meio século de idade e apesar da vida dura que teve, Lino, mesmo franzino, ainda é bastante forte. E soma a esse vigor físico um caráter também forte, de homem mandão, autoritário... e mulherengo.

É com essas características que ele comanda não só seus pontos de apostas, localizados além da extensão do bairro, até o Humaitá, como também a escola de samba Decididos do Catete; e três belas famílias "legalmente" constituídas e consentidas.

Lino não bebe nem fuma. E dizem que está aí o segredo de seu propalado vigor nos embates sexuais. O que o tem levado, além da fortuna amealhada, a ser o xodó de muita meninazinha com idade quase para ser sua neta, como é o caso de Nilza.

Engraçadinha e jeitosa, insinuante e espevitada, Nilza nasceu num cortiço na Santo Amaro. Era empregada da tranquila família de um coronel da Aeronáutica. Mas, agora, mantém com a casa apenas uma boa relação de amizade, pois mora "independente", como gosta de dizer, em um pequeno apartamento no Flamengo, alugado e mobiliado por "Seu Lino", o dono do Catete.

Nilza não frequenta, claro, o Abará.

— Deus me livre! E Seu Lino ia deixar?.

Mas sabe principalmente, no que diz respeito à sua "comadre", a já quase famosa Norma Nadall de tudo o que se passa no fervilhante e alegre bar da Cinelândia.

No Abará, assim como no Rio Negro ou em qualquer outro bar ou boteco, bacana ou pé-sujo, há os que bebem bem e os que bebem mal.

O velho Ministro costuma dizer que não bebe e, sim, "ingere", em "doses homeopáticas", pois pertence a uma certa "Confraria dos Aperitivistas Elegantes". Mas o Negão a que Nelsinho se refere — na carteira de compositor, Geraldo Isidoro Pereira —, segundo ele, apesar de seu imenso talento musical, bebe realmente mal, pois fica violento sob o efeito do álcool; exatamente o inverso de Pitoco, meloso, babão, inebriado pelo recorrente "solo" da prima de Geraldo, a incrível Isa Isidoro:

— Tenho também ótimas recordações da Bolívia. Os pretos bolivianos têm um "folk-lorr" formidável.

— Ué? Tem preto na Bolívia, Isa?

— E onde não tem, meu filho? Só onde não teve riqueza. E a Bolívia tinha prata.

— É verdade...

— Lá, eles fazem procissão pra San Benito, que é o nosso Benedito; coroam o rei do Congo, como no Brasil; e dançam uma dança chamada "*zamba*".

— Samba?

— Se escreve com "z"; mas se fala como aqui. A origem é a mesma; e é dança de par, de casal...

O gosto de Isa pelas tradições populares lhe foi incutido, como diz, pela saudosa Etiópia de Oliveira, mestra de toda uma geração de bem-formados discípulos. A lembrança da Mestra, reiteradamente evocada, qualquer que seja o assunto, paira tanto sobre a roda de amigos do Rio Negro quanto sobre a do Abará, escarnecido como "Colored", "Pequeno Harlem" ou "Harlemzinho".

Nascida em 1900, Etiópia, cantora lírica e professora de canto orfeônico, completou seus estudos no antigo Instituto Nacional de Música. Em 1918 casou-se com o célebre compositor afro-americano David Nathaniel Houston e durante muitos anos foi intérprete de suas músicas. O Maestro Houston, como se fez conhecido, era músico de concerto e de jazz, arranjador e regente, tendo herdado o talento do pai, o violinista Thomas, cego de nascença. Nascido escravo de certa família Houston em Columbus, Geórgia, o grande solista era já famoso aos 8 anos de idade, com o apelido "Blind Tommy Houston". Desse maravilhoso músico cego, Etiópia herdou o sobrenome que orgulhosamente ostentava depois de casada: Etiópia de Oliveira Houston. E esse é o nome que consta nos registros da Prefeitura do Distrito Federal, já que nossa ilustre personagem teve importante atuação no magistério público, como orientadora do Serviço de Educação Musical e Artística e na Campanha de Defesa do Folclore. Dona Etiópia organizou e dirigiu o Coral Henrique de Mesquita na Escola Normal Auta de Souza; e essa iniciativa gerou outras também importantes. Em 1939 ficou viúva, e fez de sua solidão um campo fecundo de militância política e cultural no terreno da Negritude. Falecida durante a Guerra em circunstâncias misteriosas (correm rumores de que teria se matado por amor), uma década depois, seu nome e sua lembrança permanecem na boca e no pensamento de todos os que vivem e pensam a cultura afro-brasileira.

Coincidentemente, enquanto no Abará Isa Isidoro faz o elogio póstumo da saudosa, baseada no necrológio publicado no *Diário de Notícias*, a mesa do Rio Negro, consternada, conversa sobre a morte da soprano Zaíra de Oliveira, considerada a "Marian Anderson brasileira", que acaba de falecer.

— Era formada pelo Instituto Nacional de Música. Seu forte era o clássico, mas, como era versátil, no regional de Rogério Guimarães cantava popular.

— Era versátil, sim; mas cantava popular porque não deixavam ela cantar clássico.

— A gente sabe...

— Tanto que em 21, no concurso do Instituto, diante de uma banca de sete professores, conquistou medalha de ouro e só não ganhou prêmio de viagem porque era de cor.

— Nessa época, os racistas faziam de tudo pra barrar a ascensão de pretos e mulatos.

— Como até hoje.

— Mas Zaíra era humilde, não alardeava nada. E olha que o Instituto era a escola de música mais importante do Distrito Federal; e uma medalha de ouro lá... Caramba! Valia muito.

— Ela era casada com o Donga, num casamento muito bonito, de muita união; no qual nasceu uma menina linda...

— Donga foi e ainda é um grande músico! Um mestre da música popular.

— Um dos pais do samba, junto com Pixinguinha e João da Baiana.

— Zaíra sabia música de verdade, e como poucos. Podia ter sido a nossa Marian Anderson.

— Paschoal Carlos Magno diz que ela foi uma das maiores cantoras negras do mundo.

— Em 25 eu assisti a uma apresentação dela no Teatro Municipal de Niterói. Cantou árias da Tosca de Puccini; a Berceuse de Alberto Nepomuceno; uma ária do Schiavo de Carlos Gomes... E antes, no mesmo mês, tinha cantado canções de Catulo e Gastão Formenti no Copacabana Palace. Era versátil mesmo. Cantava até em coro de igreja.

— E era muito simples. Villa-Lobos adorava ela. Tanto que deixou na mão dela a coordenação dos orfeões escolares da Prefeitura...

— Agora vai cantar no Céu. Com os anjos. Angelitos negros, como os daquele bolero.

— Aliás, o bolero reclama que os pintores, quando pintam o céu, só pintam anjos lourinhos, de olhos azuis.

Mas a música que vem do rádio agora não é um bolero, e sim um brejeiro solo de cavaquinho, tocando um baião — gênero que há uns dois anos domina as chamadas "paradas de sucesso", sucedâneas do *hit parade* americano; e já chega inclusive à televisão.

Inaugurada há menos de um ano, a televisão conquista a cada dia novos adeptos, suscitando a pergunta que está em todas as bocas: será que ela vai acabar com o rádio?

Por enquanto, certamente não. Caso contrário, não haveria, no momento presente, tantas pessoas com os ouvidos literalmente colados no rádio, sintonizado nas ondas da PRE-8, a Rádio Nacional.

Nesta noite, depois de um ano e nove meses no ar, chega ao fim a novela *O direito de nascer*, transmitida pela Nacional. Atingindo espantosos índices de audiência, a novela abordou, durante todo esse tempo, questões importantes como racismo, preconceito, liberdade, abuso de poder etc. Transmitida três vezes por semana, às oito horas da noite, ela confirmou a primazia de Cuba no radioteatro, que, no Brasil, começou em 36 com uma novela cubana também. O assunto é discutido tanto na mesa do Rio Negro quanto na do Abará.

— Coisa mais doida isso de novela; não se fala em outra coisa.

— É verdade! Todo mundo quer ver o Albertinho Limonta casar com a Isabel Cristina...

— E a Mamãe Dolores, coitada!...

— Que dramalhão, hein?

Dramalhão, mesmo! No enredo, a filha de uma família patriarcal, apaixonada, contrariando a vontade do pai, Dom Rafael, senhor de engenho, dá um mau passo e engravida do namorado. O menino nasce e, para que não seja morto pelo avô, a criada negra da família, Mamãe Dolores, o leva para um lugar remoto e ignorado onde o menino é criado. Dom Rafael se tranquiliza, achando que ele está morto; e a filha pecadora, desiludida, se recolhe a um convento. O menino cresce, estuda e se forma em medicina. E é ele que vai salvar a vida do avô, acometido de uma terrível doença. Mas nisso, se apaixona por uma moça da família, sua prima, sem o saber. E assim se desenvolve o enredo, no ambiente patriarcal da ilha cubana, muito parecido com o do Brasil.

— Tremendo bolero mexicano!

— Mexicano, não: cubano.

— Os cubanos é que inventaram esse negócio de novela. Primeiro foi aquela, como é mesmo?

— *Em busca da felicidade.*

— Isso! Engraçado é que o Brasil também tem história pra se fazer novela assim.

— Assim como?

— Assim: retratando a sociedade patriarcal, o coronelismo, a servidão do negro...

— Ah, tem! Claro que tem.
— Cuba e Brasil são muito parecidos, têm histórias muito semelhantes. Os africanos que foram pra lá como escravos, de um modo geral, saíram dos mesmos lugares dos que vieram pro Brasil: Angola, Congo, Guiné, Costa da Mina, Daomé, Calabar...

Quem fala é Paulo Cordeiro, especialista no assunto, causando alguma surpresa.

— E no mesmo tempo?
— Foi. No mesmo tempo. O candomblé lá tem outro nome: *santería*. Mas é a mesma coisa daqui, os santos são os mesmos: Xangô, Ogum, Iemanjá, Oxum...
— Interessante! Eu não sabia disso.

Realmente, Cuba tem muito a ver com o Brasil. Inclusive, a "Mamãe Dolores", personagem da novela, parece ter sido inspirada por "Ma Dolores", curandeira que viveu lá, na época colonial. Africana, tornou-se famosa pelas curas que realizava, supostamente usando apenas saliva e água de um poço que, até muito tempo depois, era chamado de "o poço de Ma Dolores". Seu grande poder de mobilização popular atraiu a atenção das autoridades espanholas, que a prenderam e condenaram à morte por incitamento à rebelião. Colaboradora dos nacionalistas cubanos que lutavam pela independência, em 1876, foi conduzida a Havana para ser executada. Salva no último momento por um indulto, sua figura tornou-se mitológica, suscitando o nascimento de várias lendas. Até hoje é considerada, na província de Las Villas, responsável por prodígios, tendo, no ano, uma quarta-feira especialmente consagrada à sua lembrança: *"el viernes de Dolores"*.

— Durante o escravismo, Cuba e Brasil foram as colônias americanas que mais se serviram de mão de obra africana; e, já independentes, foram os dois últimos países a abolir a escravatura nas Américas.

— Por isso a presença africana na cultura dos dois países é muito forte e muito semelhante.

A bailarina, coreógrafa e antropóloga Katherine Dunham sabe disso. Por isso ela veio ao Brasil no ano passado, para mostrar sua arte e ver *in loco* o que estudava. Mas, infeliz ou felizmente, foi pivô de um vergonhoso caso de racismo. Mas, antes, tinha ido a Cuba.

Sua primeira viagem à Ilha de Nicolás Guillén, poeta *de color*, foi em 1938. Então, do alto de seus 28 anos de idade e seu um metro e oitenta e tanto de altura, a bela Kaye Dunn — nome com que assina seus artigos — aproveitava a viagem e se iniciava na *santería* ou *regla de ocha*, a "lei dos orixás". A partir daí, seu trabalho fez o mundo reconhecer a beleza e o valor das danças de origem africana.

O momento em que Katherine chega ao Brasil é decisivo. No Rio e em São Paulo, os pretos e mulatos começam a reivindicar melhor posição no conjunto da sociedade; e, aqui, o fazem principalmente mostrando a força e a riqueza da sua cultura.

Enfim, "chegou a hora dessa gente bronzeada mostrar seu valor", como antecipou o compositor baiano Assis Valente, em 41. E Katherine Dunham, com sua magnífica companhia de dança, bota ainda mais lenha nesta gostosa fogueira.

É assim que alguém jura tê-la visto, numa alegre e ruidosa caravana, a caminho de Duque de Caxias, na Baixada

Fluminense, onde, levada por Abdias Nascimento, líder da gente negra, teria ido ao encontro dos orixás, no terreiro de Joãozinho do Cabula. Entretanto, a visita de Ms. Dunn ao Brasil acaba tornando-a protagonista de um episódio vergonhoso, num hotel em São Paulo:

— Não temos mais acomodações. O hotel está lotado, senhor.

— Mas eu estou vendo aquelas pessoas ali preenchendo fichas.

— *I beg your pardon*. — Katherine não está entendendo.

— Tinham reserva, senhor.

— Eu sei que este hotel tem acomodações... — Abdias já está a ponto de explodir.

— Não insista, senhor. Eu já lhe disse que não temos vagas.

— *I know what is goin' on* — Ms. Dunham já percebeu tudo. — *That's Brazilian Jim Crow!... Amazing!*

A bela e elegante Katherine acaba de sentir o gosto amargo do racismo brasileiro. Numa dose cavalar; e sem o habitual disfarce. Como já o conhecia a antropóloga Irene Diggs, sua conterrânea, barrada no Rio, no Hotel Serrador, poucos anos antes.

— Este país me seduzia à distância. E o que mais me atraía era a convivência fraterna entre brancos, pretos, mulatos e índios — contava ela, magoada, ao repórter do jornal *Diretrizes*. — Foi com essa ilusão que eu cheguei ao Rio, rumando do aeroporto para o hotel, onde a Embaixada Americana tinha feito minha reserva, com bastante antecedência. — Aqui, a cientista enxugava uma furtiva lágrima, respirava fundo e continuava: — Eu vinha, em missão oficial do Departamento de Estado, pesquisar a situação social e histórica dos negros na bacia do Prata e no Brasil. Quando cheguei ao hotel e me dirigi à recepção, notei a surpresa: eles não sabiam que a Doutora Irene Diggs era negra; e, aí, se atrapalharam e acabaram por me apresentar uma desculpa esfarrapada, alegando que não havia vaga. — O tom aqui já era de desafio, exigindo resposta. — Agora estou convencida de que, no Brasil, há mais preconceito do que em qualquer outro país da América, com exceção dos Estados Unidos. No meu país isso tende a desaparecer, mas aqui a tendência é aumentar; e explico por quê: os negros americanos são hoje o grupo de origem africana mais avançado do mundo; alcançamos tal grau de cultura e bem-estar econômico que já não podemos mais ser tratados como párias, o que não ocorre no Brasil. Estou decepcionada!

Katherine Dunham também está desencantada. Então, estimulada pelo amigo Abdias Nascimento (foi ele que lhe revelou o caso de Irene Diggs), convoca uma reunião, no hotel de segunda classe onde acaba se hospedando. De lá, já quase de manhã, Abdias telefona para o deputado Melo Franco, líder da bancada udenista na Câmara.

O udenista, bacharel em Direito, vem de uma tradicional família mineira de políticos, intelectuais e diplomatas, presente no cenário histórico brasileiro desde o Império. E é claro que não vai perder a chance de entrar para a História como propositor da primeira lei brasileira contra o "preconceito de raça e de cor". Então, anota ponto a ponto as informações que Abdias lhe transmite; e no dia seguinte já tem pronta a justificativa da Lei:

"1 — Uma das manifestações mais chocantes de desrespeito ao direito do homem e à dignidade da pessoa humana, que ainda se pode observar na época atual, é, sem dúvida, o preconceito de raça ou de cor.

2 — A tese da superioridade física e intelectual de uma raça sobre as outras, cara a certos escritores do século passado como Gobineau, encontra-se, hoje, definitivamente afastada, graças às novas investigações e conclusões da Antropologia, da Sociologia e da História. Ninguém sustenta atualmente, a sério, que a pretendida inferioridade nos negros seja devida a outras razões que não a seu *status* social, e que a influência política, por vezes considerada nefasta, dos judeus tenha outra causa senão o isolamento político e a perseguição racial que há milênios atormentam esta velha nação.

3 — No Brasil, cientistas e escritores eminentes têm contribuído para o esclarecimento, em plano mundial, dos erros e injustiças decorrentes dos preconceitos de raça. Povo em grande parte mestiço, país de imigração, onde, além do mais, ainda existem silvícolas, é natural que os estudos de Antropologia Cultural e de Sociologia Racial se tenham desenvolvido consideravelmente.

4 — Urge, porém, que o Poder Legislativo adote as medidas convenientes, para que as conclusões científicas tenham adequada aplicação na política do governo."

Hamilton Nascimento não é parente de Abdias e não conhece Katherine Dunham. Mas sabe quem são; e o que a americana esteve fazendo no Brasil. Por isso, ouve com atenção a explanação do Doutor Paula Assis sobre o projeto de lei e sua tramitação. Ao final, motivado pelas explicações e implicações que o advogado traz à mesa, lembra-se e resolve perguntar sobre o caso do "Bigode":

— E por falar nisso, Doutor: como é que ficou o caso do linchamento na Rua Larga; aquele da Copa do Mundo?

— Ah, meu rapaz! O inquérito nem bem foi aberto. Não se sabe nada direito... Era um pobre coitado... Morava numa favela em Vaz Lobo... Foi confundido com o Bigode... *Error in personam*!

Paula Assis já sabe que o bárbaro assassinato, por motivo fútil, foi incitado por um grupo de estudantes de "boas famílias". E resolveu, por conta própria, funcionar como assistente da promotoria. Mas o processo judicial, mesmo, ainda nem começou: só existe o inquérito, na polícia.

• • •

Linchamento, Ku-Klux-Klan, segregação... As palavras dançam no ar, num balé macabro. E envolvem o velho Ministro, que vem chegando no seu passo de "pisa-mansinho", com o qual tenta driblar o incômodo dos joanetes e dos "esporões" que lhe aferroam as solas dos pés.

— "*Flamengo joga amanhã, eu vou pra lá / Vai haver mais um baile / No Maracanã...*" — ele chega cantarolando.

O Congresso acaba de votar a nova Lei. Porém o nosso Ministro, filho e neto do samba, não sabe do que se trata. No seu mundo, todos são iguais, sem distinção nenhuma.

— No Brasil não tem esse negócio de preconceito. Isso é papagaiada de crioulo metido a americano; ideia de jerico. Sobe no morro, que você vai ver: é preto, branco, índio, cabo-verde, tudo misturado. O próprio português não negou os pretos. Eles sempre tiveram filhos mulatos. Que eles reconheciam, botavam pra estudar, ser doutores.

E nessa, cumprimentando um, cumprimentando outro, saudando seu povo, ele vem chegando ao São Borja.

— Fala, Ministro!

— Fala tu que eu tô cansado.

O Edifício São Borja fica no 227 da Avenida. Dizem que lá em cima funciona um bordel, o "Senadinho", assim chamado porque é o preferido de nove entre dez estrelas da mais alta casa legislativa da República. Dizem.

O certo é que a entrada é bacana, forma uma galeria comprida, com várias lojas, inclusive a Carlos Wehrs, de discos e partituras; uma charutaria, uma barbearia, e um café, frequentado por artistas e compositores. Porque lá em cima funcionam a Rádio Copacabana e os estúdios de uma gravadora. Daí...

— Como é que é, Ministro? Tudo nos conformes?

— Tudo no esquema, meu chapinha.

— Novidade lá pela Praça Onze?

— Na Praça Onze, não; mas na Praça Saenz Peña tem, sim. No Salgueiro.

— Morreu quem desta vez?

— Morreu, nada! Está nascendo. Escola de samba.

— Mais outra?

— De três estão fazendo uma.

— Ah, é? Essa é novidade, mesmo. Como é que foi isso?

— Há muito tempo que a turma de lá estava a fim de juntar as quatro e fazer uma só. Encontrei agora com meu compadre Neca... Neca da Baiana... E ele me deu o serviço.

— Juntaram as quatro?

— Por enquanto, foram três só: Azul e Branco, Depois eu Conto e Aliados. A Floresta... Sabe como é, né?

— Aquele Seu Basílio é um turrão, um cabeça-dura.

— Ele deve ter lá suas razões. O Calça-Larga também não queria, mas já chegou nos conformes.

— Mas tem que ver a realidade. As quatro juntas, bem-organizadas, ia ser o maior desacerto; ninguém segurava, não!

— Balançava a roseira...

— Dava um susto na Portela, no Império e na Mangueira.

— Pô, legal aí: rimou!

— As três já está legal. Se levar direitinho, aquilo lá vai ser uma potência!

...

Visto assim de baixo, o Morro do Salgueiro é um mastodonte, uma escultura de pedra e mato, cinzenta e fria, salpicada de casebres de zinco e cochicholos de restos de madeira, úmido no inverno e fervente no verão. Faz parte do Maciço da Tijuca, que é a vertente norte da Serra da Carioca, a mesma do Morro do Corcovado.

Visto daqui de baixo, ele é estranho; mas lá de cima a vista é uma beleza. E quem sabe logo sente que está no "bamba dos bambas", nos domínios da "academia do samba", num céu aberto fantasiado de "Inferno de Dante", como escreveu o cronista Vagalume, vinte anos atrás, mesmo sem saber por que o Salgueiro tem esse nome. Tem gente que pensa que salgueiro é o mesmo que sabugueiro; mas não é. O sabugueiro (*Sambucus nigra*) é uma árvore da família das caprifoliáceas, de casca escura e enrugada, que chega a uns quatro metros de altura. Já "salgueiro" é a denominação de diversas espécies de árvores, principalmente da família das salicáceas, como o salgueiro-branco, o salgueiro-bravo, o salgueiro-chorão, o salgueiro-da-babilônia, o salgueiro-da-índia, o salgueiro-do-mato, o salgueiro-dos-rios, o salgueiro-francês e o salgueiro-preto. E o nome chegou ao Morro, segundo os moradores mais antigos, por conta de um fato miraculoso, ocorrido na época da escravidão.

Diz a tradição que, por essa época, toda esta área do Maciço da Tijuca por onde o Morro se estende, era uma enorme fazenda pertencente a um único proprietário, conhecido como Seu João Bala. Embora dono de um plantel de mais de trezentos escravos, João Bala sempre comprava mais. E, estranhamente, dava preferência a escravos exóticos, diferentes, como dois ou três de olhos verdes, outro com olhos azuis, três ou quatro de pouco mais de um metro de altura, todos muito estranhos.

Entre esses pretinhos, o velho tinha sempre perto de si dois, chamados César Pompeu e Crasso, os quais serviam basicamente para divertir as visitas ou constrangê-las. Com um metro e trinta de altura, mas de porte autoritário e cara de poucos amigos, com seu grosso bigode, Pompeu fardava-se como um meirinho do tempo do Rei: casaca, calção, chapéu armado e espada à cinta. Só que a casaca era de veludo vermelho, o calção de cetim verde brocado, as meias amarelas, combinando com o rebordo de arminho do chapéu, vermelho também.

Quando percebia que o patrão queria que uma visita se levantasse para ir embora, César Pompeu chegava bem perto dela, à altura de seus olhos, e a ficava encarando sem piscar. Seu João fingia não ver e continuava a conversa. Mas, aí, invariavelmente, o visitante percebia que era hora de sair.

O outro bufão, Crasso, ainda menor e mais velho que seu companheiro de ofício, era careca e barrigudo, e vestia apenas uma espécie de fralda verde e amarela. Sua especialidade eram as acrobacias, que executava com incrível habilidade; mas sem qualquer cuidado, pudor ou senso de ridículo. Ao final de cada sequência acrobática, principalmente diante de visitantes ilustres, o homenzinho emitia, pelo "vaso traseiro", uma estrondosa e fétida ventosidade. E, com isto, o "Sinhô Velho" se esbaldava, divertindo-se com gosto, ao ver o clima de constrangimento que se instaurava.

Mas Seu João Bala era uma boa alma; tanto que seu maior sonho era ter um escravo ou escrava de pele branca, de aparência caucasiana mesmo.

Até que um dia chegou Sali.

Essa escrava, completamente diferente de tudo que se pudesse imaginar num plantel de escravos africanos, era branca como um lírio. E era, na percepção de Seu Bala, a escrava mais bonita que ele já tinha visto.

Os demais escravos logo viram Sali como um ser sobrenatural, como um presente de Zâmbi — ou de Olofim ou Marru — para atenuar seu sofrimento e quem sabe livrá-los do cativeiro. Um dia, porém, sem que se soubesse por que, Sali morreu, causando grande dor e tristeza profunda a todo o povo da fazenda.

Num ambiente de grande consternação, Sali foi enterrada no espaço ao lado da capela. Espaço que se tornou centro de peregrinação, aonde todos os dias os escravos iam para rezar e chorar, chorar muito. Sempre. Com a sepultura umedecida por tantas e tão constantes lágrimas, nasceu nela uma planta desconhecida. Curiosos, os escravos, autorizados pelo dono, escavaram a sepultura e viram que a planta nascera do próprio corpo de Sali, como uma extensão dele. E o mais impressionante é que, à medida que a árvore ia crescendo, dela emanava, em quantidades cada vez maiores, uma substância branca e salgada, que, submetida a exame por um biólogo especialmente contratado, constatou-se ser sal-gema, riqueza mineral altamente valiosa:

— Foi por isso que a árvore ganhou o nome de "salgueiro", até então desconhecido no Brasil. E daí o nome passou pro lugar: Morro do Salgueiro. Pelo menos foi isso que eu aprendi no Ginásio, com Dona Etiópia de Oliveira.

• • •

Quem conta essa história, mirabolante e improvável, e ainda por cima creditando a fantasiosa informação à coitada da falecida professora, é Nelsinho Lorde, enquanto não começa a reunião, na sede do "Azul e Branco", nome pelo qual é mais conhecida a Aliados do Salgueiro, uma das quatro escolas de samba locais.

A sede é na Rua dos Junquilhos, que corre em toda a base do Morro. E, enquanto a reunião não começa, a gente dá um bordejo, conversando.

Subimos a Carvalho da Cruz, passamos pelo Cantinho do Papai, de Seu Geraldo Caxambu e Dona Margarida. Sempre quebrando à esquerda, a gente chega ao Bar do Lúcio, irmão do Noel e marido de Dona Ana. Daqui, saindo pra direita, chegamos no Terreiro Grande, onde atrás do gol, à esquerda, mora Seu Nescar; e logo abaixo fica o Cabaré do Calça-Larga. Tudo gente nossa!

O terreiro da Príncipes da Floresta fica lá em cima, na parte mais alta e mais distante; e o da Depois eu Conto fica mais pra esquerda, abaixo do centro espírita do Seu Paulino. Mas o Morro é muito grande; e como esses pontos de referência são muito distantes uns dos outros, é melhor a gente voltar porque a reunião já deve ter começado.

• • •

Hamilton Nascimento nunca tinha subido em uma favela. E sua iniciação, nessa excitante experiência, se dá agora quando é trazido a um samba no legendário e temido morro da Tijuca. O samba não é em nenhuma das escolas que estão querendo se juntar para formar uma só força. É na Príncipes da Floresta, a mais antiga de todas, na casa de Seu Geraldo Basílio.

Seu Basílio é desconfiado. E aí se põe reticente, na defensiva, diante da curiosidade de Hamilton. Principalmente por conta de uma experiência anterior:

— Faz uns vinte anos mais ou menos, um cidadão, rapazinho novo, por nome Cardoso parece, chegou aqui. Verdade se diga, era um rapaz muito educado, de família boa, muito estudado, e ficou aqui um bom tempo. Olhava tudo, prestava muita atenção, perguntava muito; e escrevia tudo num caderninho. Sempre com muita educação, verdade se diga.

— Um jornalista, Seu Geraldo? Não é o meu caso, o senhor sabe.

Seu Geraldo se tranquiliza; e se abre um pouco.

— É, parece que era repórter... Engraçado é que ele era delicado... assim... Sabe como é, né? Mas tinha voz grossa, voz de espíquer de rádio. Não era alegre: era até bem triste, sério. Parece que tinha lá seus problemas... Não era como a gente aqui, que tem problema mas finge que está tudo bem, toma uma cerveja, tira um samba e sai pra outra. A gente aqui, quando vai cair, finge que está sapateando, como diz o outro. Eu sei também que ele era muito católico.

— O que não é ruim, né?

— Perfeitamente. Todo mundo tem que acreditar em Deus, cada um do seu jeito, cada um com seu cada qual. Mas de formas que ele conversava com todo mundo, perguntava e anotava no caderno. Teve gente que começou até a desconfiar que ele era polícia, investigador ou caguete... Mas era muito novo, não tinha idade pra isso. Mas aí a gente descobriu que ele era repórte, trabalhava pro jornal.

O personagem a que Seu Basílio se refere é um jovem escritor. Que Hamilton conhece de vista, pois é amigo do artista Santa Rosa, escreveu peça para o Teatro Experimental do Negro e de vez em quando dá uma passada lá pelo Rio Negro. Gente boa! Mas Seu Basílio tem mágoa dele.

— Ele sumiu daqui. Mas a gente sabe que ele escreveu um livro sobre nós. Eu não li porque tenho pouca leitura. Mas quem leu e entendeu disse que ele escreveu coisas muito tristes, muito feias. Ele só viu aqui sujeira, desordem, cachaçada, palavrão, lama, miséria. Mas a gente aqui tem também amor-próprio, dignidade, trabalho. E alegria também.

Hamilton se anima.

— Pois é isso, Seu Basílio. O que eu quero saber é isso: é esse lado que me interessa. O lado bom do Morro, da escola, do samba. Eu tenho muita vontade de saber como tudo começou.

Geraldo Basílio sente que Hamilton é de casa. Então, pede "um instantinho", vai até um canto do barraco e volta com uma cerveja Faixa Azul e duas canecas de alumínio; "pra molhar a palavra", como diz. E, depois de brindar à amizade que está nascendo, começa a contar:

— Meu pai e minha mãe nem sabia mais direito quando tinham chegado aqui. Eles vieram de Minas, de Porto Novo do Cunha, Além-Paraíba. Eram pobres mas organizados. O Velho conhecia tudo quanto era erva, tudo quanto era remédio do mato. Aí, pegava, indicava, curava, e ficou conhecido como "doutor raiz", como se dizia antigamente. Minha mãe tinha lá os guias dela. Aí, juntava a fome com a vontade de comer. Eles ajudaram muita gente aqui, inclusive chegaram ao ponto de pegar menino pra criar. Por isso era eu, minha irmã e mais cinco irmãos de criação.

— E diversão, Seu Basílio?
— Diversão aqui, mesmo no meu tempo, era só prosear, conversar e falar mal da vida dos outros. — O velha-guarda toma um gole, enxuga o bigode grisalho e prossegue: — Quando muito, a gente bebia uma pinga, e jogava um dominó, uma carta... Até que um dia eu falei: "A gente precisa distrair essa moçada, senão eles dão de pensar besteira, sinhô." Aí, nos meus anos, veio Seu Lozinho com uma sanfona velha que tinha lá no barraco dele; Compadre Ovídio veio de pandeiro; Seu Filipe, que morava lá embaixo, trouxe a viola... Aí nós brinquemos até o dia clarear. Ô, brincadeira boa! Foi aqui mesmo, debaixo desta mangueira. Neste terreiro de chão mesmo, chão de terra. Não tinha nem luz na rua. Antes, eu fiz umas gambiarras com bambu. Peguei daqueles bambus compridos lá, furei os gomos, botei querosene e iluminei o terreiro, com os bambus em volta.
— Deve ter ficado muito bonito...
— Se ficou? Pergunta só pro pessoal! Todo mundo ainda se alembra. Os que estão vivos, claro. E o engraçado é que na outra semana a moçada queria mais. Aí, nós fumo fazendo.
— Era samba?
— Tinha de tudo, malungo! Nós batia caxambu... Sabe o que é caxambu, não? Pois então: segunda-feira era caxambu, pras almas; no meio da semana era calango, pra gente rir um bocado bulindo um com o outro...
— Mas "calango" é um lagarto.
O olho do veterano brilha de contentamento:
— Desamarrou o ponto! Matou a charada! O calango é uma musiquinha assim requebrada, rapidinho, que

nem um calango correndo. E aí ficou o nome. Aliás, tem muita brincadeira, muita dança dos pretos da roça que tem nome de bicho: chiba é cabrita; quimbete é galinha; chula é sapo... E por aí vai.

— E era tudo aqui mesmo, neste terreiro?
— Então? Não estava bonito? Era aqui mesmo! O engraçado é que nós foi misturando tudo: caxambu com calango, congo com chiba... E aí acabemo no samba.
— Mas assim de repente?
— Não! Isso foi aos pouquinhos. Primeiro, foi quando a gente viu, no carnaval, na Praça Onze, como é que fazia o pessoal do Estácio, de Oswaldo Cruz, de Mangueira... Eram muito bem-organizados. Aí, nós tirou uma coisa de um, uma coisa de outro e botamos do nosso jeito. E como eles saía tudo de príncipe, princesa e nós morava mesmo, como ainda moremo, quase dentro dessa mata aí que o senhor está vendo, nós botou o nome de Príncipes da Floresta.

Dessa longa e definidora conversa, o jovem Hamilton compreende, por dedução, que o samba está entrando numa fase de muita confusão, e diversos fatores estão influenciando. E aí começa a sonhar com uma escola de samba simples, harmoniosa, cadenciada, coesa, pobre mas arrumadinha.

O samba está mudando não só como dança, como folclore, mas também no modo da apresentação — Hamilton pensa. Está deixando de ser uma coisa simples, autêntica, e está partindo para um negócio luxuoso. Até aqui, os artistas eram os próprios sambistas. Agora, já estão pensando em contratar profissionais. O grande mérito é o marceneiro, o carpinteiro, o pintor, que não teve escola, fazer aquilo. Esse é que é o mérito. — O pensamento voa longe. — Já pensou, um maracatu, um bumba meu boi feito por cenógrafos, artistas da Belas-Artes? Aí, já não é mais folclore: é estilização. E a identidade do negro também está sendo violentada nessa história toda. A gente está perdendo o lugar. — Hamilton alimenta sua reflexão com o que até já se escreve nos jornais. — De uma hora pra outra, pessoas que até menosprezavam o samba estão começando a se aproveitar das escolas. Gente que nunca teve ligação nenhuma agora está chegando pra mandar, dar ordens.

Do pensamento à ação é um passo:

— Acho que a Floresta deve reagir contra isso: sair simplesinha mas com boas ideias, sem fugir à tradição, e dentro da realidade. E eu estou aqui pra fazer parte e ajudar. Vamos fazer uma escola de samba de verdade, autêntica, do jeito que tem que ser. Eles que fiquem lá com o teatro, o cinema, o circo deles! Nós ficamos aqui com o samba, com o de melhor que a Príncipes sabe fazer.

E foi assim que a Príncipes da Floresta continuou como estava, enquanto as outras escolas de samba do Morro se fundiram numa só.

— Floresta é mata, não é cidade. E quem é Floresta, mesmo, fica aqui comendo folha. Assim é que tem que ser!

Quinca Quioco, diretor de harmonia, mora no Formiga. Mas é responsável, com suas mandingas, por abrir os caminhos da escola durante o ano e no carnaval. Compadre de Seu Geraldo Basílio e avesso a mudanças, permanece na Príncipes. Mesmo porque as presepadas de Osmar

Rezende — o mentor da fusão e da transfiguração das escolas — não lhe agradam nem um pouquinho.

Também graças ao Quioco, e depois de acomodadas as coisas, Hamilton ganha estima e respeito na Floresta. E em pouco tempo já é uma espécie de procurador do povo de lá; e não recusa ajuda: para escrever uma carta, para fazer um requerimento; registrar um filho; pedir melhoramentos à Prefeitura... É tudo com ele mesmo. Só não quer é ser presidente: "isso é coisa pra gente mais velha", diz. E talvez seja essa a razão pelo qual a escola este ano chegou em penúltimo lugar.

Ou terá sido por falta de um bom cavaquinho?

Aliás, o apreciado instrumento parece que já é peça importante na Delegacia da Praça Mauá no inquérito do "Crime da Rua Larga":

— O marginal tentou assaltar o Bandolim de Ouro. Chegou a passar a mão num cavaquinho. Aí, o caixeiro percebeu, pegou apito, apitou, e ele saiu correndo. Então a turma foi atrás.

O Delegado não se impressiona muito com essa história. Mas toma por termo o depoimento da testemunha; e o inquérito policial vai caminhando.

Da mesma forma, o *affaire* de Paulo Cordeiro:

Nosso herói tinha ficado vinte anos sem ver Marina, e mesmo sem ter qualquer notícia. Chegara a imaginá-la em outra cidade, em outro país, ou até morta — quem saberia?

Então, a volta dela, agora, à sua vida traz um novo alento, um novo frescor. Que se expressa em finos bombons, suaves perfumes, cartas, versos, flores, jantares à luz de velas... E traz de volta o prazer inenarrável da reconquista, do namoro, inflando o ego.

Mas... Como será, afinal, o encontro total, a entrega inteira, a união completa, seu corpo no dela, naquela integração sempre sonhada e jamais realizada? Vinte anos atrás era tudo mais difícil, impossível quase.

Assim, agora, na *garçonnière* emprestada pelo amigo P.A. — num prédio da Avenida Beira-Mar, quase esquina de Antônio Carlos —, Cordeiro abraça Marina com sofreguidão, tentando desabotoar-lhe a blusa, e quase a sufocando num beijo nervoso e desesperado.

— Calma, benzinho... Roma não se fez num dia, meu amor.

Marina, calma, gestos tranquilos, demonstra absoluto controle da situação. Mas Paulo desvaira, enlouquece, numa sucessão de movimentos frenéticos, atabalhoados ... E lembra da "patroa".

Virgínia é do Espírito Santo, filha de imigrantes católicos apostólicos romanos. Aos 13 anos de idade, no Colégio das Irmãs do Carmo, sentindo-se feia e rejeitada, manifestara o desejo de entrar para o convento. Mas era novinha demais.

Continuou os estudos e formou-se professora aos 17 anos, já filha de Maria. Então, ingressou na Congregação das Irmãs Missionárias da Imaculada Conceição; mas, após seis meses de noviciado, confusa sobre sua vocação, renunciou à vida do claustro.

No Rio de Janeiro, para onde veio com a família, diplomou-se pela British-American School, indo depois estudar

Museologia no Museu Histórico Nacional. Mas ainda não foi feliz aí. Então, fez novo vestibular e ingressou na Faculdade Nacional de Filosofia, onde conheceu Paulo. Paulo lembra... E entristece.

"A impotência sexual pode ser a expressão física de um estado emocional alterado, principalmente em termos de baixa autoestima. Neste caso, o que foi imaginado como uma grande fonte de prazer se transforma em uma prova, na qual o medo da falha ou da derrota levará o indivíduo fatalmente ao transtorno que culmina com a perda das condições fundamentais para a consumação do ato genésico em sua plenitude. E pode ter consequências irreparáveis." (Cf. Chevalier de La Brosse, *Estudos de medicina legal*, 1917, tomo I, p. 143)

Isso nunca tinha acontecido a Paulo Cordeiro, coitado! Marina acredita e compreende.

— Você está nervoso, amor. Mas, aos poucos, você se recupera. A gente precisa se conhecer melhor. Com calma...

A moça é bem mais experiente do que Paulo, que agora caminha sozinho pela Beira-Mar, poderia supor.

Ele olha o relógio da Mesbla: é tarde. Então, caminha até a Praça Paris. Pensa em sentar-se um pouco num dos bancos vazios. Hesita. Resolve seguir pela praia.

Segue, vai seguindo. Entra na Machado de Assis e chega ao Largo do Machado.

Ali pertinho, o apartamento, na Marquês de Abrantes, sala, quarto, banheiro e cozinha, é simples, de fundos.

Na sala, uma mesa com duas cadeiras; uma estante; e a radiovitrola, sobre cujo tampo repousam um álbum de discos 78 e três LPs de dez polegadas.

No quarto, apenas um sofá-cama Drago, o lençol amarfanhado, e a mesinha de cabeceira com um pequeno abajur. Nilza, deitada, ainda nua, vê o velho Lino arrumar-se para ir embora.

— Ah! Mas o senhor já vai, Paizinho? — o tratamento é mais reverente que carinhoso. — Não vai, não; fica mais um pouquinho.

— Tenho que ir embora, menina. Tenho muita coisa para resolver.

— Mas o senhor não tem lá o... Como é mesmo? O Alemão?

— Mesmo com ele, tem muita coisa que só eu mesmo é que posso fazer.

— E ele? Tá indo bem? Tá dando certo?

— Só é muito brigão; quer resolver tudo na ignorância, na porrada.

— Mas ele é forte, né?

— Nem tudo é força, não, menina. Tem coisa que a gente tem que maneirar, conversar.

— Bonitão ele, né?

— Você é que tá dizendo. Tu me acha com cara de achar homem bonito? Vê aí, menina! Vê aí!

O "bonitão" de que Nilza fala é um louro grandão, do Sul, que, faz um tempo, chegou ao Catete falando esquisito, com aquele sotaque brabo, de "te" em vez de "tchi", os "rr" dobrados; os "ee" e os "oo" bem definidos; num jeito muito impositivo.

Era um finzinho de tarde, e Seu Lino estava lá, no principal de seus pontos, dando ordens, organizando o serviço, bastante irritado. Dias atrás, tinha demitido o gerente; e agora era obrigado a estar ali, tendo tantas outras coisas mais importantes pra fazer.

— Dá licença, meu capitão! — O grandalhão fingia bater continência, debochado. — O senhorrr é o Seo Lino do Catete, pois não? Eu estou procurando serrviço, meu patrão; estou querendo trabalharrr.

O bicheiro estranhou a abordagem, francamente desrespeitosa, ainda mais falando com aqueles "erres" esquisitos. E ignorou o folgado, pra não dar confiança. Mas ele insistiu:

— O senhorrr não me conhece, comandante. Mas eu sei que a sua tropa está necessitada de soldado graduado. E eu tenho cerrteza que sou a pessoa que o senhorrr está precisando. Meu nome é Werrnerrr... Mas os cariocas só me chamam de Alemão, e eu já me acostumei.

Lino olhou, de baixo pra cima, pra ver de quem vinha tal atrevimento; e se surpreendeu com o "Verme" (assim foi que ele entendeu o nome).

Era um rapagão muito alto, branco e forte, cabelo escovinha, tipo militar. Uns dois metros de altura. Como soube depois, era catarinense e tinha vindo pro Rio, servir na Polícia do Exército, a famosa P.E., tropa que preferia sulistas louros, aqui conhecidos como "catarinas". Fora expulso por indisciplina. E naquele momento estava ali, pedindo... Não! Impondo a contratação como capanga. O que, depois de alguns dias de averiguações e informações, acabou acontecendo.

— É, Seu "Verme": tu parece que resolve. Começa amanhã.

Em pouco tempo o Alemão impôs respeito; ou melhor: medo, terror. E logo, também, a fama de violento e desumano correu o Catete, a Zona Sul e o Centro.

— O cara é folgado; mas tem disposição, sim. Diz que noutro dia encarou um choque da Polícia Especial, derrubou uns quatro e botou o resto pra correr. Depois, ainda botou os derrubados num "burro sem rabo" e mandou entregar no Distrito.

— Mas... Pera aí... Essa é do Madame Satã.

— Ele fez igual. Mas diz que o Seu Lino já não tá gostando muito, não!

— Claro! Bicho tem que rolar na limpeza, e não dando trombada na polícia. Esse cara vai acabar fudendo a cartola do Lino. Qualquer dia vai querer mandar mais do que ele.

— É, tem razão... Ele não respeita ninguém, meu chapa.

E noutro dia disse, no botequim, que não gosta de preto. Vê só!

• • •

Nilza vê que é melhor tomar cuidado; e muda de assunto.

— Ontem estive lá na casa da Madame Iolanda...

— Que madame é essa?

— A mulher do coronel, que foi minha patroa.

— Ahn! E o que que tem...

— Ela me veio com uma conversa esquisita. Disse que os homens da Aeronáutica estão querendo invadir o Catete.

— Hein?
— Invadir o Catete pra matar o Getúlio.
— Que besteira é essa, menina?
— Ela foi que falou.
— Getúlio é o Presidente da República. Como é que eles vão matar o Presidente da República?
— Ela falou que é pra organizar o Brasil, que está uma bagunça, tem muita gente roubando... Pra dar um jeito no futebol também, e formar um escrete que pelo menos chegue aos pés do time da Hungria. E disse que aí eles vão acabar com toda a malandragem, inclusive com o jogo do bicho.
— E você acha que alguém consegue acabar com o jogo do bicho? Deixa de moda, menina! E não se mete nessa, não, que tu não tem nada a ver com isso.

4

"Imaculado sobre o lodo imundo..."

Chapéu no alto da cabeça, paletó sobre a camiseta sem manga, chinelo charlote, e o inseparável palito de fósforo no canto da boca, o velho bicheiro vem passando pela calçada do Palácio. Ele, que agora deu pra andar a pé e sozinho, dispensando os carrões e o capanga, percebe um movimento estranho. Mas, como está cansado da noite e o dia já vem raiando, deixa pra saber da novidade mais tarde, quando acordar.

O que ele nem pode imaginar é que, por ter desobedecido a um acordo militar que proibia o Brasil de vender minerais estratégicos a países da Cortina de Ferro; e tendo vendido ferro para a Polônia e a Tchecoslováquia por um preço muito mais vantajoso que o pago pela indústria norte-americana... Por essas e outras coisas, o Presidente da República acaba de dar (ou levar) um tiro no peito. Está aqui no jornal *O Globo*:

"SUICIDOU-SE O SR. GETÚLIO VARGAS
O Chefe do Governo desfechou um tiro no coração, em seus aposentos. Morreu de fisionomia serena, esboçando leve sorriso — Uma declaração escrita — O desespero de D. Darcy e da Sra. Amaral Peixoto — Em pranto convulso o Sr. Oswaldo Aranha — Grande massa popular no Catete."

O Brasil, então, amanhece com gosto de sangue na boca. No que, os botequins do samba se enchem de poetas. Cada um com seu papel de maço de cigarros e o lápis na mão, tentando escrever um samba.

"Mais uma vez / As forças e interesses contra o povo / Coordenaram-se novamente / E se desencadeiam sobre mim..."

A carta-testamento deixada pelo suicida já é uma letra de samba-enredo. Só falta a melodia... Que, aliás, já não falta mais:

"Sigo o destino que me é imposto / Numa perseguição atroz / Não me dão o direito de defesa / Precisam sufocar a minha voz..."

E não é só entre os cariocas que as Musas voam baixo, vestidas de roxo. Tanto que o pernambucano Edgar Ferreira, crioulo de cabelo esticado e bigodinho fino, vestindo um impecável terno de linho branco, também mete lá. E o faz em ritmo de rojão, estilo de música, parente do coco, que, segundo voz corrente, há pouco inventou:

"*Ele disse muito bem: / O povo de quem fui escravo / Não será mais escravo de ninguém.*"

• • •

Jurema jamais quis ser escrava.
Vinte e três anos, muito bonita, alta e elegante, nasceu pra ser senhora, dona, madame... *Lady* Jurema! Usa os cabelos, muito pretos e lustrosos, enrolados num coque no alto da cabeça, e brincos de argola nas orelhas. Veste-se de modo ousado, mas com extremo bom gosto. Parece branca; mas sua figura lembra a de Dorothy Dandridge no filme *Carmen Jones*, em cartaz no Metro Passeio. E foi com todo esse cacife que ela chegou ao Night and Day. Não como vedete, como muitos pensam e ela não nega, mas como corista e dançarina nos shows de Carlos Machado. Rebatizada como... Norma Nadall.

É assim também que ela, agora, no apertado camarim, preparando-se para o show, conta à colega novata como chegou até ali. Mas conta ao seu jeito, fantasiando bastante uma realidade não tão "real" assim:

— Eu morava em Anchieta, depois de Ricardo, quase em Olinda. Conhece? Era do lado direito da linha, perto da igreja, onde acaba — ou começa, sei lá — a Estrada do Rio do Pau.

Anchieta é um dos bairros mais distantes do subúrbio carioca, na fronteira da Baixada Fluminense. Faz divisa com Nilópolis, assim como Pavuna se limita com São João de Meriti.

— A gente era muito pobre, a casa era de estuque, com telhado de zinco. Pobre mesmo, na beira daquele rio que tinha lá. Hoje é um valão sujo, entulhado de lixo que o povo joga de qualquer jeito, não quer nem saber. Tem resto de tudo: sofá, vaso sanitário, televisão queimada... — A colega novata ouve, passando batom nos lábios. — Era um cômodo só; o quarto separado por uma colcha, estendida num arame. A cozinha era do lado de fora, num telheirozinho; e o "quartinho" — como a gente chamava — era uma espécie de biombo, na beira do rio. Era um horror! Não gosto nem um pouquinho de lembrar. Mas estou contando é pra você ver como Deus é bom, é justo, e ninguém foge ao destino que Ele traça, que Ele escreve, "certo por linhas tortas", como minha mãe gosta de dizer.

O relato não é bem a expressão da verdade. Mas, por enquanto, não há ainda nenhuma grande mentira ou fantasia.

— Minha prima Luciene, que a gente chamava de Eninha, já tinha uma vida diferente. Era cinco anos mais velha do que eu, e filha de oficial de Marinha, meu tio Altair, um homem muito bom; Deus o tenha! Eninha era filha única; e moravam ela, Tio Altair e Tia Altair... — A colega estranha. — Eles tinham o mesmo nome... Eram... homônimos. — Norma exibe um saber aprendido dias atrás. — "Altair" é um nome comum aos dois sexos; é "epiceno", como se diz...

A colega novata pensa que "epiceno" é uma nacionalidade; mas não fala. E Norma prossegue:

— Moravam na Vila Cosmos, que ainda é um bairro muito chique do subúrbio.

A Vila Cosmos, próxima à Vila da Penha, nasceu, há uns vinte anos, de um loteamento muito bem-planejado, por isso ainda é um bairro "melhorado". Mas não chega a ser "chique"; como a colega sabe, mas não diz. Porque já percebe que Norma é dona de uma personalidade estranha, na qual a mentira e a fantasia adquirem às vezes um caráter doentio.

— Eninha estava noiva, pra casar. O noivo dela trabalhava numa firma na cidade, no escritório; e tinha muito bons conhecimentos, com jornalistas, escritores, gente de teatro; e de vez em quando ganhava entrada pra peça, pra jogo, pra aqueles circos bacanas que sempre tem na Praça Onze; pro Teatro Recreio, pro Carlos Gomes... Foi assim que, um dia, eu já com 18 anos, ela me chamou pra ir com eles ver um show numa boate. Minha mãe estranhou muito: "Mas... boate, Eninha? Pelo que eu sei, boate não é ambiente pra moça de família."

Entretanto, a história de Jurema, antes de ser "Norma Nadall", é um pouco diferente:

Ainda menina (com porte de mulher), ela, da "pá-virada", já morava na Serrinha, amasiada com um rapaz mais velho. Mas frequentava Madureira e, escondida do amásio, ia a sambas e bailes, até em Irajá, Vicente de Carvalho e Cordovil. O rapaz com quem vivia era pacato, tinha como lazer apenas o futebol, aos domingos. Apreciava a escola de samba, mas não participava muito; achando que a política lá era mais forte que o samba, e que o pessoal do Cais do Porto era arrogante e queria sempre ser melhor que os outros moradores do Morro. O rapaz era pacato e caseiro. Então, a leviana aos poucos foi saindo do domínio e da órbita do coitado.

Em sua cabecinha de menina, pairavam e bailavam, sempre e muito, Carmem Miranda; Greta Garbo com Tyrone Power; Coca-Cola, cigarros Hollywood... Jurema gostava de cantar, tinha uma voz bonita e um dia sonhou que era pra ela que Sílvio Caldas cantava aquele foxe:

"*Não sei que intensa magia / teu corpo irradia / que me deixa louco assim, mulher...*"

Então, o seu mundo, mesmo, logo passou a ser o Dancing Vitória do Brasil, pomposo nome da Gafieira do Irajá. E é lá, ao som de "Falsa baiana" e outros sambas puladinhos, que ela conhece seu Homem: "Nelsinho Lorde", da Ala dos Lordes da Unidos do Salgueiro, exímio dançarino, sempre bem-arrumado e perfumado, cabelo impecavelmente "esticado", com aquele preparado especial.

Apaixona-se por ele, que, dizendo-se "conferente do Cais do Porto", a convence a mudar para Copacabana. E lá a instala ("provisoriamente", como faz questão de frisar) em seu minúsculo e caótico conjugado ou quitinete, com mais duas "colegas", enquanto não arranja para ela uma "colocação". Essa ocupação, entretanto, quando chega, vem sob a inapelável forma de *trottoir* na Avenida Atlântica; o que, ante os argumentos de Nelsinho, ela não tem como recusar. E acostuma; pois é a típica "mulher de malandro": apanha mas arranha também; e cada briga com seu homem termina sempre numa extenuante mas prazerosa refrega de amor.

Mas não é isso o que ela conta à nova colega de elenco e de camarim:

— No subúrbio, quando se fala em boate, o povinho pensa logo em prostituição, orgias, drogas, mas, como a gente sabe, não é nada disso. Existem os inferninhos, claro, sempre houve! Mas boate, mesmo, de verdade, é ambiente fino, com música boa, bons artistas, gente bonita... Como aqui. E o convite era, imagina, pro Casablanca, na Praia Vermelha, um luxo! Eu, claro, botei a melhor roupa que eu tinha: um vestido tubinho de tafetá grená, bolsa e sapato creme, combinando. E fui pra lá, bonita e cheirosa. A peça era uma coisa linda... Nós aplaudimos de pé.

• • •

No centro do Rio, os cafés e bares recebem, cada um a seu modo, gente de todo tipo. Mas existe outra espécie de casa de diversões, cuja frequência é marcada pela presença de políticos e homens de negócios. São exatamente as boates, cujos serviços vão além da oferta de comidas e bebidas, que também servem. E na Cinelândia a principal delas é o Night and Day, um *night-club*, como dizem os grã-finos.

Boate famosa, o Night and Day funciona no segundo andar do prédio do Hotel Serrador, de frente para o Palácio Monroe, sede do Senado Federal. O Serrador, por essa confortável proximidade — que inclui o festejado Edifício São Borja —, é o preferido dos políticos de todo o país, não só senadores como deputados, pois a Câmara Federal está instalada também perto, logo ali na Praça Quinze. E, do Hotel, basta a Suas Excelências atravessar a rua para penetrar no mundo de sonhos que é o "Night", como é chamado pelos íntimos.

A alma da casa é o malandríssimo Carlos Machado, gaúcho esperto e talentoso, produtor e diretor de grandes espetáculos musicais, os quais já montou no Casablanca e no Monte Carlo. E que agora está de volta ao Night, que ajudou a fundar.

— Parabéns, meu caro Machado: você é o maior de todos! O pioneiro. Antes de você, isso que a gente viu aqui hoje era quase impossível. Botar artista de cor em show de boate, mulher principalmente, era visto como mau gosto. Você quebrou esse tabu. Com luxo e riqueza, e bom gosto extremo. Imagina! Uma escola de samba completa!

— Que nada, Senador! Nada demais. Eu só quis foi contar a história do carnaval, como já tinha feito. Com a mesma estrutura de uma escola na Avenida.

— Magnífico! Grandioso!

— Em dezoito quadros, de 1939 até o fim da Guerra. Viu lá? Lapa, Café Nice, Joujoux e Balangandãs... E encerrando com o frenesi da escola de samba.

— Só você mesmo, Machado... Meus parabéns.

• • •

A colega novata continua atenta ao relato de Norma:

— Assistimos àquilo tudo; e eu lá deslumbrada, boca aberta com aquele luxo, aquelas plumas, aquelas mulheres bonitas, aquela música. Quando termina, e a gente está se preparando pra sair, eu e Eninha nos levantamos pra ir ao toalete, enquanto o noivo dela pede a conta. Aí, me chega um senhor, por sinal muito distinto, pede licença, se dirige a mim, me elogia... E aí me pergunta se eu não gostaria de estar lá no palco também.

O "senhor distinto" — Jurema, aliás Norma, prossegue — a convida para fazer um teste, lhe dá um cartão de visita, dobrando-o elegantemente no canto superior direito.

— Eninha ficou danada da vida, disse que eu era vulgar, oferecida, foguenta; e, toda emburrada, disse que nunca mais me convidava pra sair com ela. E, depois desse sabão, não trocou mais uma palavra comigo até em casa. Mas eu sabia que naquele cartão estava o meu futuro. E guardei ele bem guardadinho pra no outro dia telefonar pra aquele senhor tão educado, o que aconteceu: voltei lá, fiz o teste, fui aprovada, e comecei a trabalhar

• • •

Muito bem-relacionado, o grande Carlos Machado já trouxe ao Brasil atrações como o famoso pianista americano Carmen Cavalaro (que, por causa do nome, muita gente pensava que era uma mulher alta e fogosa), os *chansonniers* franceses Charles Trénet e Jean Sablon, o bolerista mexicano Pedro Vargas, a legendária Josephine Baker, "a Vênus Negra", e Xavier Cugat e sua orquestra.

— Extraordinário esse Xavier Cugat! Foi ele que inventou a rumba!

— Você acha, é? Vai dizer isso em Cuba que você leva umas bolachas.

— Mas eu sempre soube disso!

— Ele é espanhol, rapaz; da Catalunha. Passou a infância em Havana, mas, quando cresceu, se pirou pros Estados Unidos. Que ele ouviu rumba quando criança, não há dúvida. E foi influenciado por isso. Mas a música dele hoje não tem nada do som da negrada.

— Mas pelo menos foi ele que levou a música cubana pros Estados Unidos.

— Também não foi, não! Antes dele, teve Machito, Mario Bauzá, e outros da turma. Esses, sim, foi que levaram o ritmo das ruas, dos cortiços, dos terreiros, de Havana e Santiago de Cuba pros Estados Unidos e pro mundo.

— Mas Xavier Cugat...

— É farol, meu amigo! É só visagem! É fita de cinema.

Carlos Machado idealiza, produz e monta shows de boate no velho estilo de teatro de revista. Mas sai um pouco daquela linha consagrada por Walter Pinto, por exemplo. Mesmo porque o público do Night and Day é basicamente constituído de políticos, diplomatas e turistas endinheirados; então, ele não precisa se preocupar em ser popular. Assim, Machado procura manter, em sua equipe e nos elencos de suas montagens, os melhores músicos, atores, vedetes, cenógrafos, coreógrafos... E um timaço de mulheres deslumbrantes, que acabam por consagrar um padrão de beleza carioca, o de "vedete de Carlos Machado".

Nesse padrão de beleza, incluem-se também mulatas, desde que sejam bonitas e talentosas. E que se identifiquem com o carnaval e o samba, motivos constantes de suas bem-sucedidas produções.

Assim, nos espetáculos de Machado, a "gente bronzeada" sempre mostra seu valor. Ataulfo Alves e suas pastoras são uma atração apreciada. Em *Acontece que eu sou baiano* ele homenageou Dorival Caymmi e lançou a cantora Ângela Maria, que o Presidente Vargas chamava de "Sapoti", em referência àquele fruto gostoso, de casca amarronzada e veludosa. Elizeth Cardoso também chegou ao palco por sua mão. Já Grande Otelo e Sílvio Caldas, esses são "do peito", apesar de alguns "arranca-rabos" de vez em quando.

Agora, ele traz o Império Serrano quase completo. Além de um timaço, no qual brilham o inexcedível Otelo e Vera Regina sua *partner*, a incomparável vedete, cantora e dançarina Déo Maia, o elegante Ataulfo com suas pastoras... E Norma Nadall, ótima sambista, excelente corista... Que, no entanto, parece que se acha a maior vedete do Brasil — como a novata já percebe.

Na verdade, o passaporte para o ingresso de Norma no mundo encantado dos musicais dera-se, ainda, na noite de Copacabana. Pelas mãos de um "senhor distinto e educado", sim; mas cliente exigente, porque pagante. Só que, encantado com suas formas perfeitas, ele lhe dera o cartão, passe mágico para o teste na boate. Norma, então — ainda Jurema —, levou a amiga Nilza, pretinha linda, animada. Mas o diretor de elenco dava preferência a moças mais claras.

Nilza, já acostumada, entendeu, concordou e ficou igualmente feliz, orgulhosa do triunfo da "comadre", a quem devotava amizade realmente sincera. A ponto de acompanhá-la à primeira aula de dança, na qual Jurema — já quase Norma — surpreendeu a rigorosa ensaiadora Isa Isidoro.

Quem não gostou foi Nelsinho, o "Lorde". Que durante um bom tempo ainda tentou atrapalhar a carreira da "mina". Mas Norma é precavida. Tanto que toda segunda-feira sobe a Ladeira da Conceição, levando um agrado pra Seu Barabô e família. E pras almas também.

• • •

Pouco aberta a novas amizades, a coreógrafa Isa é reticente. Mas Norma sabe ser alegre sem ser esfuziante; tão bela quanto elegante e discreta; e parece, apesar das origens certamente modestas, vir de família unida e estruturada. Então, a Isidoro, enxergando o potencial da jovem candidata ao estrelato, projeta-a no universo de seus planos. E a apresenta à roda do Abará. Onde, agora, passado um bom tempo, ela relembra como tudo começou:

— Rapidinho fui me destacando no grupo de sambistas que já tinham formado, não foi, Isa? Mas as meninas eram moças de morro, de escola de samba, e não estavam acostumadas a conviver com gente assim... Como é que eu vou dizer?... Com gente assim de outro meio, compreende? Aí, elas me ofendiam, me empurravam na hora do solo; teve uma que chegou até a puxar uma navalha pra mim, um dia, no camarim. Eu ficava horrorizada com aquilo. Mas a Vera Regina e a Marli Tavares, que eram estrelas, me defendiam e me incentivavam a continuar. Devo muito a elas.

Norma fala a verdade. E quando Carlos Machado tomou conhecimento do ocorrido, imediatamente despediu as sambistas implicantes, encrenqueiras, valentonas.

— Aí, tudo se acalmou, eu pude trabalhar em paz e fui melhorando, ganhando mais destaque e até recebendo propostas de outras casas. Mas Seu Machado é um pai pra mim e eu não largo ele nunca. Só se ele me mandar embora. Com ele já viajei ao exterior duas vezes. E agora estou aqui no Night, não é, Isa? É claro que ainda não cheguei lá; mas melhorei e pude ajudar minha família. No início, eu dividia um conjugado com uma amiga em Botafogo. Os vizinhos da minha mãe ficavam bobos com as roupas modernas e de padrão superior que eu levava pra ela, minhas irmãs, minhas tias; pra mulherada toda da família...

• • •

Tia, filha e irmã — só não é mãe —, Isa Isidoro já viu e ouviu muita coisa. Viu muita gente ascender meteoricamente ao estrelato, muitas vezes sem nenhum outro impulso a não ser o "pistolão" ou a comercialização do corpo. E muitos castelos ela também viu desmoronarem.

Agora, já em casa, preparando-se para dormir, depois de uma tarde-noite estimulada pelas "memórias do Abará", passam por ela rostos, histórias, relatos... Como o daquele rapaz, aquela vez, no Rio Negro. Como era mesmo o nome?

Era um mulato magrinho, alto, cabelo esticado, e apresentou-se através de um cartão de visitas onde se lia: "Toddy Cândido" — certamente um pseudônimo — "Empresário artístico". Vestia um terno bem-cortado, de panamá creme, jaquetão de seis botões, não muito longo, calças bem vincadas e sapato de duas cores. Estava em busca de apoio para recriar a "Companhia Negra de Revistas", empreendimento artístico a que seu pai se dedicara, com relativo sucesso, trinta anos atrás.

— Conheci muito o senhor seu pai. Foi um homem muito importante. Tanto que roubou uma mulher minha.

A intervenção de Esdras causou um certo constrangimento. Mas Toddy Cândido parecia já estar acostumado a esse tipo de referência; e não se abalou. Pois o personagem referido como seu pai — verdade ou mentira? — era o artista e empresário João Cândido Ferreira, o "De Chocolat", recentemente falecido.

Nascido na Bahia, o grande artista chegara à Capital Federal mal saído da adolescência. E logo estava atuando em cervejarias, "chopes berrantes", circos, cinemas, teatrinhos e cabarés, usando como nome artístico o acrônimo "Jocanfer". Destacando-se ao mesmo tempo como cantor e ator, tomou gosto pela cançoneta francesa. E daí, após excursões artísticas a São Paulo e Buenos Aires, logo depois chegava a Paris.

— Na época em que seu pai esteve por lá, Paris era uma festa mesmo. — A conversa marcou tanto que Isa lembra

os diálogos, quase palavra por palavra: — Quem viveu aquele tempo diz que era uma coisa por demais.
— Mas a coisa passava mesmo era por Nova York. — Paulo Cordeiro, sempre bem-informado, tinha conhecimentos mais profundos sobre o assunto. — Lá é que começou a onda. Os musicais dos negros saíram do Harlem para a Broadway e da Broadway para a Europa.
— Essa sua ideia de recriar a companhia é boa — Esdras concluía, prático, e também um pouco cético: — Mas é preciso capital, moço! Sem a erva, fica difícil.
Isa Isidoro rememora a conversa com Toddy Cândido. O fato é que, depois daquele dia, a ideia de reestruturar a Companhia Negra de Revistas, ou de criar um teatro musicado com artistas *"coloreds"*, saiu da mesa do Rio Negro e se espalhou pela cidade. E uma das mais entusiasmadas com ela ainda é a própria Isa:
— Volta e meia vem um Carlos Machado, um Silveira Sampaio, um Zilco Ribeiro, monta lá um show e bota meia dúzia de batuqueiros e umas quatro baianinhas. Mas não é isso que nós queremos e precisamos. Nós queremos é mostrar nossa arte, nossa interpretação, nossas vozes, nossa dança. E não sermos pano de fundo ou cortina para as vedetes que vêm da Argentina.
Toddy Cândido carrega sempre na pasta o *script* da sua *Kizomba Auê!*, uma revista em dois atos, quatorze quadros, e uma apoteose. E procura quem a produza. Então, agora, ele mostra mais uma vez o calhamaço, que desperta a atenção geral.

KIZOMBA, AUÊ!
Revista em 2 atos, 14 quadros e 1 apoteose, desenvolvida em 28 cenários. Libreto de Toddy Cândido com música de Sebastião Arruda, regida por Astor Silva. Cenários de Eledê.

1 — Aldeia Africana: Festa na corte do Rei Chaka Zulu.
2 — Chegança dos Marujos.
3 — Estamos em pleno mar — "Navio negreiro" — Poema de Castro Alves declamado em estilo jogral, marcado por ritmo de atabaques; efeitos orquestrais simulando marulho das ondas, choque do vento nas velas, água batendo no costado do navio.
4 — Quem Dá Mais? — Leilão.
5 — Senzala.
6 — Amor de Escravo.
7 — Cafezal.
8 — Jongo.
9 — Puxada da Rede — Pesca do Xaréu.
10 — Iemanjá — Candomblé.
11 — Samba de Roda na Capoeira.
12 — Na Cidade — "Noturno do Harlem".
13 — Favela dos Meus Amores — Escola de Samba.
14 — "Um a zero" — Futebol: Balé figurando jogo de futebol, ao som do animado samba de Pixinguinha, executado em dueto de sax e flauta.
15 — Apoteose.
(Elenco Planejado: Imperalina Dugann; Djanira Flora; Guilherme Flores; Sebastião Prata; Clementino Bispo; Otelo Gonçalves; Rosa Negra; Joel Rufino; Déo Costa; Dalva Spíndola e Domingos de Sousa.)

• • •

Os sonhos pairam no ar. Mas o caso é que, embora mais de três meses já se tenham passado desde a morte do Presidente, a cidade ainda não se recuperou do choque e permanece confusa.

Será que Getúlio era mesmo tudo aquilo de ruim que a imprensa disse? Ou será que ele de fato era o "pai dos pobres", lutando, contra grandes interesses, pelo bem dos brasileiros menos favorecidos?

O coração da cidade bate confuso; como o de todo o Brasil. E o de Norma Nadall não seria a exceção.

Mas o coração da vedetinha não balança: badala. Entre Nelsinho Lorde, que tomou um chá de sumiço, ninguém sabe em que bocadas anda, e o "senhor distinto", de quem ela é a chérie, a protegée, como define a coreógrafa Isa Isidoro, ouvindo atenta mais uma de suas confidências, na mesa do Abará.

— Ah, minha amiga! O que esse homem tem de bonito, tem de misterioso e estranho.

Assim Norma retrata o "Padre" — como intimamente refere seu protetor. E tem razão. Ele veste sempre terno escuro, com colete, de corte requintado, camisa e gravata sempre da mesma cor. É um homem de ar nobre e aspecto impecável, transmite serenidade e confiança em cada gesto. Olhos cinzentos e penetrantes, atrás de óculos sem aros, seus cabelos são bem-penteados para trás, fixados com Gumex. Sorriso cordial e afável, nunca frívolo, ele é alto, magro mas musculoso, cheira a Fleur de Rocaille e tem as unhas sempre manicuradas. É muito fino, muito elegante.

— Engraçado é que, um dia, uma senhora que joga búzios lá perto da Praça Mauá — Tia Caetana, conhece? — me falou de tudo isso que agora está acontecendo comigo...

Norma diz que foi com ele que, em pouco tempo, aprendeu a comer de garfo e faca, sair do feijão com arroz, beber um bom vinho, comportar-se nos ambientes finos. Foi com ele que aprendeu a se cuidar melhor, combinar as cores, saber a roupa adequada a cada momento...

— Eu nunca tinha ido a um salão de beleza cuidar das unhas, fazer um penteado diferente. Era tudo em casa mesmo. Inclusive, ele me contou que o alisamento de cabelo começou nos Estados Unidos, há muito tempo. Com uma senhora escura que ficou milionária com isso. Você sabia?

Sim, Isa sabe. Como sabe, também, que, para os homens, o cabelo duro, "ruim" nunca é um problema: basta cortar rente, em estilo buscarré, meia cabeleira ou príncipe danilo. Mas, para as mulheres, é de fato um problema, físico, pois os fios já nascem embaraçando. Então, a solução que as antigas encontraram, já na África, foi a das trancinhas, em algumas formas que configuram verdadeiras obras de arte; ou arrumando em coque, oguxó, no alto da cabeça; ou, ainda, usando torços, turbantes, que ocultam embelezando. Até que certa Madame Walker inventou o alisamento quente, depois substituído por cremes, como o de hena, uma planta africana, modernamente industrializado como "henê".

Isa sabe também que o hábito de alisar os cabelos nasceu não para simplesmente imitar a aparência das mulheres brancas; não por complexo de inferioridade e rejeição à sua aparência natural, por parte de pretos e mulatos. O alisamento é muito mais um ato de independência. Um modo de afirmar que a pessoa pode ter a aparência que quiser. No caso dos homens, como Ministro e Nelsinho, é mais uma chinfra, onda, malandragem. Mas as mulheres, até que não se assuma o cabelo lanoso, crespo, "duro", como uma moda, têm mais é que alisar.

— Se as mulheres brancas podem fazer *mise-en-plis*, permanente, cabelo enroladinho, nós também podemos ter o cabelo que quisermos — Isa explica.

E, então, Norma retoma sua apaixonada apologia:

— Ele nunca me deixou saber nada de sua vida particular. E eu também não quero saber, não me interessa. O que importa é que eu tenho minha vida ajeitada, meu apartamentozinho arrumado, minhas cortinas, meus quadros... Imagina você que até de pintura eu passei a entender. Hoje eu sei o que é impressionismo, expressionismo, arte moderna...

Isa Isidoro está impressionada, mas é com o espantoso conto de fadas. E muito curiosa em saber quem é e o que faz esse homem tão misterioso. Norma, porém, só elogia.

— O que eu acho mais bonito é que com ele não tem esse negócio de preconceito, de fazer diferença entre as pessoas. Imagina você que eu nunca tinha ido a um baile, a uma festa, assim, só de pessoas como a gente. E ele, um homem branco, fino, rico, viajado, foi que me levou... No Redenção, um clube lá no Méier. Na festa de coroação da "Bonequinha do Café", quando escolhem a pretinha mais bonitinha.

Será que ele é um cientista nuclear, envolvido com um projeto de guerra? Seria um carrasco nazista escondido no Brasil? Um inspetor da Interpol, um agente da CIA?

— Isa apenas imagina. A palavra é de Norma, que tem muito pra contar:

— O que eu posso te dizer é que ele trabalha pra um grandão desses aí. Não sei se é um ministro, um desembargador, um general, um prefeito... Só sei é que manda muito, é muito importante, muito influente; que viaja muito, pelo Brasil e pro estrangeiro; que comanda muita gente, num negócio, numa organização muito grande. E é muito religioso.

Muito religioso... Hmmm... Isa tenta adivinhar.

— De vez em quando ele some, viajando. E muitas vezes, quando volta, ele me conta alguma coisa; mas sempre com muito mistério. Agora, então, com essa situação da morte do Getúlio, foi um deus nos acuda. Ele está de um jeito que Deus me livre! Arrasado.

Isa recua a conversa até os dias que antecederam a grande tragédia. Norma relembra:

— Ele dizia que o chefe, o comandante dele, andava muito preocupado com o estado do Presidente, que estava muito amargurado, abatido, se sentindo sozinho e abandonado. No dia seguinte, a Aeronáutica prendeu o tal Tenente Gregório, que eu não sei quem é. E os soldados foram lá pros lados de Nova Iguaçu, procurando os caras que atiraram no Lacerda e acertaram no tal do Major.

Isa tenta ligar os fatos. Será possível que esse "Padre" tenha alguma coisa a ver com a morte do Presidente? Assim, instiga Norma Nadall, que relembra fragmentos de cenas daqueles momentos angustiantes.

— Ele me disse que tinha muitos dias que esse senhor, esse patrão dele, estava muito preocupado com o ambiente político. Contou que, três dias antes, eles desceram pra visitar as obras do Santo Antônio...

O Morro de Santo Antônio, bem no centro da cidade, está sendo demolido, desmontado, derrubado. Só vai ficar mesmo a parte do Convento, que é tombado pelo Patrimônio Histórico. O grande volume de terra que sai de lá está indo aterrar o trecho de praia que vai do Boqueirão até o Flamengo. Onde vai se realizar um grande encontro da Igreja Católica.

Mas os favelados não se conformam com a remoção para outros morros, como o de Mangueira. E estão em pé de guerra, insuflados por "agitadores comunistas", como diz a *Tribuna*.

Mas... O que terá o "preceptor" de Norma a ver com isso tudo?

— Do suicídio, ele soube logo depois do café, conforme me contou. Disse que estava lá com esse senhor quando alguém chegou com a notícia. O Chefe botou a mão na cabeça e deu um grito: "Meu Deus!!!". Foi um choque tremendo. Ficou todo mundo parado, sem ação. Aí, ligaram o rádio e logo depois deu no Repórter Esso.

Isa lembra que quando a notícia da morte do Presidente foi dada pelo rádio, grupos começaram a queimar as faixas dos candidatos da UDN. Outros corriam pelas ruas gritando o nome do falecido... Como as rádios avisaram que o corpo ia ser exposto à visitação pública, o povo logo começou a fazer fila no Palácio. E, lá para as três horas da tarde, as filas já se estendiam dos dois lados do Catete: até o Largo do Machado e até o Largo da Glória.

Mas Norma, embora testemunha só de oitiva, tem mais detalhes:

— Ele contou também que às oito e meia da manhã foi com o chefe pro Santos Dumont, pro embarque do corpo, que ia pro Rio Grande. O aeroporto estava isolado por um cordão de soldados. Mas o Brigadeiro convidou o patrão dele pra entrar e subir pro terceiro andar. E ele foi junto. De lá eles tinham uma visão desde a parte que está sendo aterrada até a Glória. Quando chegou o caixão, diz que o povo ia atrás, numa confusão, mas em silêncio, chorando. Muitas senhoras passando mal. Aí, eles desceram pra assistir ao embarque.
— E o povo? — Isa quer saber mais detalhes.
— O povo que conseguiu entrar cantou o Hino Nacional, e entregou o caixão aos rapazes da Cruzeiro do Sul. Por fim, subiu Dona Dárcy... — Norma pronuncia o nome da primeira-dama, agora viúva, como ela gosta: acentuando a primeira sílaba. — Dona Dárcy toda de branco; e, depois, o Ministro João Goulart e Dona Alzira do Amaral Peixoto, esta também de branco...
— De branco? Dona Dárcy e a filha? — Norma não entende; a folclorista explica: — Pro povo do santo, do candomblé, o luto é branco.
— Você está brincando...
— Eu sempre ouvi dizer que o Doutor Getúlio... Mas... E então?
— Ele contou que, depois que o avião levantou voo, a multidão correu pra frente dos portões vaiando os oficiais da Aeronáutica... Mais tarde, ele soube que quiseram forçar os portões e foram enfrentados com rajadas de metralhadora. Muita gente caiu e pelo menos um homem morreu. Morava em São Gonçalo.

• • •

Norma sabe que o seu protetor é um homem muito importante. Mas não tem como imaginar de onde vem essa importância. Que ele trabalha para um chefe de posição muito alta, isso ela sabe. Mas que chefe será esse? Um político, um homem de grandes negócios internacionais, um embaixador, um espião, um gângster? Ela percebe o cuidado que ele tem com esse chefe. Que deve ser uma pessoa muito velhinha; ou pelo menos muito doente; que o preocupa muito. Numa preocupação que, volta e meia, ele procura dividir com ela, deitado na cama, falando consigo mesmo, em solilóquios cujo sentido ela não alcança.

E, assim, cai a noite sobre o amor de Norma Nadall. E, no Rio Negro, as portas de aço já sendo cerradas, o advogado Paula Assis, tirando da carteira sua parte nas despesas, fecha a conversa com um comentário meio amargurado:

— É... Gregório Fortunato! Negro, filho de libertos, peão de estância... Esse já nasceu personagem!

— É o "negrão do pastoreio" — ironiza o sociólogo Paladino dos Anjos, vestindo o paletó.

— Não deixa de ser um personagem.

— Como capanga, capataz; mas ainda escravo do gaúcho fazendeiro...

— A escravidão doméstica criou esse tipo de personagem: escravo subserviente, puxa-saco, dependente dos donos. Foram esses que não se conformaram com a Abolição: queriam ficar junto da família até o fim.

— Assumiram a família do patrão como sua.

— A dependência foi recíproca. As famílias também se tornavam dependentes dos escravos. E às vezes até se afeiçoavam de verdade.

— Essa ideia do escravo...
— Mas estão arrochando ele lá na Aeronáutica. Vai ter que confessar que foi ele mesmo que preparou a "casa de caboclo" contra o Major. E dizer quem mandou ele fazer isso, se foi o velho ou foi o filho.
— Gregório Fortunato acaba de entrar na fase do infortúnio.
— Que nada! Tu vai ver só como ele vai sair dessa. Como diz o gaúcho: "Ele se faz de porco vesgo pra comer em dois cochos."
— Mas que a coisa está feia, está!
— O velho é que... Coitado! Babau!

• • •

No outro Catete, o do Seu Lino, o "Verme" não se emenda: volta e meia arma confusão. Infunde medo em todo mundo, até nos mais metidos a valentes. E quase todo mundo já está comendo na mão dele, até mesmo meganhas, guardas, investigadores e toda a turma pinta-braba. Mas, no trabalho, é eficiente. Por isso, mesmo sabendo que está "criando cobra pra lhe morder", o velho bicheiro o mantém no posto, até melhorando o ordenado.

Mas o elemento não vale nada mesmo. Tanto que chega a um ponto que nem o patrão ele respeita mais:

— Tu estás velho, negrão! — diz ele agora, fingindo brincadeira. — Daqui a pouco quem vai manda**rrr** nesta po**rr**a toda é **o** alemão aqui.

Lino sorri amarelo...

Fora dali, mas também sob a influência desse momento tenso, no meio de toda essa confusão, o "Padre" continua buscando em Norma um descanso, um alento, um refrigério. E, como sempre, comenta os fatos para si mesmo; mas como se ela soubesse quem é esse seu patrão oculto, enigmático, misterioso. Uma pessoa muito importante; ainda arrasada, como todos nós, pelo que aconteceu com o Chefe da Nação, odiado por alguns, mas idolatrado por muitos.

5

"Vãs dilacerações de um sonho estranho..."

João Maní começa a achar estranhamente mudado o jeito como o espanhol agora o olha. E até mesmo como o trata, diferente de todo mundo.

— *Usted me lembra un negrito, un amiguinho, que io tenía em Madureira...*

Mas não imagina que aquela admiração vá realmente além dessa lembrança. Até o dia em que Pepe lhe dá o presente.

— Abre. Acho que vai ficar muito bem em você.

Era uma camisa bonita, cara, da moda.

— Mas meu aniversário já passou, Seu Pepe!

— *Y a xente só da pressente em aniversário?* Passei na loja, olhei na vitrine. E vi você, Maní. Não é bonita?

— Muito bonita. Muito obrigado.

Maní não dá muita importância à opinião alheia, mas gosta, é claro, de atenção e cortesia. Como gosta de coisas bonitas e caras, apesar de sua condição humilde. Aliás, se tivesse dinheiro seria um jogador, pois sonha e fantasia bastante a realidade. E acredita, mesmo, que um dia possa chegar a algum lugar. Quem sabe ao lado de alguém especial, um amor ou uma amizade (sua "pequena" foi embora ano passado) que o ajude a conquistar alguma coisa, por menor que seja.

Assim é que, depois da camisa, vêm outras demonstrações de amizade e outros oferecimentos. João Maní vai se acostumando, gostando... E agora pensa nisso, enquanto enrola seus cartuchos de amendoim — ao som do bolero de Bienvenido Granda no rádio de Tia Caetana — quando a notícia chega ao Abará.

A notícia chega como um gol do adversário aos 45 minutos do segundo tempo:

— Pitoco se matou!!! Guaraná com formicida!

O véu roxo da tristeza já vai se abatendo sobre um emudecido Abará e se estendendo até a rua, quando vem o desmentido.

— Não foi Pitoco, não, pessoal! Foi o Maneco, jogador do América.

Chamava-se Manuel Anselmo, morava "lá onde a mula mancou", e era conhecido como o "Saci de Irajá". Trinta e dois anos; já tinha parado. Mas fora um cracaço, daqueles de fazer gol de bicicleta quase no chão; de driblar, um, dois, três, quatro e entregar de bandeja pro centrefor. Na seleção carioca, foi campeão brasileiro (na linha, com Pedro Amorim, Heleno de Freitas, Ademir e Chico), marcando três dos quatro gols cariocas contra os paulistas.

— Pô, meu chapa! Nesse dia, Maneco deu um "baile" em Domingos da Guia, que nessa época jogava no

Corinthians. No dia seguinte, o neguinho desfilou pela Avenida Rio Branco com a bola do jogo debaixo do braço.

— Na Copa só não entrou porque estava contundido.

— Um cracaço! Agora, se mata por causa de dificuldades financeiras. Veja você!

A morte do jogador ocorre quase um ano depois daquela sombria tarde vivida por Paulo Cordeiro na quitinete de seu amigo P.A. Mas a sintonia de Paulo com Marina aconteceu logo depois; e as afinidades foram dadas a perceber. Então, passada a tormenta e acertados os ponteiros, o intelectual e a bancária resolveram morar juntos.

Mas o caso é que, agora, as diferenças também já se fazem sentir com mais força.

Marina é despojada e Paulo é formal. Ela é despachada e ele é meio casca-grossa, possessivo; e este é o grande problema.

O ciúme obsessivo de Paulo gera uma grande insegurança. Seus questionamentos começam a aborrecer e entristecer a "pequena".

As questões financeiras também já entram na pauta das desavenças: Marina ganha pouco, mas sabe administrar seus ganhos e sua independência. Paulo, na iminência de assinar compromisso em uma Vara de Família, vendeu a cadeira cativa do Maracanã, já evita o Rio Negro, não vai mais ao teatro nem ao cinema. E vive tenso, muito tenso, fumando um Continental atrás do outro.

Tudo isso, é claro, já começa a interferir, de novo, em seu desempenho conjugal.

Nesse clima pesado, com Cordeiro aperreado e o Abará lamentando a morte do craque Maneco, no Café e Bar Rio Negro uma presença incômoda também causa desassossego.

O caso é que há muito tempo o Rio Negro vem sendo observado por udenistas, pessedistas, perrepistas e reacionários de todas as bandeiras e lanternas. Na campanha presidencial, Plínio Salgado, líder dos integralistas, indo levar seu apoio ao Brigadeiro, chamou a atenção da UDN para o "foco vermelho" que agitava a cidade a partir das vizinhanças da ABI. Com a eleição de Getúlio, o líder dos camisas-verdes, tendo feito, por baixo do pano, acordo com o Governo, uma noite até aparece no Rio Negro. Falsamente simpático, sob o pretexto de tomar um cafezinho no balcão, entra sorridente. Mas todo mundo sabe que seu objetivo, ao circular no meio do pessoal da Cultura, distribuindo apertos de mão e tapinhas nas costas, é arrebanhar seguidores.

— Doutor Plínio, prove aqui este croquete. Está uma delícia!

— Obrigado, meu amigo, mas a minha alimentação é toda integral...

— Mas o camarão é integral, doutor. Integralmente pescado em nossas águas salgadas.

— O amigo me perdoe: mas é muito vermelho pro meu gosto.

Plínio Salgado é um fervoroso adepto do *mens sana in corpore sano*. Principalmente depois que conseguiu curar-se, milagrosamente, da fortíssima gripe espanhola. E foi com esse espírito que ele criou os Centros Culturais da Juventude, para formar, como apregoa, uma geração sadia, de corpo e mente, iluminada pela consciência dos deveres; e preparada para "livrar o Brasil das garras da Rússia soviética", como diz em um de seus panfletos.

E hoje o chefe dos integralistas, com seu bigode estranho e seu sorriso amarelo — braço dado com certo Almirante Penna Covas —, volta ao Rio Negro, ao balcão do cafezinho. Porque o outro "café", Café Filho, o Presidente substituto, se afastou, no finzinho do mandato, alegando motivos de saúde. Deu lugar a um Luz obscuro (um certo Carlos Luz); e o alto comando reacionário está assanhado, querendo impedir a posse do novo Presidente e seu Vice, eleitos pelo povo.

Então, o ambiente na cidade é tenso. E no Rio Negro mais ainda. Da roda de Paulo Carneiro só estão, realmente, os que são de briga, ou seja: ele mesmo, Esdras, Eledê e o jovem Hamilton.

Paula Assis está ocupado na preparação da defesa preventiva do grupo. Pois sobre eles paira a grave ameaça de prisão e torturas em um dos quartéis da Aeronáutica, força militar agora estranhamente investida do poder judiciário.

"É o arbítrio, a exceção, a derrocada das instituições!", escreve o Doutor Paula Assis em uma das peças que prepara.

"Até como consequência, o crime campeia à solta pela cidade, em assaltos à mão armada, roubos a residências, violências de todo gênero! Como simples exemplo, observe-se que até hoje, cinco anos passados, não se tem nenhum vislumbre de apenação aos autores do torpe, fútil e bárbaro linchamento daquele pobre trabalhador, confundido com um malsinado jogador do fracassado selecionado brasileiro de futebol. O Ministério Público tomou conhecimento do crime, através da autoridade policial; mandou que esta instaurasse o competente inquérito, procedendo-se às investigações... Mas ficou nisso. E já se vão quase cinco anos."

O douto advogado aprimora seus argumentos. Porque a acusação contra a "corriola do tal Paulo Cordeiro", como dizem os militares, é tão absurda quanto grave. A acusação, fantasiosa ao extremo, é de que eles estariam armando uma "milícia de pretos" (*sic*) para resgatar do presídio da Rua Frei Caneca o seu suposto líder, o tal do Gregório, o "Anjo Negro" do Presidente morto, encarcerado desde agosto do ano passado. Pelo menos é sobre isso que se conversa, na sede do poder paralelo instalado na Base Aérea.

— Esses pretos são perigosos, Brigadeiro Gauthier...

— Que nada! Bota uma cachaça e um tamborim na mão deles, que eles logo sossegam.

— Não é brincadeira, não, chefe! Eles estão muito bem-armados e organizados.

— O tal do Anjo Negro é que organizou.

— Perfeito, Coronel Hermann! O Negro organizou a milícia a mando do filho do patrão. Nosso serviço de inteligência interceptou este documento aqui!

O capitão exibe o documento, explica do que se trata, e apresenta seu relatório, que passa a ler.

O "Relatório", entretanto, é um documento falso, forjado por um grupo de oficiais, vários deles presentes à reunião. Segundo o texto, há em curso no Brasil, irradiando-se a partir do Rio de Janeiro, uma insurreição de negros, mencionada no texto como "GP", sigla que oculta a expressão "Guerra Preta".

A GP seria, segundo o Relatório, motivada pelo desmonte, bem no centro da cidade, do Morro de Santo Antônio, de onde se está extraindo material para o aterramento das praias de Santa Luzia, Glória e Flamengo. Segundo o documento falso, o povo negro estaria se sentindo violentado em seu direito de morar no centro da cidade e de seu lazer gratuito e mais acessível: as praias. Então, eles, açulados pelo Palácio do Catete, teriam um plano insurrecional que deveria culminar com um violento morticínio. Isso deveria ocorrer no auge do 36º Congresso Eucarístico Internacional, a ser lá realizado no parque ora sendo erguido na vasta área aterrada, e que deverá receber o nome do Brigadeiro Eduardo Gomes. Para tanto, os líderes da revolta, cujo comandante supremo seria o "Negro Fortunato", estariam arregimentando soldados em todos os morros e favelas cariocas, em todos os clubes carnavalescos e escolas de samba, terreiros de candomblé e umbanda, gafieiras e clubes de futebol dos subúrbios, da Baixada Fluminense e da Zona Rural, de Jacarepaguá a Santa Cruz.

— Eles estão prometendo, a quem aderir, emprego de três salários mínimos, com carteira assinada, assistência social e direitos trabalhistas — informa um sambista da novíssima escola de samba União da Ilha do Governador, servindo o cafezinho; no que é secundado por um sargento escuro, mas de cabelo ondulado:

— E ninguém precisa ter bons antecedentes, muito pelo contrário.

A informação é completada por um oficial subalterno:
— Positivo, sargento! — Dirige-se ao brigadeiro: — Meu comandante: essa turma aí desses crioulos paus-d'água metidos a intelectuais faz parte de uma espécie de ministério, cada um com sua função. Inclusive de assaltar quartéis, roubar munição e armamento, e explodir bombas em ataques terroristas.

O caso é que o falso "Relatório" tem até um Cronograma, a ser desenvolvido a partir do dia 22 de julho, da forma seguinte:

No dia 22, um grupo de rapazes, dizendo-se estudantes, promoveria na Cinelândia, uma espécie de comício-relâmpago, com discursos humorísticos e encenação de esquetes curtos. Daí o grupo desceria pela Avenida Treze de Maio, para chegar ao Largo da Carioca onde o "agitador Paulo Cordeiro, líder do bando do Café Rio Negro" faria um discurso insuflando o povo à mazorca. Ato contínuo, o grupo seguiria pela Rua da Carioca até a Praça Tiradentes, sempre gritando palavras de ordem e de provocação. No dia 23, o programa se repetiria. No dia 24 haveria, na Associação dos Baianos, na Rua Senhor dos Passos, uma reunião para discutir a ação final. No dia 25, então, após concentração na Cinelândia, na Praça Floriano, a massa subversiva marcharia, com tochas acesas, em direção ao Aterro de Santa Luzia, provavelmente já batizado como "Parque Eduardo Gomes", para atacar o altar principal do Congresso e, a partir dele, trucidar todas as autoridades participantes, eclesiásticas e leigas, civis e militares, arcebispos, monsenhores, cônegos, vigários. Culminando, sequestrariam o Papa Pio XII (Eugenio

Pacelli); "mantê-lo-iam em cárcere privado, exigindo pelo resgate uma vultosa soma em dólares", não exatamente mencionada. No documento, os forjadores apuseram assinaturas falsificadas de Gregório Fortunato, Paulo Cordeiro e Esdras do Sacramento.

Terminada a leitura do "Relatório" ninguém mais tem dúvida de que há realmente uma Guerra Preta sendo articulada a partir do Rio de Janeiro. Então, as ameaças começam a chegar, por vias diversas. Entretanto, até agora, felizmente, nenhuma delas se concretizou. Mas os pobres intelectuais da roda de Paulo Cordeiro estão intimidados. E este, convenientemente aconselhado pelos búzios de Tia Caetana, resolve sair do país.

Virgínia, a esposa, sabia que seu casamento, como tal, havia muito tempo já acabara; por sua culpa, achava. Então, concordou com todos os termos da proposta de Paulo, e tudo fez para facilitar e abreviar as coisas. Mesmo porque não havia muito que dividir. Quase tudo dentro de casa, à exceção de livros e discos, era seu ou de sua família, inclusive o próprio apartamento. E ela percebia também que não era bonita, jovem, nunca usara batom, *rouge* ou esmalte nas unhas, não sabia dançar... Então, entregou tudo nas mãos piedosas da Imaculada Conceição, pedindo, sinceramente, que Nossa Senhora orientasse e protegesse Paulo Cordeiro. Chegou a dizer, consigo mesma: "Vai com Deus."

Mas Paulo foi, mesmo, é com a "deusa", a experiente Marina.

Marina... Mar... Ilha...

• • •

Na enrascada urdida na República do Galeão, Ilha do Governador, Ministro, coitado, é envolvido. E aí, temendo represálias, chega inclusive a pensar em fugir para o Uruguai.

— É melhor tu se disfarçar, Ministro. Veste uma roupa de Caetana, que é tua irmã gêmea, e diz que tu é ela. Ninguém vai dizer que não é.

— Tás maluco, ô meu!? Tás pensando que focinho de porco é tomada? Eu sou é homem, rapaz: sou ás de espada! E não é nenhum aviadorzinho aí que vai me desmoralizar, não! Se eles se meterem a besta eu meto a taca neles. Comigo eles se fode! Já não contei a vocês o dia que eu encarei uma guarnição inteira?

— Da Polícia, Ministro?

— Não! Do Corpo de Bombeiros.

A mesa se anima ante a perspectiva de mais uma história fanfarrona e engraçada do Ministro, notório especialista.

— Essa deve ser boa. Conta aí, velha-guarda!

O velho malandro belisca uma rodela de salaminho. Manda pra dentro uma golada de chope, enxuga o beiço com o lenço de seda e manda:

— Foi o seguinte... Era sábado e eu tinha pedido ao patrão pra largar mais cedo: naquele tempo eu era operário; e não tinha essa colher de chá de semana inglesa, não. Aí, desci ali pela Senador Pompeu, entrei na Marisqueira, mandei o Aristeu me fazer um bife com dois ovos, tudo mal passado e tal, que assim é que dá sustância; pedi uma barriguda bem gelada e me forrei. Dali, peguei o bonde na Central e fui pro salão.

— Foi dar um molho no "telhado"... Alisar o pixaim.
— Pois é. E sábado, tu já viu, né?, o salão fica assim, ó. Mas foi legal que deu tempo de eu fazer a digestão. Aí, às três e pouca tava eu sentado naquela cadeira milagrosa, o Bêibi dando aquele molho secreto, a pasta ao mesmo tempo esticando e tingindo, deixando o coco pretinho, brilhando e sem perigo de ficar vermelho depois...
— Boa, Ministro! Ferro quente é coisa do passado.
— Então?! Saí do Bêibi, atravessei a rua e fui fazer as unhas. Aí, a Leonor, que já estava me esperando, me recebeu com aquele jeitão escrachado, falando aquele montão de sacanagens. E eu já metendo a mão na cumbuquinha com água quente, alicate pra lá, cutícula pra cá, lixa, esmalte branco, sopra de leve, que beleza, olha só...
— Parece até mão de pianista...
— Pois então... Bêibi; Leonor; Tinturaria: peguei o S-120, lavado e engomado... Sapataria: aquele de couro de cobra, meia-sola e salto... Bacana!
— Que capricho, hein, nego véio!?
— Pra encurtar a história: becado e tal, chamo um carro e vou pegar a Crioula, que vem dizendo uma letra também. Chegamos no Elite, subimos a escadaria, um oba pra um, um olá pra outro, o baile já começou. Mesa 17, aquela já no esquema, daquele canto dá pra ver o salão todo e apreciar as melodias.
— Um traçado, uma Portuguesa e um piresinho de tremoços.
— E casco escuro, que eu conheço o que é bom!

O relato se alonga, mas toda a mesa está atenta, esperando onde vai dar a história. Ministro dá mais uma bicada no chope, renovado, e prossegue, feliz por ser o centro das atenções:

— Um grande baile aquele! Os cavalheiros de branco, as damas de azul, duas orquestras se revezando, o pessoal da Ala dos Nobres da Portela gastando os tubos (era princípio de mês), muita crioula bonita, uma noite memorável aquela, promovida pelo sindicato das manicures e dos barbeiros. Aí, me levanto, abotoo o paletó, seguro a Crioula pela cintura e começamos a bailar. Dou um pião, faço um espaguete... De repente — "Eu hein, o que qui é isso?!" — o chão foi fugindo devagarinho dos meus pés, as janelas subindo, o ventilador do teto foi ficando cada vez mais no alto, nego querendo subir pelas paredes, olha a gente lá embaixo, sem entender nada, no meio de uma nuvem de poeira e um monte de destroços... quase sufocando. O piso da gafieira tinha desabado. Um troço fora do comum! — A "arquibancada" já quase se mija de tanto rir. — Até que eu escuto a sirene dos bombeiros. Vieram rápido, porque o quartel é quase em frente. E aí me tiraram, eu e a Crioula, sãos e salvos, graças a Deus. Foi aí que eu encarei a guarnição:

"Olha aqui, Seu Tenente! Olha o estado do meu terno de linho! É Super-Pitex, inglês. E olha aqui o meu pisante: é do Souza, compreendeu? E olha o tafetá da "patroa"? Quero ver é quem vai pagar meu prejuízo."

Ninguém acredita na história. Mas não há quem negue que Ministro sabe contar um caso. E como sabe!

Mas Paulo Cordeiro perdeu esse. Porque, a esta altura dos acontecimentos, já está, de malas e passaporte, a caminho dos Estados Unidos, levando Marina, não muito alegre mas pelo menos animada ante a perspectiva concreta de mudança.

Aos amigos, Cordeiro prometeu escrever, para contar as novidades.

Quanto a Esdras, é mais valente. Entretanto, os "muambas" do pai de santo Quioco, que ele consulta no alto do Morro da Formiga, também o aconselham a se afastar; de preferência para bem longe.

É aí que seu pensamento voa, como a "águia do oceano" nos versos de Castro Alves, Atlântico acima: Salvador... Recife... São Luís... Caiena... Trinidad... Barbados... Porto Príncipe... Santiago de Cuba...

Ao som de Bienvenido Granda!

"Soñar, a la orilla del mar / Con cantos de sirena..."

• • •

Juan Almeida está preso, depois da tentativa frustrada de tomar, com seus companheiros, o Quartel Moncada — cujo nome ironicamente homenageia outro "moreno" cubano, Guillermón Moncada, o gigante negro da guerra da independência.

Almeida recebe Esdras — que conheceu anos atrás, num encontro internacional — com um abraço afetuoso, de irmão. Está preso mas com o moral elevadíssimo:

— Oigame! Lá fora as pessoas sempre procuram me lembrar da cor da minha pele; mas aqui, entre meus companheiros, nunca senti isso. — O guerrilheiro fala muito e rápido, mas Esdras o entende bem. — Me preparo para lutar e para que isto de cor de pele chegue ao fim algum dia. Dirijo minhas forças, antes de tudo, a esta luta; porque de outra maneira, nós, os negros, nunca seremos neste país pessoas em igualdade de condições. Isso é preciso combater, mudar, porque está dentro desse sistema vergonhoso, *del tiempo de la Colonia, tiempo de Senseribó! E hay que cambiar en las estructuras*, tradições e herança; dentro dos costumes e normas sociais.

O brasileiro se entusiasma:
— E como vai ser essa mudança?
— *Coño!* Confesso que não sei, companheiro. *Por la Vírgen Purísima!* — Almeida fita o retrato do "moreno" Fulgencio Batista, na parede da sala de conversa. — O que eu sei é que é preciso mudar tudo. A qualquer preço, até pagando com a própria vida.

Esdras aproveita para expor uma dúvida:
— Tem gente que acha que resolvendo os problemas sociais a questão do negro estará resolvida.
— *Atiende-me!* Enquanto as pessoas *de color* não tiverem acesso à cultura, à educação, a trabalhos bem-remunerados — o prisioneiro fala como se estivesse num comício —; enquanto não tiverem acesso aos cursos técnicos e universitários — não só por problemas econômicos, mas também por causa da cor —, nossa gente vai continuar sendo perseguida pelas infelicidades dos nossos antepassados; vamos permanecer num círculo vicioso, sem poder avançar. Sem mudança não se pode seguir adiante. É preciso romper os grilhões que nos prendem ao passado escravista.

— A revolução tem grandes guerreiros irmãos: Agustín Cartaya, Lázaro Peña, Armando Mestre Martinez. — Esdras argumenta.

— *Sí, como no!?* Mas na atual conjuntura, não convém esse tipo de distinção. O importante agora é prosseguir na luta e ganhar a guerra. *Candela, hermano!*

— É... Eu também acho que o principal é a união.

— No momento em que a revolução for cada vez mais ganhando confiança, a gente vai ter mais tranquilidade para encaminhar e discutir essa questão.

— É verdade...

— E tem mais. Como disse o Comandante, a questão da discriminação não é coisa só de filhos da aristocracia, não! Tem gente muito humilde que também discrimina. Há operários que expressam os mesmos preconceitos que os moços endinheirados; o que é ainda mais absurdo e mais triste. E é preciso pensar nisto também. Mas não podemos nos dividir entre brancos e negros porque o divisionismo só vai servir para nos enfraquecer... *Y asï* — o Comandante faz o clássico gesto de "babau" — *...quiquiribú, mandinga!*

Na torrente de seu pensamento, o navio de Esdras já singra as belas e turbulentas águas caribenhas.

"Soñar, a la orilla del mar..."

E, ao som do bolero, Esdras desperta. Para lembrar de outro assunto lamentado, tanto no Abará quanto no Rio Negro.

Trata-se do rumoroso *love affair* — como dizem os jornais — de Jorge Calixto, o Feijão, centeralfe do Esporte Clube Pau-Ferro, em Sorocaba, no interior paulista.

O caso é que, não só vendo-o jogar, com seu futebol elegante e vistoso, como também tendo a oportunidade de conversar com ele e sentir de perto seu hálito fresco e o perfume que emanava de seu corpo, a filha de um próspero e influente negociante local apaixonou-se.

O romance já tinha quase dez meses quando a família descobriu. E a sentença veio inexorável:

— Filha minha não casa com negro!

Ante a pressão familiar e o opressivo ambiente formado, Feijão não teve outra alternativa: pegou a moça e a mala e as trouxe pro Rio de Janeiro, para a casa de sua família na localidade conhecida como Agronomia, entre Paracambi e Campo Grande.

Não foi fácil encontrá-los. A localidade dista mais de setenta quilômetros do centro do Rio; e se sustenta em meio à grandeza decaída dos engenhos em ruínas, dos rios já não mais navegáveis, e do mato bravio que se espraia por terras outrora semeadas de arroz, feijão e mandioca.

A única referência que se tem para a localidade é a Universidade Federal Rural que lá se ergue, à margem da Estrada Rio-São Paulo. Mas esse importante estabelecimento de ensino e pesquisa está na localidade há bem pouco tempo, e mesmo os moradores locais não sabem direito explicar o que funciona naqueles prédios imponentes, em estilo neocolonial.

A polícia, porém, chegou lá. Os pombinhos, então, foram recambiados para Sorocaba, a mocinha histérica gritando:

— Ou eu me caso com ele ou me mato!

A imprensa, como não podia deixar de ser, vem explorando o caso à exaustão:

— Eu repudio e tudo farei para evitar esse casamento! Eu sei o mal que a miscigenação já vem causando a esta família — declara um primo.

— Eu sempre recebi com prevenção o casamento de filho ou irmão meu com pessoa... assim... escura — rebate a tia.

— Eu não vejo com inteiro agrado. Mas também não pretendo empregar qualquer esforço para impedir essa união, se ficar comprovado que o afeto é compartilhado espontaneamente. Mas parece que o rapaz agiu à força — fala o tio, que é o Delegado da cidade.

Até agora não se sabe qual o desfecho do caso; que a "plateia" do Abará vem acompanhando, torcendo para que tudo acabe bem. Enquanto finge que presta atenção no relato de Isa Isidoro:

— No Peru, primeiro fizemos Chiclayo, depois Trujillo, depois Chimbote; e aí chegamos à capital, belíssima. Em Lima, nós conhecemos um preto maravilhoso: Nicomedes Santa Cruz. Poeta, cantor, compositor... Que homem! É o maior especialista no "folk-lorr" negro peruano. E me ensinou tudinho.

Esse "tudinho" Isa pronuncia com malícia. Para desespero do "falecido Pitoco" — como agora é sacaneado o nosso craque.

— Tudinho como, Isa?

— Tudinho que eu digo são os detalhes, como se dança cada uma dança, como se canta. Por exemplo, a zamacueca é assim... — Levanta-se e interpreta, para delícia dos presentes no Abará. — Já a marinera é assim, ó... Tudo dança e música de origem espanhola mas bem influenciada pelo jeito africano. Ah, o Nicomedes! Que vozeirão tem esse peruano. — Pitoco se remói de ciúmes e Isa sadicamente continua: — Ele sempre me escrevia. Agora, não sei o que houve. Não tem escrito mais.

— Vai ver casou, né, Isa? — Pitoco se vinga, tirando do bolso do paletó uma lapiseira diferente, pra anotar não sei o que no guardanapo de papel.

— Que lápis é esse, malandro? — O objeto causa surpresa geral.

Trata-se, na verdade, de uma caneta e de uma grande novidade. Chama-se caneta esferográfica, pois tem na ponta, em vez de pena, uma pequena esfera metálica que gira e libera a tinta. É baratinha, pra ser jogada fora quando a tinta acaba. Mas é muito prática, pois não tem nenhum dos inconvenientes da caneta-tinteiro. E está vendendo como água. Nas quatro lojas de A Exposição.

— Fila pra comprar caneta! Essa, não!

• • •

A cabeça de Isa está no Peru; mas o Brasil continua sintonizado em Cuba, ouvindo El Cubanito, cuja carteira de identidade registra o nome "Álvaro Francisco de Paula".

Trata-se de um chefe de orquestra e cantor carioca, gorducho e bonachão; como um Fats Waller. Com grande popularidade e sucesso, na voga dos ritmos afro-cubanos no Brasil, atua em rádio, anima bailes e grava, com sua Orquestra Panamericana, diversos LPs. No momento está nas paradas de sucesso com a gravação de *Cao, cao, cao, maní picao*, guaracha de José Carbo Menéndez, lançada internacionalmente por Célia Cruz; e que agora toca baixinho no som ambiente do Abará. Mas Isa Isidoro não dá trégua:

— Em Chimbote, no Peru, a coisa ficou ruim mesmo, porque nós estávamos sobrevivendo só com aquela mixaria que vinha das bilheterias. Eu, não; que sempre fui econômica e tinha o meu, escondidinho. Mas o resto... Deus me livre e guarde! Aí, um gringo que tinha lá e estava namorando uma das meninas do Ébano, voltou com ela pro Brasil pra tentar levantar um dinheiro... Enquanto eles não voltavam, cada um se virava como podia.

— E eles voltaram?

Isa só responde a perguntas que realmente interessem. Para ela, o que já se sabe não se pergunta, como reza uma profunda filosofia africana. E, quando é assim, ela encerra a conversa da melhor maneira possível: abrindo a *trousse*, tirando o batom e retocando os contornos dos lábios carnudos.

— Vida de artista não é fácil, não, gente! Vocês pensam o quê? — Ela suspira, para logo após pedir, decidida, mas sempre elegante: — Garçom! Me vê aqui um samba em berlim; por obséquio.

Às vezes Isa lembra Josephine Baker, legendária estrela dos palcos internacionais. Que, não por acaso, está lá do outro lado da Avenida, na ABI, participando da solenidade de instalação da sucursal brasileira da Organização Mundial contra a Discriminação Racial e Religiosa.

Ms. Baker (no passaporte, Freda Josephine McDonald) já está indo pros 50 anos; e sabe que é hora de ser menos estrela e mais militante. Mesmo porque há cogitações para elegê-la a "Mulher do Ano" pela NAACP, a associação americana para o progresso do *colored people*.

O momento da visita de Josephine é oportuno. Pelo menos para as ocupantes da mesa 9 da Le Brioche, onde se toma o melhor chocolate com biscoitos da Esplanada do Castelo.

São seis mulheres, riem bastante, falam alto, e chamam atenção. Não só por estarem muito bem-arrumadas, mas também pelo tema de sua conversa, jamais abordado na Casa Cavé, na Manon; e muito menos na Colombo. Ouçam:

— Essa pinoia dessa escravidão foi um genocídio. Pior que o Holocausto! — Quem fala é Guiomar, funcionária do IAPI, formada em Estatística, parruda e desinibida, que comemora aniversário. — Tirou tudo: nome, família, hábitos, costumes. Só sobrou a alma; porque nem do corpo os escravos eram donos. Eles não tinham nada; mesmo depois de libertos! E até quem nunca tinha sido cativo pagava pela aparência, pelo "cabelo duro", pela "beiçola", pelo "nariz de batata" ...

— Mas não podemos negar que a Abolição... — Nadir, técnica em Contabilidade, morde um croissant e tenta contemporizar; no que a aniversariante rebate firme.

— Abolição de fachada! Onde já se viu libertação sem condição econômica, sem previdência? E havia projetos pra resolver isso. O mulato Rebouças apresentou um, pra dar terra e oportunidade aos pretos depois do Treze de Maio.

A mesa chama mesmo atenção: seis moças "moreninhas", funcionárias, formadas, cultas, discutindo esses

assuntos!? E Guiomar, passando manteiga na torrada Petrópolis, com firmeza e liderança, é quem dá as cartas:
— Vou dizer uma coisa. Desde a Independência, quem tivesse posse, e plantasse alguma coisa, depois de um tempo tinha direito ao seu pedacinho de terra. E foi assim que muitas famílias começaram. Mas, depois, veio a tal "Lei de Terras"; e aí só era dono quem tivesse grana pra comprar. Esse é que foi o problema! Então, com a Abolição, a grande maioria do nosso povo ficou ao relento, porque não tinha dinheiro pra ser dono de nada.
— Essa lei era de 1850. E na Abolição ainda se tentou uma reforma dela, pra manter os libertos na condição de assalariados. Mas ficou na tentativa — completa Arlete, chefe do departamento de pessoal da Mesbla, tomando um discreto martíni doce... Porque está de férias; e só veio porque é aniversário de Guiomar.
— É... Ficou na tentativa. E, aí, com a República, a agricultura toda desorganizada...
— Eu diria desarvorada, desgalhada, desenraizada. — Rosita perde a amiga mas não perde a piada; mas, mesmo com as gargalhadas que sua intervenção provoca, Guiomar põe um tabletinho de sacarina no chocolate, sem perder o fio da meada: — Então, os antigos escravos foram vindo pras cidades, em busca de trabalho. Mas já tinha português pegando no pesado; italiano vendendo peixe; turco mascateando, de porta em porta... Como já tinha gringo na lavoura também.
— Aí, entra a questão do capital. — O aparte, meio bobo, vem de Flora, datilógrafa do IAPI, recém-convertida ao marxismo.

— É óbvio, "queridinha"! — Guiomar se irrita. — Ninguém aqui é contra estrangeiro! Mesmo porque o nosso povo, quando veio pra cá, era tudo estrangeiro também. Só que vieram obrigados; e sem ter direito nem ao próprio corpo; e depois foram jogados fora. Essa é que é a diferença!

— Espera!... Eu acho que vocês estão é fazendo racismo ao contrário! — Flora diz isso levantando-se para ir ao *toilette*. Mas Guiomar a segura na réplica.

— Racismo ao contrário? Qual é o contrário do racismo? O contrário é todo mundo igual, sem esse negócio de "cabelo bom" e "cabelo ruim"; de "escurinho", de "crioulo"...

— Aliás, o Brasil é o único país em que o termo "crioulo" é ofensa. Em espanhol, *criollo* é o filho de qualquer colonizador, branco ou preto; da mesma forma que o francês *créole*, que chegou até o inglês. — Quem fala agora é Diva, cantora nas horas vagas, que "arranha" vários idiomas.

— É... O Brasil é fogo na roupa, minhas colegas!...

— Mas racismo aqui não tem, não. Todo mundo pode ir onde quiser e fazer de sua vida o que bem entender.

— Ah, é? — Guiomar é incisiva. — Então, me responda: quantos generais de exército, almirantes de esquadra, tenentes-brigadeiros, governadores de estado, senadores, assim da nossa cor, você conhece? E quantos ministros de Estado? E juízes nos tribunais superiores? — Aqui, mais calma, a aniversariante pega delicadamente um cajuzinho, tira a forminha, põe o confeito na boca, se delicia, e manda brasa: — Não tem nem juiz de futebol, amigas!

Nós não temos nada! Principalmente nós, mulheres. Nós não somos nada neste país!

— Mas tem muita gente estudando essa questão, e pensando em resolver. Então, vamos falar de coisas agradáveis. — Arlete liquida o terceiro martíni, e fica chupando a azeitona no palito.

Realmente, a questão já é objeto de estudo. Mas as pesquisas quase sempre focalizam o povo negro ou pelo lado "estranho" de seu comportamento e de suas tradições, ou apenas do ponto de vista histórico, como algo congelado e parado no tempo. Mas, agora, o racismo brasileiro começa a ser de fato desmascarado: a discriminação sofrida pela bailarina Katherine Dunham em São Paulo expôs as vísceras do monstro. E o episódio teve grande repercussão no exterior. Tão grande quanto negativa.

Mas eis que chega o bolo, trazido por um dos garçons. E então cessa toda a discussão para que a mesa cante os parabéns. E para que Guiomar corte a primeira fatia. A qual, numa expressão de sua incrível habilidade política, é oferecida não às suas colegas, mas ao próprio garçom, de aparência cansada e tristonha, que é a cara do ex-Presidente Eurico Gaspar Dutra.

• • •

Um outro problema que também incomoda muito toda a cidade — inclusive a mesa do Rio Negro — é o crescimento das favelas. Mas o que é uma favela, afinal?

— Uma favela é, em síntese, um aglomerado de casebres erguidos de modo improvisado e desordenado, em terreno invadido — pontifica o advogado Paula Assis.

— "Favela" é uma planta — secunda Eledê.

No que Josuel Rufino, professor de História, presente ali por acaso, pois é "bíblia" e não costuma frequentar bares e botecos, explica:

— Justamente. O termo surgiu no fim da Guerra de Canudos... — Rufino conta como a palavra "favela" ganhou o significado que tem hoje. — ...E daí, como o pessoal se arranchou no Morro "da Favela" de qualquer jeito, naqueles barracões improvisados, o termo "favela" se estendeu a toda aglomeração do mesmo tipo.

As moradias das favelas são quase sempre construídas com restos, como tábuas de caixotes e folhas de flandres ou de zinco. Entre elas, de acordo com a necessidade, vão surgindo caminhos, becos, vielas, casebres, cochicholos, cafofos. Porém, o que mais chama a atenção nelas é que são sempre habitadas por uma esmagadora maioria de descendentes de africanos. E isso incomoda mais ainda.

Mangueira, Praia do Pinto, Catacumba, Salgueiro, Serrinha, Morro da Matriz são, além da Favela propriamente dita, grandes exemplos dessa incômoda realidade. Não alcançados pelos regulamentos municipais e longe das vistas da Polícia, o povo desses lugares não paga impostos, não tem direito a nada e vive à margem de tudo. Neles, a lei é a do mais forte ou mais valente; e o grande argumento de convicção é a navalha.

Depois de dez horas da noite os choferes de praça não aceitam passageiros para nenhum desses lugares, por mais perto que sejam. E os bondes, depois das dez, passam voando, motorneiro e condutor empunhando pistolas engatilhadas, como observa Orestes Barbosa, o poeta do "Chão de estrelas".

Orestes é da Aldeia Campista e conhece bem o Esqueleto, favela que fica quase ao lado do jovem estádio do Maracanã. O lugar é sinistro e tem esse nome pesado. Mas é porque nasceu e cresce em torno de uma grande construção abandonada ainda na estrutura, num prédio que só tem os ossos.

Outra favela com nome curioso é a do Morro do Alemão, em Ramos. O antigo dono das terras era um imigrante polonês, muito branco, alto e de fala enrolada. Por causa da sua aparência, os vizinhos passaram a se referir ao dono daquelas terras como o "alemão". Com o passar do tempo, a propriedade do "alemão" foi loteada e ocupada, aos poucos, por famílias em busca de moradia barata, observando-se, agora, a chegada de muita gente vinda do Nordeste, região que o povo chama de "Norte".

Pelas vielas do Alemão, quem nos leva, agora, pela palavra, é o "Peitudo Caburé", um molequinho de 12 anos, esperto e inteligente, que estuda para entrar no Pedro II e que quer ser médico quando crescer.

— Lá em cima, no pico, tem a chácara do Seu Joaquim, com plantação de cana, aipim, uns pocinhos formados por uma nascente que tem lá em cima; e onde a gente pega água que serve até pra beber. Depois tem um campo de futebol onde a rapaziada bate bola aos sábados. Tem uma pedra, um lago onde os meninos tomam banho. É legal, ninguém nunca soube de doença ou afogamento no lago.

Caburé gosta de falar sobre a convivência entre os moradores:

— O mais legal no Morro é o povo. É uma mistura de mineiro, baiano, gente do Estado do Rio e do Espírito Santo, parece. Agora também tem o pessoal do Norte. Antes, todo mundo se conhecia; praticamente era tudo "parente". Mas meu pai resolveu mudar a gente aqui pra baixo, perto da estação. O Morro começou a ficar brabo e minha família achou melhor descer. Uns marginais se refugiaram no Morro e começaram a roubar e assaltar. Isso provocou uma grande revolta nos moradores, que se organizaram pra fazer justiça com as próprias mãos. Pra mim, a criminalidade aumentou com a vinda de muita gente de fora; que continua chegando — quem diz é o Caburé.

O êxodo em direção à Capital da República ocorre principalmente por causa das grandes secas que vêm castigando o Nordeste do país. Tanto que já estão sendo criados órgãos de governo para cuidar exclusivamente desse grave problema, também objeto das atenções de um brasileiro ilustre.

Chama-se Josué de Castro, é médico e foi eleito presidente do Conselho Executivo da FAO, Organização para Alimentação e Agricultura, agência das Nações Unidas criada para combater a fome em escala internacional. Com o livro *Geopolítica da fome,* o Doutor Josué tornou-se o autor brasileiro mais lido e comentado no mundo inteiro. Com sua pele bem morena e seu cabelo liso, ele parece um indiano. Aliás, como muitos brasileiros cujos ancestrais vieram no "bolo" do tráfico de escravos, da contracosta. E, curiosamente, seu trabalho procura mostrar que não é só na Índia que existe fome, como alguns apregoam, varrendo a sujeira brasileira pra debaixo do tapete.

— A fome é um dos principais combustíveis da violência. E agora a gente nota que o gatuno, o punguista, o ventanista de antigamente está saindo de cena para dar lugar ao assaltante armado. E armado não mais de faca e sim de revólver e pistola. Embora a navalha ainda tenha seu lugar... No bolso do paletó ou da calça do malandro. Quem diz isso é Seu Aniceto, nosso cicerone na Serrinha, outra favela interessante. Quem nos trouxe foi o Maní, o nosso Amendoim. E o Ministro, que é "assim" com Aniceto, veio junto.

A Serrinha fica entre Madureira e Vaz Lobo, e é o berço das antigas escolas de samba Prazer da Serrinha e Unidos da Tamarineira, que deram nascimento à jovem e vitoriosa Império Serrano. O início de sua ocupação teria ocorrido logo depois da Abolição; e se deveu a trabalhadores negros oriundos das antigas fazendas locais, aos quais vieram se somar, no início do século 20, migrantes originários das plantações de café do Vale do Paraíba e da Zona da Mata mineira.

— A Serrinha também tem pobreza e violência. Como tem Mangueira, onde hoje "manda" o mulato Mauro Guerra, "inimigo público número 1". — Aniceto fala um português escorreito, literário. Essa é uma de suas marcas; e é assim que ele analisa para nós a situação: — Mesmo num momento em que o banditismo carioca começa a ficar semelhante ao das gangues americanas e da Máfia do sul da Itália, o "marginal", aqui, é sempre majoritariamente negro ou negroide.

Aliás, é isso que o Doutor Paula Assis vem observando na delegacia da Praça Mauá, no inquérito que apura o

"Crime da Copa" — como batizaram os jornais. Nele, a hipótese predominante é de que o crime tenha sido cometido por "pretos favelados" do Morro da Matriz.

— O negro é sempre o culpado, até prova em contrário.

— Quem fala é o advogado Lopes Filho, que hoje divide as honras da mesa e os finos charutos Suerdieck com o Doutor Paula Assis. — Quem já assistiu a uma batida policial numa favela deve ter assistido também a essa afirmação posta na prática. Infelizmente é sempre muito comum os policiais invadirem os barracos a pontapés. Quem não conhece o famigerado ditado: "Branco correndo é atleta, preto correndo é ladrão"?

— E isso não é só na esfera criminal, não! — Paula Assis solta uma baforada, soprando forte. — Em todas elas, ainda hoje, o enorme segmento afro da população brasileira ainda não goza de plenos direitos civis. E quanto mais escura for a cor da pele, pior. Querem ver só uma coisa? Eu tenho lá no escritório um processo cível de reintegração de posse que vem de 1893, cinco anos após a Abolição. É uma disputa de terras, de uma família de fazendeiros, de Vassouras, contra uma senhora liberta.

— Fazenda de café... Hmmm...

— No processo, os autores são qualificados como "cidadãos", "senhor e senhora", "proprietários"; e a ré é referida apenas e sempre como a "preta Justina". E o caso dela não é isolado, não.

Lopes Filho também tem muito a acrescentar a essa legítima mesa-redonda, o que geometricamente não se verifica no Rio Negro, onde o tampo das mesas é quadrado. Além de advogado, ele estuda a História da Escravidão nas Américas.

— A gente sabe que, depois do Treze de Maio, muitos ex-escravos, organizados, com suas famílias, com sua criação, preferiram ficar nas fazendas ou por perto. E aí, com o passar do tempo, foram sendo escorraçados e despojados do que tinham conseguido.

— Perfeitamente. *Nec plus ultra!* — corrobora Paula Assis.

— E essa foi a origem de diversos processos judiciais que eu estudei na minha tese de doutorado.

6

"Vem de estranhos missais de um novo rito..."

Tia Caetana não está nada bem. Mas não deixa de dar sua opinião sobre as questões que João traz dos bares até ela:
— Ah! Quer saber? Esses doutô que me desculpe, mas tem preto que despreza os próprios preto. É só melhorá um tiquinho... Tem mãe que quer é ver as filha com branco. Tem homem que só quer saber de mulher loura. Eles diz que é pra limpar a raça, vê se pode? Mas os branco, com as pretinha, pelo menos no meu tempo, só queria mesmo era farra: nenhum queria compromisso. Por isso é que eu fiquei pra titia.

O rapaz responde do jeito como aprendeu no Rio Negro:
— A senhora não deixa de ter razão, Tia. Mas essa coisa de "irmão", "primo" fazer pouco-caso um do outro, eu acho que tem uma explicação. De tanto escutar que preto é inferior, feio, sujo, preguiçoso, a pessoa de cabeça fraca acaba acreditando nisso. E aí passa a não gostar nem dela mesma.

João Maní sabe que Tia Caetana não está bem. O remédio da pressão acabou. E ela precisa tomar todo dia. João

não sabe exatamente o que fazer. Ministro, cabreiro com a política, sumiu, ninguém tem ideia de onde anda. Seu Quinca Quioco está na mata, cuidando de seus preceitos, como faz de tempos em tempos; e não se sabe quando ele sai de lá.
 Liberdade pra pedir uma ajuda... Só se... João lembra de Pepe:
 — Mas é claro, Juancinho... Quanto é que tu estás precisando?
 O espanhol agora é o amigo certo das horas incertas. João já começa a ver aquele carinho, aquela dedicação como um mal necessário. Afinal...

• • •

 Agora, são cinco horas da tarde e Maní vai se encaminhando, com sua lata, para a Cinelândia. Vai preocupado, mas lembrando da "última" de Tia Caetana.
 João gosta um bocado de conversar com a velha. Principalmente para ouvir aquelas coisas do tempo antigo, contadas com aquele jeito debochado dos negros minas, tão orgulhosos, tão superiores que podem, quando querem, até zombar de si mesmos e de suas vicissitudes.
 — Você sabe por que os preto são preto? Hein? Sabe? — João sorri, intrigado. — Não sabe? Pois vou te contar. — A Tia atiça a brasa do cachimbo, puxa o fumo e conta: — Adão e Eva, depois que foram expulso do paraíso, também num queria saber de trabalhar, não. Eles não fazia outra coisa se não fazer saliência. Sabe aquela cantiga "Aquicó no terreiro pelu adié"? Tá compreendendo? — Claro que

João compreende. — Então, com pouco tempo, eles já tinham vinte e quatro filhos. Foi quando Obatalá, vindo de viage, parou na casa deles e, do lado de fora, sem entrar, perguntou a Eva quantos filho ela tinha. Ela, então, com vergonha de tê tanto filho, respondeu a Obatalá que só tinha doze, uma dúzia; no que Obatalá perguntou: "E aqueles negocinho preto lá dentro, o que é?" "Ah", ela respondeu, "é carvão, pra eu cuzinhá." Obatalá não é bobo, e não acreditou; e falou pra ela: "Eu vou batizar seus filhos. Traz eles aqui!" Eva foi lá dentro, pegou os doze filho que disse que tinha, levou lá fora; e deixou os outros doze dentro do quarto. Veja você! Assim, os doze foram batizado; e, com a claridade que tomaram, ficaram branco. Quando ela voltou no quarto, viu que os outros doze, como não foram lá fora pegar claridade, continuaram preto. É por isso que hoje tem gente branca e gente preta."

João não sabe que os africanos também criaram muitas lendas para explicar por que os brancos são como eles veem. Os macondes de Moçambique, por exemplo, contam que houve um tempo em que os brancos eram peixes e viviam dentro d'água. Um dia, um negro foi pescar e pescou um peixe que, ao sair da água, revelou-se um homem branco. Dessa forma, ele foi criado e educado pelo negro, com quem aprendeu muita coisa. Mas, quando se sentiu senhor de todos os conhecimentos e ofícios que o negro lhe havia ensinado, tomou o poder e desde então nunca mais deixou de maltratar seu benfeitor. Cada um é que sabe onde o calo lhe aperta, não é?!

João, então, vai rindo sozinho. Sem saber que, pelos jornais, os católicos prosseguem em sua veemente campanha contra a umbanda e o candomblé. Muita gente começa a temer represálias mais sérias. Mas Quinca Quioco não se impressiona com nada. Mesmo porque não lê jornal. Quioco é o "último de sua linhagem no Brasil", como sempre diz, orgulhoso. E parece que essa afirmação tem um fundo de verdade. Membro da "Resistência", sindicato dos arrumadores portuários, é um preto retinto, alto, musculoso, dotado de uma força física lendária no Cais do Porto, pois consegue suspender e carregar na cabeça, com a maior facilidade, fardos de até trezentos quilos. Além disso, é dono de uma capacidade de liderança única, comprovada naquela greve histórica, nos anos 40, quando conseguiu paralisar toda a orla, do armazém um ao dezoito.

O povo Quioco, que o sobrenome dele evoca, é um importante povo de Angola. Antes da chegada dos portugueses aos seus domínios, eles eram grandes comerciantes e ardilosos conquistadores; e assim se apossaram de boa parte das terras de seus vizinhos, principalmente dos lundas, com quem aos poucos foram se misturando. Com o tráfico de escravos, alguns quiocos foram trazidos para o Brasil; e a família de Quinca, segundo ele diz, foi uma das que perderam a guerra e foram submetidas ao cativeiro.

No samba, o "Africano" — como muitos inimigos a ele se referem, com deboche e menosprezo — destaca-se como diretor de harmonia. Não daqueles que usam varinha pra bater nas pernas das pastoras, e sim daquela nobre estirpe — de Jaburu, Timbira, Tapete, Xangô etc. — que resolve tudo com dois ou três toques de apito, conforme a situação. É assim que ele brilha, literalmente, suando, no comando geral das alas, dos compositores, dos passistas, dos casais principais e dos diretores de bateria da sua escola. E é com esse currículo, vital até o extremo — pois inclui algumas suspeitas de utilização de demolidoras práticas de magia africana —, que ele se opõe às ideias dos que agora começam a querer transformar o samba em ópera; ou teatro de revista.

Aliás, dizem as más línguas que Quioco tem em seu barraco, no Morro da Formiga, um estranho caldeirão, enfeitado de penas e cabaças, em cujo interior repousa um crânio humano, periodicamente regado com sangue e cachaça, e soprado com fumaça de charuto. Dizem...

O que é notório, mesmo, é que Quinca Quioco é um mestre jongueiro; e é admirado por isso.

• • •

O jongo é uma dança, uma brincadeira, um "folguedo" — como Isa Isidoro gosta de dizer. Mas tem também rituais, como limpeza do terreiro, magia, e invocações veladas a entidades sobrenaturais.

— Antigamente, todo morro tinha um jongo, um caxambu — diz Quioco. — Um dava o jongo no dia de São José, outro no dia de São Jorge, outro no dia de São Sebastião, de acordo com sua devoção. E aí vinha gente de todo lugar. O meu eu dou no dia de São Lázaro, 17 de agosto. Nesse dia, eu me acordo bem cedo, boto minha roupa branca e vou na igreja pra assistir à primeira missa. Depois, volto pra casa pra ver se está tudo direito e receber os convidados, que de tardinha começam a chegar.

Quioco não é mina-jeje. Mas, como muito pai de santo de nação angola ou congo, adota em sua casa uma tradição dessa linha, a "janta dos cachorros".

No dia de São Lázaro, ele junta um número ímpar de vira-latas (sete, nove ou treze), põe do lado de cada um uma criança, e serve a eles uma refeição de festa (galinha, macarrão, farofa etc.).

— Essa tradição tem muito fundamento — ele conta, sem explicar direito. — Quem trouxe ela pra cá, do Maranhão, foi meu finado compadre Mané Pesado, que tinha casa lá em Turiaçu, perto de Rocha Miranda. Eu vi isso na casa dele, achei bonito, perguntei a ele os porquês, ele me explicou e eu adotei. É coisa de jeje, de muito fundamento, e tem a ver com meu santo também. Então eu adotei.

• • •

O nosso Maní de vez em quando sobe o Formiga pra levar encomendas de Tia Caetana pro Quioco. De lá, traz outras pra ela; que jamais indaga o que são, pois, como a velha costuma dizer, "o que se sabe não se pergunta". E, quando vai lá ver o "Africano", sempre sai também com um ensinamento novo.

— Quando eu era candengue, criança, lá na roça, eu também gostava de conversar com os mais velhos. — Quioco tem consciência de que sabe muita coisa, e se orgulha disso. — Principalmente com aqueles velhinhos que tinham sido escravos. Os velhinhos e suas velhinhas, Pai João Cambinda, Tio Lauro Benguela, Vô Belisário, Vó

Luzia da Costa, Vó Maria Rebolo, eles se reuniam, muito matreiros, lá num fundo de mato e rezavam, conversando com seus guias, trocando língua com eles. — Quioco aconselha: — A gente não pode viver sem nossos guias, não, candengue!

• • •

Algum tempo depois desta conversa, o famoso escritor inglês Aldous Huxley, em visita ao Rio, manifesta o desejo de conhecer uma macumba. Quem o leva é o Mononcle, um "crioulo francês", muito interessante, que daqui a pouco nós vamos conhecer.

Entretanto, a visita não é a um terreiro de candomblé, pois no Estado do Rio os candomblés sempre ficam muito longe. Mais fácil é uma macumba, mesmo, um centro de umbanda. E o autor de *As portas da percepção* e *Admirável mundo novo* acaba chegando ao terreiro do Seu Paulino, a Tenda do Divino Espírito Santo, no Morro do Salgueiro.

A visita tem uma grande repercussão. E, agora, passados três dias, a roda do Rio Negro discute o assunto em cima do editorial do jornal *O Estado de S. Paulo*, que Esdras lê em voz alta:

> — "É profundamente humilhante para todos nós, brasileiros, que o escritor Aldous Huxley tenha podido assistir, em pleno coração do Rio de Janeiro, a uma cerimônia de macumba. Não apenas porque alguns pretensos intelectuais encaminhassem o famoso autor

de *Admirável mundo novo* para o Morro do Salgueiro. Mas pela simples e única razão de ser ainda possível, em plena era atômica, a realização de torpezas tais na própria Capital da República."

A mesa ouve atenta, cada um tirando suas próprias conclusões. E Esdras prossegue na leitura, enfatizando os trechos mais fortes:

— "O espetáculo a que foi levado o homem de letras, sem dúvida um dos mais destacados no panorama contemporâneo da literatura anglo-saxônica, se verificou a poucas centenas de metros do Catete. Ali, sobre um altar, estavam juntos imagens de santos católicos, orixás, fetiches africanos e ameríndios, fotografias de políticos, estampas de Tiradentes, figuras de Buda e de Zumbi dos Palmares, além de cerâmicas de bichos, conjunto esse que impressionou o escritor inglês."

Isa Isidoro, participante da comitiva que foi ao Salgueiro, tece algumas considerações sobre a música e a dança, preferindo que o escritor tivesse sido levado a um candomblé, onde teria assistido a um espetáculo "mais artístico". No que Esdras pede atenção para o trecho que agora vai ler. E o faz carregando na interpretação:

— "As pessoas que guiaram o autor de *Contraponto* até ao incrível e repugnante antro o fizeram ver, talvez sem o pensarem, o espelho exato em que se reflete o nível social onde se afundam e chafurdam cerca de 600 mil favelados! A existência desta sub-humanidade exprime, com efeito, um estado de espírito e define a confusão e o descalabro psíquico a que chegaram esses miseráveis seres."

A mesa se divide em comentários favoráveis ao texto e justificativas antropológicas. Até que Esdras finaliza a leitura:

— "A prática da macumba não pode ser confundida com a liberdade de culto. A pretensão de resolver divergências familiares, de conciliar amores ou de consumar vinganças conduz a atos de pura feitiçaria que definem um sentido de vida muito primitivo e recuado."

Esdras comanda mais uma rodada de chope. Agora, com uma bandeja de batatas fritas. E essa é a deixa para os comentários.

— O povo brasileiro é muito carente, muito necessitado. Não tem a quem recorrer, então tem que ter o seu próprio "socorro urgente", sua "assistência". E a umbanda é isso tudo: é uma religião feita pelo povo e para o povo.

— É a religião mais original que tem no Brasil. Ela é a soma de tudo o que a gente tem: é a mistura do índio com o preto, com o branco, do velho com a criança, da mulher boa com a mulher malandra...

— Esses jornalistas, no jornal eles metem o pau na macumba; mas de vez em quando eles também vão lá. Tem um conhecido meu que noutro dia viu esse do *Cruzeiro*... Como é mesmo o nome dele? Esse turco... Diz que ele estava lá na Gávea, numa curimba que tem lá em cima,

recebendo uma preta velha, de sainha carijó, fumando cachimbo e dando consulta.
— Vovó Cambinda da Turquia... — Esdras define, bem ao seu jeito.

Excessos e deturpações à parte — o que agora ocorre em todos os setores e ambientes —, há mais de dez anos o povo da umbanda vem procurando se estruturar para resistir à perseguição da Igreja Católica. Mas aí, alguns de seus líderes, que já criaram uma federação e até organizam congressos, começam a inventar moda:

— O vocábulo "umbanda" é originário do sânscrito, a mais antiga de todas as línguas. Sua etimologia vem do sânscrito "aum-bandha", pronunciado "ombandá", termo que é traduzido em português como "o limite no ilimitado".

O professor Claudionor Nascentes, na plateia da conferência, deixa escapar um risinho veladamente debochado. Ele sabe que o termo é banto, de Angola; e não tem nada de indiano. Mas o conferencista não sossega:

— A umbanda veio para o Brasil com os primeiros escravos sudaneses e bantos que aqui chegaram, por volta de 1530. Daí, o ritual semibárbaro conhecido como candomblé.

Agora, é o amigo Astor Ramos que cutuca o professor Nascentes. Ramos sabe que candomblé é uma coisa e umbanda é outra completamente diferente. Que cada uma dessas formas religiosas tem uma origem africana bem peculiar. E que a umbanda foi que, no Brasil, assimilou fundamentos do que popularmente se conhece como candomblé.

Os dois eruditos percebem que, no fundo, bem lá no fundo, o que os organizadores do encontro querem é legitimar sua religião, no que fazem muito bem. No entanto, eles sabem que quanto mais relacionada à África ela for, menores serão as possibilidades de legalizá-la e protegê-la. Então, inventam coisas; e alguns até acabam acreditando nas fantasias que engendram.

Aberto esse flanco, a campanha torna-se cada vez mais violenta. Os grandes jornais juntam todos os líderes das religiões afro-brasileiras no mesmo balaio dos "exploradores da crendice popular", como denuncia outro editorial, pegando pesado:

> "As chamadas tendas espíritas e os terreiros vêm avançando para o centro urbano, apesar da alta dos aluguéis nos pontos comerciais, o que indica que a macumba é cada vez mais um ofício muito rendoso."

É preciso uma reação, sim. Mas que imponha respeito. Até pelo terror, se for o caso. E ela vem lá do alto, depois de uma reunião a portas fechadas entre o Tata Gregório e Quinca Quioco, que é versado nos profundos mistérios de uma entidade obscura e estranha, chamada... parece que... "Gunocô"... "Bonocô"... "Molocô" — um nome assim.

Trata-se de uma espécie de fantasma das florestas, que ronca forte e aterroriza quem se mete a besta.

No alto do Morro da Formiga, então, os dois tatas, Gregório e Quioco, fazem um pacto: vão instruir os macumbeiros empíricos, desprovidos de fundamentos (e como os há!) a bater cabeça pro Molocô e seu providencial mistério. Para que se crie uma seita, "muito mais pura", com bandeira e tudo!

Enquanto isso ocorre, não totalmente indiferente à perseguição católica, porém muito mais voltada para suas reminiscências, na noite da Cinelândia, Isa Isidoro relata mais um capítulo da fantástica viagem que fez com o grupo Dançarinos de Ébano:

— Nós estávamos ilhados num lugar qualquer da América do Sul. Eu saí com um rapaz da companhia, conseguimos um bote e saímos remando...

Mas eis que, por obra da Divina Providência, surge a boia, a tábua de salvação. E ela vem no pregão do "poeta vendedor de bilhetes" ou o "bilheteiro que faz versos":

— Mil novecentos e vinte e dois! Quem nasceu na feliz data... Insista: não desista!

Alves Cruz vende bilhetes da Loteria Federal por necessidade; pois o que gosta mesmo é de poesia. Por isso traz sempre na bolsa a tiracolo o velho e grosso caderno de versos, escritos com sua letra caprichada. E hoje tem coisa nova para mostrar.

O caderno corre de mão em mão, causando admiração e enternecimento. Por causa deste poema:

"Negro, irmão negro
Estás em mim; então, fala!
E eu estou em ti; então, canta!
Tua voz é a minha voz
Eu também sou tua raça!..."

O poema é longo, tem uns cem versos, distribuídos por mais de dez estrofes. E causa verdadeira comoção, pelo tema que aborda e as evocações que traz.

"Negro, irmão negro
Mais irmão nos anseios que na raça!
Negro no Haiti, no Harlem, na Jamaica,
Negro de Salvador, Rio de Janeiro, Havana
Dor que a exploração comercializa
Em negras vitrines
Silencia um pouco teu tambor
E mostra ao mundo tua humana voz
Grita teu grito de angústia e rebeldia..."

A mesa não aplaude; nem compra bilhete. Está petrificada, embasbacada, estupefata. Alves Cruz pega o caderno, guarda na bolsa e sai apregoando:

— Mil novecentos e vinte e dois! Quem nasceu na feliz data?

Isa Isidoro — que esconde a idade —, como se nada daquilo lhe dissesse respeito, prossegue em sua manjada ladainha:

— De formas que nós chegávamos nas cidades ribeirinhas pra vender o espetáculo. Quando conseguíamos, como não havia teatro, pedíamos para cada um levar sua própria cadeira. Voltávamos para o barco, pedíamos emprestada a roupa que estava penhorada com o dono do hotel, porque era a única garantia que ele tinha, e fazíamos o espetáculo. Houve uma noite que fomos nos apresentar num morro...

• • •

Mais abaixo do equador, na Cidade Maravilhosa, o morro é um bom tema para o cinema. Assim, um jovem cineasta, meio paulista, meio carioca, tem a ideia do filme. Nele, quer mostrar o Rio de Janeiro na visão de cinco menores abandonados, que vendem amendoim em cinco pontos da cidade e que têm como diversão os ensaios de uma escola de samba. Então, o sambista Zé Kéti, da Portela e da União de Vaz Lobo, é chamado; pra trabalhar no cinema. O caso é que a fórmula pobrezinha da Atlântida já está se esgotando. Por isso, a solução é fazer alguma coisa diferente, mesmo sem dinheiro. A turma começa então a trabalhar em regime de cooperativa, "no peito e na raça", sem ninguém ganhando salário nem cachê. Mas artistas, técnicos e figurantes estão otimistas. E vivem cantando *"Eu sou o samba; a voz do morro sou eu mesmo, sim senhor"*, puxado pelo Zé Kéti.

Pronta a obra, o público, acostumado aos musicais quase sem enredo, se surpreende com um filme inteiramente diferente: *Rio, 40 graus*.

Zé Kéti faz o papel de um compositor aspirante ao sucesso, ou seja, o seu próprio papel. E isto num momento em que o mundo do samba é realmente um mundo à parte, que sofre os problemas de sua condição, mas que também tem sempre alguma coisa boa com que se divertir.

Aqui, por exemplo, hoje, trava-se um duelo de gigantes. Padeirinho da Mangueira, trabalhador do Cais do Porto, defronta-se com o aclamado Aniceto do Império, também portuário. A peleja é no botequim do Tesoura, conhecido bicheiro do Santo Cristo. E dela participam os partideiros

Cabo Verde, do Estácio; o bicheiro Hugo, conhecido como "Hugo da Zona"; e Oto Branco, legendário batuqueiro do Estácio e da Praça Onze, todos eméritos improvisadores.

— *"Me diga, Maria Cecília / Na sua família / Quem foi que morreu. / Diga se foi seu marido / Que eu vou ser marido seu".*

O partido-alto é um desafio de improvisos, em ritmo de samba. Criatividade, bom humor, inventiva e precisão na métrica; surpresa e inspiração nos improvisos, eis o ferramental. Titubeou, caiu. Quem tropeça nos versos, "samba fora". Quem improvisa mais e melhor fica por último; e, o mais aplaudido, sai vencedor. Os outros, que saíram antes, continuam, mas só reforçando o refrão. Quem dita as regras é o organizador do jogo, o malandro Franco Paulino.

— *"Bento Soares Rabelo / Esticou o cabelo / Pra ir passear. / Mas deu uma chuva de vento / E o cabelo do Bento / Voltou pro lugar."*

É assim que, nesta tarde histórica, Seu Aniceto do Império, mestre dos mestres, rende-se elegantemente ao talento do jovem Padeirinho, na disputa suada, cheia de graça e malandragem, do Botequim do Tesoura. Vence Padeirinho, sob o olhar extasiado de seu discípulo Tantinho, menino filho de calangueiro, que daqui a pouco vai também se destacar, como um Leônidas da Silva, da música e dos versos. Se Deus quiser!

Aliás, dizem que foi com Leônidas que o futebol começou a "dar samba". Pelo menos, foi ele, o "Diamante Negro", com sua ginga, seus dribles e suas bicicletas, o primeiro a ser reconhecido como um artista em sua especialidade e a se tornar uma celebridade nacional — a ponto de sua transferência do Flamengo para o São Paulo merecer, na imprensa, mais espaço que as notícias da Guerra.

Pois o caso foi assunto rumoroso, mesmo. Como lembra o Ministro, nesta conversa com um interlocutor ocasional.

Os dois dividem, por acaso, o mesmo banco de um ônibus General Osório-Estrada de Ferro, que leva o velho boêmio pra visitar a irmã gêmea, no Pronto-Socorro:

— Foi em 38. Lembro como se fosse hoje. O cigarro Magnólia fez um concurso pra escolher o jogador mais popular. Leônidas era candidato, claro. Aí, todo dia ele vinha e sentava no Rio Branco, aquele café da Rua São José.

— Sei qual é...

— Os votantes faziam fila pra entregar a ele uma carteira de cigarros vazia. Cada uma era um voto; e os votos chegaram a trezentos e tantos mil. — Ministro também votou no inventor da "bicicleta", aquela jogada acrobática em que o atleta se joga no ar, de costas pro gol, e chuta pra trás, por cima da cabeça.

— Esse cara ganhou muito dinheiro! — O interlocutor não gosta do Leônidas; mas fala baixinho, e Ministro não entende.

— Quando uma casa de comércio queria vender uma novidade qualquer, ela arrumava lá a vitrine, o mostruário, enfeitava e coisa e tal; e botava lá o retrato do crioulo. Era sucesso na certa: juntava povo na calçada, o elemento parava pra ver o que era, e de repente estava dentro da loja comprando.

— Que absurdo!

— Foi o primeiro garoto-propaganda, como diz o outro.

— Mercenário!

— Primeiro foi o chocolate Diamante Negro. Depois, foi pasta de dente, aparelho de rádio, geladeira. O reclame vinha com o retrato dele, com aquele sorriso...

— Sorriso de safado, vendido!

— Aí, era mais uma grana que ele metia no bolso, compreendeu?

— O São Paulo levou ele por causa disso. Opa! — O ônibus dá uma freada brusca. — Desculpa!

— De fato, ele chamou muita gaita; mas muita mesmo. O clube já era rico; e ele levantou mais ainda. E time paulista tem dinheiro, né?

— Diz que a mãe dele também se deu bem... — O companheiro agora joga pesado.

— É... A senhora mãe dele, Dona Maria, o povo diz que ela sentava lá na tribuna sempre do lado de um sócio rico, daqueles capitalistas de lá. Aí, quando Leônidas fazia um gol, o paulistão, feliz da vida, metia a mão no bolso, tirava aquele paco de notas e dava um conto de réis pra ela e outro pra ela entregar ao filho. Mas isso é bafo de boca! É inveja.

— Tudo boato...

— O truque era o seguinte: quanto mais dinheiro ele ganhava, menos ele ia ter vontade de voltar pro Rio de Janeiro.

— Corrupção escrota...

— Capitalismo.

— E ele já tinha uma historiazinha de safadeza; esteve até preso, não foi?

— Mas aí parece que foi uma casa de caboclo que armaram pra ele. Coisa de documento, parece...

— Falsificação do certificado de reservista: ficou preso sete meses no Regimento Sampaio.

— Mas, no dia em que foi solto, os oficiais organizaram um almoço em homenagem a ele.

— Jogou um bolão, sim; mas não valia nada. Só queria saber de grana.

— Ora, era um profissional, rapaz! E um cracaço, mesmo. Todo mundo dizia que nunca ia aparecer outro igual a ele.

— Bobagem! Chegou um momento em que ele só vivia de fama. E aí já tinha o Zizinho. Que ainda está aí.

— Tem razão! — Ministro é obrigado a admitir. — Zizinho foi o maior de todos.

— Foi, não! Ainda é!

— Já é veterano.

— Mas o São Paulo também quer levar ele. Vai tirar do Bangu.

— Será que ele vai?

— Se não for, é trouxa. — O interlocutor de Ministro é contraditório.

— Ele quase morreu de paixão quando o Flamengo vendeu ele pro Bangu. Então, agora é a hora de ele deixar esse negócio de amor à camisa, ganhar dinheiro e arrumar a vida. Futebol agora é profissão!

Presidente Vargas, esquina de Uruguaiana. O ônibus dá uma cortada e tira um fino de um bonde. O "patrício" condutor xinga o chofer "barbeiro"; que quer brigar.

Zizinho foi o grande destaque brasileiro na Copa de 50 — aquela que motivou o "Crime da Rua Larga", ainda não resolvido.

O craque chama-se Tomás Soares da Silva. E, além de ser um grande jogador (e apesar de ter nascido em Niterói), é um carioca dos bons: é do samba, da curimba, da mesa de bar... e grande contador de casos, como este, que ele narrou dia desses no Abará, aonde foi com o Pitoco.

Contou que, em excursão pela Europa com o time do Bangu, estreou na Áustria; foi pra França; depois pra Bélgica, Berlim, Munique... Era a estrela do time. Que, por causa dele, era recebido com "tapete vermelho" em todas as cidades, hospedando-se nos melhores hotéis, comendo do bom e do melhor... Bem diferente do cotidiano em Bangu.

Até que voltaram a Paris, pra jogar a partida final, a mais importante, encerrar a excursão e receber a segunda e maior parcela da grana contratada.

O tornozelo estava machucado, muito inchado; e Zizinho quase não podia nem andar. E, se ele não jogasse, o contratante não pagava a parcela que faltava.

O médico do Bangu chamou o do time adversário, que confirmou a impossibilidade de o craque jogar. Consequentemente, o restante do dinheiro não ia ser pago.

Mas a preocupação do goleiro banguense, um paraguaio, era outra, assim expressa em voz alta, quase chorando:

— Xiiii!!! Sem Cicinho, se acabó o bife com batata frita y ovo.

. . .

Caminhando lado a lado com a bola, em um país que respira futebol, o samba não poderia deixar de incluir em suas programações, competições — "à vera" ou "à brinca"; "peladas" ou "calçados" — da maior paixão nacional. É assim que vemos agora animadas disputas de futebol entre as escolas. E tudo dentro da tradição.

Durante o dia inteiro do domingo, acontece o "festival". Nele, pela manhã, realiza-se um torneio de pelada (jogo descalço), entre várias equipes. Quem perde sai fora e quem ganha vai ficando, até a final. Após o torneio, bem à tarde, realiza-se a "prova de honra", de chuteiras, entre o clube patrocinador e uma forte equipe visitante.

Muitas vezes esses festivais oferecem taças, também, às equipes que vendam mais rifas ou "tômbolas", espécies de cartelas de víspora, com quadros numerados, preenchidos por sorteio. E essa é uma estratégia para fazer caixa, fortalecendo um pouco o modesto quadro financeiro dos clubes, do futebol ou do samba.

Todo ano, no feriado de 1º de maio, comemorando o Dia do Trabalhador, a Portela organiza um torneio de futebol no campo do Flamenguinho, em frente à estação de Oswaldo Cruz, entre suas alas. E na prova de honra, o primeiro time portelense se defronta com equipes de escolas coirmãs, como a do Império Serrano. A promoção tem sempre a cobertura jornalística de *O Dia* e *A Notícia*.

Além do futebol, muitos concursos e certames mobilizam o mundo do samba, quase sempre como promoção das associações que congregam as escolas. Elege-se, por exemplo, a "Embaixatriz do Samba", que deve ter idade entre 18 e 30 anos e altura mínima de um metro e sessenta.

Nesse concurso, que acontece desde 49, as candidatas desfilam em traje de passeio e fantasiadas. No último deles, que teve o patrocínio do Henê Alisaton e o apoio da Cervejaria Brahma, a eleita foi a representante do Império, Jacira Sabino, moradora de Anchieta.

Escolhe-se, também, o "Imperador" e a "Imperatriz do Samba". E, ainda, a "Flor da Primavera", como o foram Ângela Moreira, da Unidos do Cabuçu; Vilma Ferreira, também da Cabuçu; e Ivonete Belisário, da caxiense União do Centenário. Outro concurso importante é o da "Miss Escurinha".

Ministro, como bom recreativista, não perde essas programações!

As associações do samba promovem, também, concursos de baterias, como o que acontece no Maracanãzinho, e que dá a vitória à "orquestra" dos Aristocratas, a qual vem também brilhando nos desfiles promovidos pela Coca-Cola, na Praça Sete, em Vila Isabel. Nesses desfiles as escolas apresentam sambas compostos para exaltar as qualidades do refrigerante — como um que diz "*ô, ô, ô, / Vamos beber, Coca-Cola, senhor, / que calor, ô, ô*".

Mas entre todos esses eventos o mais importante é o que escolhe o "Cidadão Samba". Esse título é uma das láureas mais importantes do universo dos sambistas, sua conquista conferindo ao titular o *status* de artista talentoso, inteligente e versátil.

De início, a eleição era feita pelo voto popular através de jornais. Depois, a escolha passou a ser feita pelo maior número de votos vendidos. A ideia agora é que, daqui pra frente, passe a ser eleito o candidato que, diante de um júri especializado, mostrar maior talento ao cantar (sendo julgado por dicção, interpretação e ritmo); sambar (nas formas tradicionais do "miudinho" e do "machucadinho"); tocar três instrumentos do samba, com ritmo e precisão; e falar, expondo suas ideias com clareza e expressividade.

Nelsinho Lorde já concorreu duas vezes, mas ainda não ganhou.

Vitorioso mesmo é seu xará, o jovem Nelson Pereira. Que, depois do *Rio 40 graus*, filma o *Rio Zona Norte*, com Grande Otelo e nova participação de Zé Kéti.

• • •

O samba, então, começa a chegar ao cinema de uma forma diferente; mesmo porque, neste momento promissor, a cinematografia brasileira está ficando diferente também. No padrão convencional — esse do enredo ralinho, sem substância, servindo apenas como pretexto para os números musicais —, o samba tem aparecido bem. Em *Carnaval em Marte*, de Watson Macedo e *Metido a bacana* de J. B. Tanko, a escola de samba de Mangueira mostrou sua força. O grupo de samba Jupira e Suas Cabrochas também fez bonito, cantando e sambando em vários filmes de J. B.

Tanko, como *Mulheres à vista* e *Com água na boca*, por exemplo. *Guerra ao samba* teve Herivelto Martins e sua escola de samba.

Quase sempre há números de samba, cantado e dançado. E isso já vem dos anos 40 com *Berlim na batucada*, de Ademar Gonzaga.

E é sobre essa potencialidade comercial do nosso ritmo maior que conversam, agora, os dois prósperos empresários ou políticos, com aparência de estrangeiros ou, talvez, de paulistas. Fumam charutos, bebem uísque e batem seu papo descontraidamente no sofisticado Juca's Bar, no térreo do Ambassador Hotel, no início da Rua Senador Dantas:

— O desfile das escolas de samba é o maior espetáculo do carnaval brasileiro, meu caro. Não existe coisa mais bonita.

— E o Governo não incentiva nem um pouquinho.

— Pois é. Devia ser organizado pra trazer turistas; e render divisas pro país. Já pensou, isso divulgado pelas agências?

— E, além do mais, agora já temos a televisão pra ajudar na propaganda.

— Então? Eu sinceramente ando pensando bastante em botar um capital nesse negócio. Você não acha que vale a pena?.

— Claro! Pode dar muito certo. A coisa bem-planejada, bem-organizada...

• • •

Domingo de carnaval, os bacanas assistiram ao grande espetáculo. Não ficaram até o fim, pois a coisa acabou depois do meio-dia. Mas o que viram deu pra encher os olhos. Foram milhares de sambistas, em dezoito escolas, desfilando durante nove horas seguidas no tablado armado na Avenida Presidente Vargas. As seis melhores esbanjaram organização, bom gosto, criatividade, luxo e samba, muito samba.

Império Serrano, a verde e branca de Madureira, subiu ao tablado, guerreira e patriótica, surpreendendo e emocionando com seu terremoto de sons e ritmos em louvor do patrono do Exército Brasileiro. A verde e rosa de Mangueira manteve a tradição, cantando as quatro estações do ano, num desfile mais que primaveril. Portela, a azul e branco de Oswaldo Cruz, apresentou uma inusitada festa junina em fevereiro; mas festa mesmo foi o som de sua numerosa bateria, de 78 figuras (9 surdos, 10 taróis, 5 caixas de guerra, 4 cuícas, 35 tamborins, 10 reco-recos e 5 chocalhos). Depois vieram Aristocratas do Salgueiro, Aprendizes de Lucas e a Beija-Flor, pequena escola do Estado do Rio que conseguiu ingresso no certame carioca.

O padrão geral das fantasias de todas as agremiações — segundo informado por um costureiro — é o cetim lavrado, o brocado, o náilon rendado, a *laise* bordada, tafetá chamalote, veludo, seda... E muitas plumas, paetês nacarados, lantejoulas, vidrilhos e canutilhos.

As fantasias e os trajes de um modo geral são feitos com recursos dos próprios sambistas, sem ajuda de ninguém. Nas grandes escolas, cada ala gasta, em média, por volta de cem mil cruzeiros com a feitura dessas roupas. E, para suportar esses custos, os componentes fazem rifas, leilões, organizam festividades.

O gasto da escola, mesmo, está nos carros alegóricos, nos instrumentos da bateria, principalmente, e na infraestrutura do desfile. Segundo a imprensa, só nesses itens, várias escolas gastaram este ano mais de três milhões de cruzeiros.

• • •

A polêmica do ano ficou por conta dos Aristocratas, a nova escola resultante da fusão ocorrida no Morro do Salgueiro. A agremiação trouxe, além do enredo, várias novidades para a Avenida, o que provoca interminável discussão, inclusive na imprensa.

No Abará, que não podia ficar alheio, os frequentadores se dividem, uns contra, outros a favor:

— Assim não vale! A escola foi buscar bailarinos profissionais, de boates de Copacabana, e botou na Avenida, dizendo que era mesmo pra modificar tudo. O cara da diretoria disse que as outras escolas é que estão cada vez mais distantes das origens e da autenticidade.

— O pessoal do Salgueiro está certo! Os enredos patrióticos são inteiramente falsos. E isso por culpa da ditadura, do Estado Novo, que influencia até hoje. Os verdadeiros heróis são as próprias pessoas do povo.

— Mas a Escola botou na Avenida conjuntos de shows e de balé clássico, fazendo coreografia e passo marcado; isso é contra a autenticidade do samba.

— Que autenticidade? O desfile já estava se tornando uma imitação dos shows de Walter Pinto e Carlos

Machado; só que feito por artistas decadentes, ruins. E a turma do Salgueiro mostrou arte popular feita por bons artistas.

— Teve uma escola que convidou a Miss Brasil pra sair na Avenida. O marido dela é que teve bom senso e não deixou, pra ela não fazer papel ridículo. Ela ficou em casa vendo o desfile pela televisão. Ainda bem.

— Um diretor de uma outra escola disse que a agremiação dele é muito querida na TV Excelsior. Então, uns artistas foram pedir pra sair na Escola; e eles deixaram.

— A mosca azul mordeu as escolas: televisão, cinema, desfile de fantasia no Municipal; o pessoal ficou deslumbrado.

— Os enredos têm que ser patrióticos!

O momento realmente prenuncia mudanças radicais. Mas o fato é que, por causa das escolas, o samba já tem forte presença no cinema, no teatro de revista e nos shows das boates mais sofisticadas, sendo admirado por um público que nunca tinha percebido bem a força dessa música.

E o mais interessante é que, nas escolas, os sambas são feitos pelos compositores sem nenhum interesse financeiro. E, no carnaval, o prêmio dado à campeã, além de um dinheirinho mixuruca, é uma taça que tem que ser devolvida à Associação antes do outro carnaval.

Tem gente que diz que fora do carnaval o samba é melhor; a rapaziada brinca mais à vontade. Na roda do partido-alto por exemplo.

— *"Rala que rala que rala, baiana / Quero ver ralar..."*

A disputa, agora, é lá em cima, no final da Rua Santo Amaro. E Zeca da Metade aceita o desafio do tal de Jurandir, metido a bambambã:

— "*O que dá na bananeira / Pode comer que é banana / Se é de Nanã Buruquê /*
É da Senhora Santana / Igual a Tia Ciata / Só Tia Prisciliana..."

Diante da disputa, um mangueirense, que veio de lambreta, aposta em Zeca; e um portelense, que veio num Cadillac rabo de peixe conversível com a família, aposta seu carro contra a lambreta do outro, fiando-se no talento do tal Jurandir.

Após mais de cinco horas de improviso, Jurandir, que é da polícia, usa como pretexto (em versos), para encerrar a disputa, um alegado plantão que tem que tirar dali a pouco. Vencem Zeca da Metade e o apostador mangueirense, que celebram abraçados a conquista do Cadillac.

O portelense, puto dentro das calças com a vacilação do Jurandir, volta para casa com a família, de lotação.

— "*Rala que rala que rala, baiana / Quero ver ralar...*"

7

"Sabor de sangue, lágrimas e terra..."

Norma Nadall é elegante até no falar — Isa Isidoro observa. Expõe os assuntos com calma, concatena bem as ideias, escolhe as palavras que usa. Mas o que a coreógrafa não sabe é que ela nem sempre fala assim. Com suas "colegas", em Copa ou no Flamengo, nas coxias, nos bastidores, sua conversa é outra. Principalmente quando o assunto é homem, macho, seus gostosões. Como nos papos com sua assanhada "comadre" Nilza, amigada com o bicheiro Lino do Catete, que tem idade pra ser seu pai.

Nilza também queria era entrar pro rádio; e tinha tudo pra isso: voz de Ângela Maria; graça e charme de Dolores Duran; coragem de Carmem Costa; e um pouco da beleza desenvolta da maravilhosa Déo Maia.

Chegou a ganhar prêmios em programas de calouros; a circular pelos corredores da Nacional, da Tupi e da Mayrink Veiga; e a deitar em certas camas de Copacabana.

— Eu já tinha até nome artístico: "Lenira Rebelo". Não é bonito? Quem botou foi um escritor, meu... amigo. Mas não deu. Deixa pra lá...

— E, na boate, você só não ficou porque o Marcos Fernando queria moças mais claras.

Norma, então, lembra de Nelsinho Lorde, sua gamação desvairada. Caso de idas e voltas, de encontros e desencontros; agora de novo interrompido, por mais um sumiço. Assunto sério... Mas não tão perigoso quanto o de Nilza, que ninguém nem imagina no que um dia pode dar.

— Foi amor à primeira vista, comadre! Ele chegou lá no apartamento pra entregar um dinheiro que o Paizinho tinha mandado. Achei esquisito, mas abri a porta; e enrolada na toalha, saindo do banho. Ele bateu a porta e me agarrou, sem dizer nada. Eu levei um susto, tentei sair fora, mas não consegui. E, aí, pensei: "Quer saber de uma coisa? Já que não tem jeito, eu vou mais é aproveitar, morô?"

— Menina, tu é doida!...

— E aí resolvi cair dentro, mesmo. Eu nunca fui mulher de "mas, mas", de fazer doce: quando eu estou a fim, eu digo; quando eu não estou, também. Em qualquer parada. Eu gostava do Paizinho. Mas o Paizinho é como um pai mesmo, um tio, um irmão mais velho. Com ele é diferente...

— Com Nelsinho era diferente também.

— O Alemão é demais, garota!

— Ah! Nelsinho é um príncipe; um príncipe malandro, sabe como é que é? Esperto, boa fala... E com ele também não tem esse negócio, não! Resolve, mesmo, legal, qualquer parada. Na mão, na "sola", na navalha, na *Solingen*, alemã, que ele chama de "sola". Ele está sempre com ela no bolso do paletó, no bolso de dentro; e quando precisa, na hora "x", mete a mão e tira, como se fosse uma carteira, um documento. E é um documento; porque, quando ele apresenta, plá, aí malandro sabe quem é ele.

— O Alemão também. Me dá cada dura!... Principalmente quando ele perde a paciência comigo. Porque tem vez que eu empombo, à vera mesmo, perturbo legal. Só pra ele me bater.

— Eu e Nelsinho... Hmmm... Muita vez a gente saiu na porrada. Porque ele dava e eu dava também, né? Mas mulher brigando é diferente, você sabe: é mais arranhar, puxar cabelo, rasgar roupa. Homem, não! Homem pega mesmo, no tabefe, na cara, com a mão espalmada; no socão, no fígado, no peito, no pau do nariz. Teve uma vez... Não! Deixa pra lá. É melhor lembrar os bons momentos, aquele carinho gostoso, aquela trepada louca...

— O Alemão me leva à loucura, amiga! Eu fico fora de mim, no duro: não sei quem eu sou, onde é que estou. É como se fosse uma morte, uma morte gloriosa, gostosa, minha alma subindo pro céu, uivando, gritando de prazer: "Bota esta cama na rua, pra todo mundo ver que eu sou feliz!!!". É como se eu estivesse recebendo uma pombajira, uma entidade qualquer, morô?

Uma entidade escandalosa, é o que Nilza sugere. Tanto quanto a mulher que, agora, chamada a depor na Delegacia da Praça Mauá, no inquérito do "Crime da Rua Larga", esbraveja contra o infeliz vitimado, já definitivamente reconhecido como culpado da própria morte:

— Tarado! Era um tarado, sim. Safado! Sem-vergonha! Estava se aproveitando de uma moça no trem. Aí, ela gritou, ele correu e pulou na "plantaforma". Então, o povo foi atrás, até a Rua Larga; esquina com Uruguaiana.

Nesta mencionada esquina de Uruguaiana com Rua Larga quem manda mesmo, além do Guarda Amaral, responsável pelo tráfego, é o Paladino. Ou melhor, a Casa Paladino, um bar com cara de mercearia, pontificando desde 1908.

Muito mais reduto de altos funcionários (da Caixa de Amortização, da Light, do Itamaraty) do que de malandros, o Paladino nunca seria um bom lugar para se encontrar um mau elemento como o Alemão do Catete. Mas ele, agora que já tem mais de um ano na "firma" do bicheiro Lino, deu pra macular a boa aura do lugar com sua presença nefasta — o que às vezes faz também no Lamas, no Largo do Machado. E o faz com estardalhaço, bebendo uísque escocês, mas sem o mínimo de elegância, com aquela truculência que os garçons só suportam por saberem bem de quem se trata.

— Tu vais verrr só. Não dou seis meses pra eu passarr a draga em cima do negro velho e mandarrr ele embora do Catete. Vou tomarrr tudo dele e vou botarrr no meu nome, tu vais verrr. — O Alemão fala com a boca cheia, o nojento caldo de uísque e tira-gosto escorrendo pelo canto, até o queixo. — Seu Lino! Seu Lino é o caralho! Quem vai mandarrr naquela porra toda é o papai aqui, o Alemão, o catarina de Joinville, o Hitlerrr do Catete. Vou derrreter o crioulo pra fazerrr piche, asfalto. Vou beberrr o sangue dele igual Brahma Bock, Tells-Bierrr, cerrveja preta.

O maluco anda repetindo isso por tudo quanto é canto onde se mete. Até nos redutos que ele sabe serem de amigos do Velho. E é claro que, agora, Seu Lino já está sabendo do que ele diz. E já está pronto pra colocar os pingos nos "ii".

No Abará também já se sabe dessa história. Mas o assunto agora, o motivo da conversa, é o "Mononcle".

Jean-Georges Duvalier, imigrante das Antilhas conhecido como "Mononcle", era ainda rapazinho quando começou a trabalhar no *Diário da Tarde* como pau pra toda obra. Logo tirou licença de chofer e passou a ajudar na distribuição do jornal e também a transportar o pessoal da reportagem. Um dia, foi promovido a motorista do Doutor Negrão, o diretor do jornal; e está na função até hoje.

Mononcle não tem horário, podendo ser convocado a qualquer hora. Por isso, mora no casarão do *Hómme*, como diz, com sua voz grave e rouca e seu intrigante sotaque francês. E, de lá, tanto sai para o trabalho e para as boates quanto sobe para as estações de águas e de roletas ou para a Serra. Tanto para a casa da mãe do *Hómme* como para as *garçonnières* de luxo, espécies de serralhos individuais, nos quais o patrão mantém suas duas coesposas.

Mesmo já maduro, o caribenho continua a ser o *"buá-pur-tut'evre"*, como ele gosta de dizer, encarregado até mesmo de aplicar, na bundinha encarquilhadinha do chefe, a injeção de Testoviron que lhe garante a movimentada vida amorosa.

Muitas vezes, no fim da noite ou no limiar de um novo dia, o pobre Mononcle tem que esperar o fim do jantar do Dono para pegar a sobra de uma sobremesa, ele que é louco por doce. Mas quem diz que ele quer outro emprego? Esse lhe confere importância, poder, status. A ponto de ser admirado e invejado até na roda de intelectuais que tornou a se formar no Café e Bar Rio Negro, com alguns remanescentes do tempo de Paulo Cordeiro.

— Já soube da última do Mononcle?
— Mononcle não tem última: tem *dernière*.
— Pois é. Estão dizendo por aí que ele é feiticeiro.
— De vodu, por acaso? — O sociólogo Colatino dos Anjos pergunta "de patuscada", como diz, pois não acredita nem um pouquinho no boato; mas o interlocutor não percebe.
— Parece que é.
— Pois faz sentido: ele é do Haiti.
— Vodu é feitiçaria braba, não é?
— Nem sempre, nem sempre...
Colatino aproveita para desmitificar um pouco o conceito da mesa sobre o vodu. Ele esclarece que essa religião é semelhante à umbanda brasileira, a qual também tem um lado meio maléfico, que é a quimbanda. E, valendo-se de seus ótimos conhecimentos de História, lembra que o vodu começou, mesmo, a ser demonizado foi depois de um tratado assinado entre o Haiti e o Vaticano em 1860. O objetivo desse tratado era, como se justificava, expurgar da mente e da vida dos haitianos tudo o que eles ainda conservavam de "selvagem" e "primitivo". E, como os costumes eram muito arraigados, de tempos em tempos os católicos tinham que empreender uma cruzada.
— Em 1913, os americanos invadiram o país — Colatino explica. — E nessa, buscando alguma coisa que unisse o povo, os nacionalistas empunharam a bandeira da raça. Usaram o fato de o país ser quase cem por cento negro e de ter sido o primeiro país a conquistar a independência nas Américas.

Estava aí o grande fator de unificação nacional: a negrura do Haiti, circunstância que acabou transformada em polêmica ideologia. Difundida em Paris pelos mulatos abastados e representada no interior do país pela vida dos camponeses negros, que viviam ainda segundo modelos africanos, ela contagiou boa parte das elites. Então, esse modo de vida tornou-se o eixo da cultura haitiana, com o vodu legitimando-se e ganhando importância cultural.

— O vodu também cura, minha gente! E o que Mononcle talvez seja é um curandeiro, um ritualista do Bem — Colatino arremata.

...

O que de fato ocorre é que o *Hómme*, por economia ou por falta de paciência, vai cada vez mais encarregando Mononcle de organizar seus compromissos, e principalmente suas festas e recepções. Como é o caso da *"Black Night"* ou *"Nuit Nègre"* que o haitiano agora resolve realizar no casarão da Gávea.

Para tanto, reúne-se com Toddy Cândido e Isa Isidoro — que conheceu por intermédio do Ministro, seu amigo de longa data — e a realiza, com pompa e circunstância.

Por conta do sucesso dessa festa monumental, e dos amigos que conquistou durante sua organização, Mononcle acaba se tornando uma figura conhecida e admirada na Capital Federal e quiçá no Brasil. E é também, sob a influência da festa, que o produtor Carlos Machado prepara e monta um dos maiores espetáculos de sua carreira, *Banzo-aiê*, título sugerido pelo compositor Ari Barroso.

A montagem faz sucesso. Mas no rastro dela vêm a fofoca, os boatos e o falatório. Como o de Toddy Cândido, que vai para a imprensa dizendo que Machado roubou sua revista *Kizomba, Auê!*. Diz, inclusive, que o título *Banzo-aiê* não faz sentido, pois mistura um vocábulo quimbundo, de Angola, com outro iorubá, da Nigéria, o que para ele é inadmissível.

Machado nem toma conhecimento. Pois está preocupado, mesmo, é com o fato de que, daqui a pouco, vai ter que levar mais de trinta artistas brasileiros para apresentações no "Knickbocker's Ball" do Waldorf Astoria de Nova York.

Entretanto, de repente, o Night and Day pega fogo, num incêndio estranho, e por isso vai ficar fechado por alguns meses, quem sabe até mais de um ano.

Toddy Cândido diz que o incêndio é uma armação de Machado, pra fugir do processo que pretende lhe mover, por plágio:

— Até o meu incêndio ele plagiou, *mon ami*. Minha peça acaba com a floresta pegando fogo, Mononcle!

O haitiano não acredita; mas concorda, balançando a cabeça.

• • •

Mononcle — na verdade, Jean-Claude Péralte — é, também, *en vérité*, um dos filhos de Charlemagne Péralte, presidente haitiano que resistiu heroicamente à invasão de seu país por tropas dos Estados Unidos, sendo traído e assassinado em 1919. Nascido no exílio, pois sua mãe fugira para o Brasil, cresceu com o sonho de organizar a contrarrevolução e voltar ao seu país como líder. Daqui, ele acompanhou, com os meios de que dispunha, a ação dos sucessivos governos haitianos manipulados pelos Estados Unidos, principalmente os de Lescot e Magloire. E vem acompanhando a tentativa de Fignolé em organizar o movimento dos operários e camponeses.

Agora, Mononcle sabe que um novo tempo está chegando para o seu país. Um médico, dedicado à cura dos mais pobres, identificado com a cultura do povo da roça, historicamente reprimida pelas elites, prepara-se para chegar ao governo. Esse doutor dos pobres, lá chamado Papa-Doc, "Doutor Paizinho" ou "Papai Doutor", apoia-se num exército vibrante, que está organizando. E é no apoio a essa ideia que Mononcle concentra sua atividade no Brasil.

Assim, a República do Galeão atira no que vê e acerta no que não tinha percebido. Então, passado algum tempo, após a confusão que resultou na fuga de Paulo Cordeiro, os militares acabam pondo a mão em Mononcle. Que desaparece misteriosamente.

— Botaram ele num avião desses Buffalo e jogaram em alto-mar, lá depois, bem depois das Ilhas Cagarras. Coitado!

Quem conta isso é João Maní, que soube do fato através de um primo que é cabo da Aeronáutica. E enquanto ele conta, no Abará a infatigável Isa Isidoro revive mais um episódio de sua fantástica viagem com os Dançarinos de Ébano.

— Chegou um momento que nós não tínhamos mais o que comer. Aí, começamos a pescar no rio e a caçar na mata. Pescávamos com o arrastão do quadro da "Pesca do Xaréu"; e caçávamos com os porretes da dança do maculelê... A situação era triste. E o ambiente era sórdido. Pobre Isa!

Mas, cá entre nós, sórdido mesmo é o ambiente do Flor do Catete, um dos botequins mais desagradáveis da região. E é em sua calçada que, agora, sentado num caixote, sem camisa, copo na mão e garrafa de cerveja no chão, o "Verme", o Alemão, pontifica. Está com três pintas-brabas de sua curriola, que em pé escarafuncham uns restos de camarão num prato raso. O assunto é o de sempre: Lino do Catete. Que aliás já sabe tudo sobre o que ele está falando.

— Peguei ela no peito: "Vem cá, sua criola safada." E ela me deu sem esforrço nenhum. Mesmo porrque tava querendo...

Coisa braba! Canalhice! Safadeza! Maldade... Os vagabundos riem, riem, riem. Mas... por incrível que pareça, nessa péssima hora, imagine o caro leitor quem vem se aproximando...

Vem a pé, no calcanha, e sozinho, como tem andado ultimamente, deixando na garagem tanto o portentoso Pontiac Chieftain, do ano, quanto o Chrysler 300, que acabou de chegar. Vem devagar, naquele seu passo de urubu malandro, de pega-dormindo, mas não está calmo como de costume. Vem desconfiado, preparado, disposto a qualquer negócio; e tendo quase a certeza de que alguma coisa muito ruim está para acontecer.

O "Verme" o enxerga; e, indiscutivelmente alterado — muito, mesmo —, dispara a ofensa pesada, com seus erres ainda mais guturais:

— E aí, seu criolo de merrda! Já tá sabenndo da novidade? Comi a negrinha. Comi, não: tô comendo. E agora vou comerrr teu jogo, teus ponto de bicho, tua grana, tua escola de samba. Vai serrr tudo meu. Duvida?

A imagem de Nilza sendo rasgada, violada, penetrada, sufocada, tentando pedir socorro, vem à mente de Lino, que aperta a guia de Ogum, descendo sobre o peito.

— Tu vais terrr que te mandarrr, macaco velho! Vais terrr que pegarrr teus pano de bunda e voltarrr pra tua floresta! E podes levarrr também a criola fedorenta, que eu já comi e joguei fora. E eu só comi pra te sacanearrr; pra todo mundo saberr que tu és froxo, não és de porra nenhuma; nem fuderr tu sabes: ela me falou. Ela disse que essa tua jeba murrcha nunca levantou...

Lino não ouve mais nada. Mete a mão na cintura, do lado direito — é canhoto —, puxa o 38 e dispara. A bala passa a milímetros da orelha esquerda. O "Verme" desvia o corpanzil e se levanta do caixote.

— Ah! Tu queres me matarrr, é, negro filho da puta?
— Num bote, o grandalhão agarra o pescoço do Velho e começa a estrangulá-lo, sem parar de falar. — Vou te esmigalharrr, seu negro de merrda; e vou tomarrr tudo o que tu pensas que tens.

A desproporção física entre Lino e o "Verme" é grande. O "catarina" é um touro. Mas o bicheiro, embora sufocando, ainda tem consciência do revólver em sua mão. Então aperta novamente o gatilho.

O tiro agora é à queima-roupa. No lado esquerdo do peito. O sangue espirra; o "catarina" dá um tremelique, afrouxa a garra, Lino se solta e recua.

De novo, o gatilho. O tiro agora é na testa, bem no meio. O "Verme" bambeia, olho esgazeado, tenta xingar mais uma vez.

Mais um tiro, na barriga. O corpo grandalhão cai, num último estremecimento. Da boca entreaberta escapa agora uma golfada de sangue.

Lino sai apressado. Veladamente aplaudido pela assistência. Quase no mesmo momento em que, no Abará, Isa Isidoro conta mais um capítulo de sua viagem fantástica:

— No Natal, nossa cantora foi convidada pra cantar na igreja, na Missa do Galo. E nós fomos fazer o coro, pra também defender algum. Mas quando chegamos lá, o padre estava totalmente embriagado, num porre daqueles. Foi provar o vinho da missa, vinho chileno, e se entusiasmou...

A historinha é interrompida por um dos garçons, que traz uma carta. Anuncia que é dos Estados Unidos, mas veio do Rio Negro, trazida pelo rapaz do amendoim. A mesa se agita, curiosa.

É que, desfeita a mesa dos "crioulos metidos" — como dizem alguns despeitados —, as cartas de Paulo Cordeiro são lidas no Abará. E hoje chegou mais uma. Que é lida por Hamilton Nascimento aos remanescentes da antiga roda, no momento em que a Isidoro se levanta para ir ao toalete:

"Baltimore, julho/4/1956

Estimados Companheiros:
    Volto à presença dos prezados amigos, com o coração verde e amarelo de saudades, para dizer o seguinte: Quero crer que agora está se iniciando aqui nos USA

uma nova etapa na luta dos nossos irmãos de cor. Foi a pressão das massas do *colored people*, organizadas na NAACP, que obrigou a Suprema Corte a tomar, quatro anos atrás, a histórica decisão do caso Brown, fazendo cessar a segregação nas escolas, derrubando a falácia jurídica da "separação com igualdade", provando que com segregação a igualdade nunca seria real.

Essa decisão fez crepitar ainda mais alto a chama da militância negra. E deu início a uma nova etapa na luta pela igualdade política, social e econômica do povo afro-americano, pois elevou o nível de consciência sobre o emprego de diversos tipos de luta, que vão desde a forma tradicional, legal e política, até as atividades ilegais que incluem o não cumprimento das leis racistas e até a luta armada.

O primeiro enfrentamento nessa nova etapa ocorreu em dezembro, em Montgomery, Alabama, quase que por acaso. Uma senhora negra, costureira, por nome Rosa (poesia pura!) Parks, voltando para casa, cansada, depois de um exaustivo dia de trabalho, entrou num ônibus e sentou-se na parte reservada aos negros. Quando a parte reservada aos brancos ficou lotada, um empregado da empresa de ônibus disse a ela e a mais três "coloreds" que cedessem seus lugares a passageiros brancos. Ms. Parks resolveu não obedecer. Então, diante de sua firme resistência, a polícia foi acionada e ela levada presa.

Esse incidente gerou um movimento sem precedentes: os cidadãos negros de Montgomery resolveram boicotar os ônibus, numa ação que se alastrou para outras localidades durante mais de um ano. Ao final, os transportes públicos foram dessegregados. É claro que as condições, no Brasil..."

A carta de Paulo Cordeiro, que antes já se correspondia com Stokeley Carmichael, Jesse Jackson, Ossie Davis e outros militantes, causa um grande impacto; e suscita uma calorosa discussão:

— Já imaginou se a gente aqui se organizasse e deixasse de comprar tudo o que "eles" anunciam só pra eles mesmos?

— Pó de arroz, rouge...

— Boneca loura e de olho azul...

— Na propaganda, só existe neném lourinho.

— Neném, velho, moço... Todo mundo é louro na propaganda.

— No cinema também.

— Já pensou se a gente parasse de ir ao cinema, de comprar aparelho de televisão, geladeira, carro...

— O mundo ia desabar.

— Mas no Brasil nunca teve esse negócio de segregação, separação por cor.

— Teve, sim; e ainda tem. Tem muito lugar em que gente igual a nós não entra; praça pública em que nem mulato claro não passeia.

— Mas é uma coisa natural. O próprio preto sente que ali não é o seu lugar.

— Segregação é separação forçada, obrigatória. E esse tipo de separação entre seres humanos, da mesma espécie, nunca é uma coisa natural.

— No Brasil nunca teve disso.

— Hmm... Aqui não é sopa, não! É tudo por debaixo do pano, no escuro, por trás, na ursada. Se fosse pela frente, cara a cara, pão, pão, queijo, queijo, era muito mais fácil de a gente se organizar.

A missiva de Cordeiro causa, realmente, um grande impacto. E o *post-scriptum*, uma tristeza geral. Nele, o querido intelectual consignou:

"PS: Marina me deixou: foi morar com um líder da Nação do Islã, um 'Black Muslim', Coitada!"

Tristeza, também, causa a morte do artista Santa Rosa. Pintor, cenógrafo, ilustrador, professor e crítico de arte, o paraibano faleceu de morte súbita na Índia quando representava o Brasil numa conferência promovida pela Unesco. Tinha 47 anos e foi um dos mais importantes artistas brasileiros. Aluno de Portinari e amigo de Picasso; e participante ativo do Teatro Experimental do Negro, desde a fundação, destacou-se não só como desenhista, ilustrando obras de grandes escritores nacionais, mas também como cenógrafo de importantes montagens. Além de assinar a decoração carnavalesca do Theatro Municipal.

A falta de Santa Rosa é bastante sentida no carnaval. Muito bom carnaval. Em que a marchinha de autoria de Wilson Batista e Jorge de Castro ainda faz grande sensação:

"*Antônio fantasia-se de Arlete / Todo ano, todo ano / E vai todo vedete / Ao baile do João Caetano.*"

O baile do Teatro João Caetano, que congrega e premia a fina flor (e a grossa também) da "frescura" carioca, é uma das atrações do carnaval. E nele, este ano, causa grande impacto no público e na imprensa, pela incrível coragem e ousadia, um pai de santo baiano, já quarentão, que se apresenta fantasiado de vedete. É Joãozinho da Gomeia, um dos mais famosos líderes religiosos afro-brasileiros.

A liderança de Joãozinho é marcada não só por seus profundos conhecimentos rituais como também por sua trajetória desafiadora dos costumes. Por isso, ele é duramente criticado pelas ialorixás da Bahia. Mas sua ousadia acaba lhe rendendo uma matéria na revista *O Cruzeiro*, na qual ele assim se coloca e justifica:

— Primeiramente, quero que saibam que, antes de brincar, eu pedi licença ao "meu guia". Segundo: o fato de eu ter me fantasiado de mulher não implica em desrespeito ao meu culto. Os orixás sabem que a gente é feito de carne e osso e toleram, superiormente, as inerências da nossa condição humana, desde que não abusemos do livre-arbítrio.

Joãozinho da Gomeia não dá o braço a torcer. E, logo, a quarta-feira cobre de cinzas o escândalo e o sensacionalismo.

• • •

Cinzas... O dia acorda triste e pesado. O automóvel DKW-Vemag, placa 6064, é encontrado no Leblon, quase à beira da Lagoa Rodrigo de Freitas, perto da entrada da favela da Praia do Pinto. Em seu interior, jaz um corpo com três perfurações de bala, calibre 32, e diversas marcas de coronhadas.

À tardinha, no Abará, os boatos sobre o desaparecimento do Pitoco não cessam. Mas agora as notícias sobre o craque são boas. E parece que verdadeiras.

— Não sabe o Jaburu, meia do Olaria e do Fluminense?
— O que foi pra Portugal com o Yustrich?
— Pois é... Ele mandou buscar o Pitoco.
— Não brinca!
— Contratado por três anos pelo Porto; Futebol Clube do Porto.
— Porto Futebol Clube, rapaz!
— Não: é Futebol Clube do Porto mesmo. Em Portugal é ao contrário.
— Poxa! Mas é mesmo?
— Tá no *Jornal dos Sports*.
— Então o Jaburu tá com moral lá.
— E como tá! Pitoco foi ganhando uma gaita boa. Não sei quantos mil escudos de ordenado; e ainda luvas de não sei quanto.
— Quer dizer que ele agora vai comer escudos dos portugueses. De luva e tudo.
— Sem sacanagem... Tá no *Sport* de hoje.
— Mas ele parou de beber?
— Há muito tempo. E está batendo um bolão. Até já estreou, parece que contra o Belenenses. E dizem que fez um golaço.
— Que bom, né? Graças a Deus. Pitoco é um bom sujeito. Não tinha nada que ficar se acabando por causa de gamação. E não vá agora se embeiçar por uma cachopa!...

• • •

Pitoco em Portugal e Dizzy Gillespie no Rio. Mão e contramão.

E o grande trompetista americano, rei do *bebop*, chega com a banda completa: Benny Golson, Quincy Jones, Phil Woods, Melba Liston... Orquestra de dezesseis figuras! Ele veio numa grande turnê, que inclui Oriente Médio, Ásia e agora América do Sul. Veio como embaixador musical do Governo americano — quem diria! Apresentou-se na moderníssima TV Tupi, tocou com a magnífica orquestra do Maestro Cipó, saxofonista dos grandes... E agora, antes de pegar o avião de volta, aproveita pra dar uma chegada até a estação de Oswaldo Cruz, à Portela, para conhecer o samba.

Dizzy Gillespie gosta de misturar. Foi ele que levou Chano Pozo, o saudoso congueiro cubano, pros Estados Unidos; pra criar o jazz latino.

— Quem sabe se ele agora não leva um ritmista portelense pra inventar o samba-jazz ou o jazz-samba? — sonha o menino Paulinho, filho do Costa, nosso grande pandeirista.

Um dos alegados motivos da vinda do Dizzy ao Brasil é rever o amigo Paulo Moura, e saber como anda seu ambicioso projeto de gravar o *"Moto perpetuo"* de Paganini, em solo de clarinete. O *"Moto perpetuo"* é uma peça dificílima, escrita para violino; o Paulo está querendo tocá-la no seu instrumento de sopro; e parece que está conseguindo.

Tem gente, entretanto, que jura de mãos postas que a intenção de Mr. Gillespie é mais política do que outra coisa. As chamadas "fontes fidedignas" dizem que ele, nessa escapulida que agora dá, com Candeia Filho e sua rapaziada, até a casa do Chico Santana, fala é em nome do movimento pelos direitos civis, em seu país e nas Américas.

A casa é pobrezinha, mas Chico é caprichoso. Então, surpreende o Dizzy com a toalha de linho na mesa, os talheres de prata, os copos de cristal... E o finíssimo vinho. Tudo o que o Dizzy diz, Hamilton Nascimento, que sabe muito inglês, traduz e sopra, na moita, pro Mizoca. Escondido do lado de fora, encostado na janela, Mizoca, que aprendeu taquigrafia, vai, com uma rapidez espantosa, rabiscando tudo no papel do maço de Continental. E depois traduz:

"O *bebop* foi o primeiro movimento musical nas Américas a buscar uma aproximação com a música africana. Sua rejeição a todo e qualquer tipo de comercialismo é que o caracteriza como o primeiro movimento musical coletivo de franca rebeldia do povo negro nos Estados Unidos. Não é à toa que a grande imprensa ridiculariza a nossa música; da mesma forma que não é sem motivo que se incentiva a reação, a volta ao passado, ao jazz de New Orleans; e a indústria acaba fabricando um jazz frio, esbranquiçado, sem graça, que se batiza com o nome de '*cool jazz*'..."

Dizzy vem ao Brasil com a "cabeça feita" por Paulo Cordeiro, que conheceu em Baltimore, Maryland. Segundo Hamilton, o objetivo do trompetista é incitar o samba à rebelião, fazê-lo lutar contra a dominação como o novo jazz vem fazendo, a tal ponto que até explora escalas modais africanas e árabes, muito além dos modos maior e menor da pobre escala diatônica europeia.

Mas o caso é que, embora Mizoca saiba um pouquinho de música, pois estudou teoria no Colégio Republicano, a rapaziada da Ala dos Impossíveis não entende nada disso. Nem nunca ouviu falar de direitos civis, muito menos de música que tenha a ver com política. A não ser o filho de seu Antônio Candeia; que ainda não fez 21 anos mas já pensa um pouco nessas coisas.

— "As três melhores músicas do mundo são a dos negros dos Estados Unidos, a afro-cubana e o samba — diz o Dizzy, como Mizoca traduz em seus rabiscos; para encerrar assim a improvisada reunião: — Essas músicas precisam se unir para africanizar a música do mundo e matar a influência capitalista; e para isso o samba tem que ser o dono dos meios de sua produção."

Não é à toa que John Birks Gillespie tem o apelido de "Dizzy": *dizzy* quer dizer "biruta", "maluquinho". E ele, que é doido também por trabalho e grana, rapidinho já está longe.

Mas o ambiente cultural da Cidade Maravilhosa continua fervilhando.

Amanhã, por exemplo, estreia no velho Theatro Municipal a peça *Orfeu da Conceição*, que transporta para o morro carioca o mito grego de Orfeu, com texto do poeta Vinicius e música do pianista Jobim, dois artistas e intelectuais da Zona Sul.

A peça vai ficar no Municipal por uma semana; e depois vai pro Teatro República. Os cenários são do Niemeyer. E o elenco tem Haroldo Costa, no papel de Orfeu; Deise Paiva

(Eurídice), Léa Garcia (Mira), Ciro Monteiro (Apolo), Zeni Pereira (Clio); Abdias Nascimento (Aristeu), Chica Xavier, Clementino Kelé, Pérola Negra, Waldir Maia, e o campeão olímpico Ademar Ferreira da Silva. Esdras Sacramento está feliz, pelo fato de a montagem ter, no elenco, apenas atores e atrizes cor de jambo; sem nenhum artista pintado de marrom. Eledê foi chamado apenas para ajudar nos cenários; mas está conformado. Norma Nadall, entretanto, fala muito mal da peça, pois seu nome foi descartado do elenco. E o faz numa mesa bem destacada, no baile mensal do Redenção, o clube do momento.

O Clube Social Redenção foi fundado há cinco anos. E nasceu de uma antiga necessidade dos pretos e mulatos que ascendiam socialmente, como já vinha ocorrendo desde algum tempo em várias partes do país.

— Eu jogava no Esporte Clube Piedade e um dia nós fomos jogar contra o Boa Vista, que era um clube campestre, bacana, na subida do Alto, num terreno enorme, todo arborizado — conta Marcílio, sócio fundador e membro da diretoria. — Acabou o jogo e tal, aquele calorão de meio-dia, eu disse pro Álvaro, meu amigo, cujo pai era da diretoria, que se eu tivesse um calção de banho eu até que entrava naquela piscina maravilhosa. Aí, ele, penalizado, meio sem graça, me disse que calção não era problema, que ele até emprestava. O problema, ele disse, é que a piscina era tratada com um preparado químico que fazia muito mal para peles "morenas", assim como a minha e dos outros colegas do Piedade.

— Meu pai, mesmo sendo formado e exercendo a advocacia, nunca conseguiu ser sócio nem do Madureira Tênis

Clube. — Agora, fala Almir, do Conselho Deliberativo. — E ele sempre quis levar a família, a mulher e os filhos, pra aquele ambiente sadio, bonito, onde inclusive nós íamos ter oportunidade de conviver com gente de nível, educada, pra nos aprimorarmos também. Por três vezes ele tentou, preencheu proposta; mas sempre tinha um problema. Até atestado de saúde, com chapa do pulmão, nós tivemos que apresentar. E nada...
— Fluminense, Botafogo, Flamengo... — Valdir, do Conselho Fiscal, desabafa. —Nesses clubes, a gente podia entrar como empregado, porque até mesmo atleta era empregado. Mas como sócio, membro do quadro social, não podia, não!

— Quando eu era mocinha, eu chegava num baile, numa festa, o porteiro não me deixava passar. — Quem conta, agora, é Dirce, do Departamento Feminino. — Só as minhas amigas brancas entravam. E muitas vezes o porteiro era preto também.

— O meu caso foi que eu quis fazer valer os meus direitos de cidadão e entrar no baile do Tênis Clube. — Seu Euzébio conta esta historinha quase chorando. — Comprei o ingresso, como todo mundo, como é que na hora de entrar o porteiro me barra? Eu insisti e ele foi chamar um diretor. As pessoas entrando, a fila passando e eu lá humilhado, espumando de raiva. Até que veio um mulato, que nem era diretor, era uma espécie de empregado, sei lá, mas passava por branco. Ele veio com uma conversa mole, dizendo que era melhor eu ir embora, não criar caso, que era assim mesmo, que o estatuto do clube não permitia a entrada de pessoas da minha cor... Ah, meu irmão! Pra quê! Aí, eu, que já estava queimado, virei bicho. Vieram uns três pra me segurar. E eu lá: xingando, esperneando, gritando, chorando... Foi então que encostou um socorro urgente, um carro da polícia. E aí foi aquilo que você já sabe. Vadiagem, embriaguez, desacato à autoridade. Foi um custo pra eu limpar minha ficha!

A necessidade vinha de longe.

E, agora, bonito e cheiroso — as moças muito bem-arrumadas e perfumadas, os rapazes de cachecol e fumando cachimbo —, o Clube Redenção está comemorando cinco anos de funcionamento e sucesso. Para a grande festa de gala, o Departamento Social tem programado um show de música popular com destacados artistas. Mas, na reunião especialmente convocada para estabelecer quem serão esses artistas, não se chega à unanimidade.

— Nós temos que programar artistas que, além de representativos da nossa gente, sejam populares...

— Eu acho que, dentro dos propósitos expostos em nossos Estatutos, esta deveria ser uma noite dedicada à música superior, e não a batucadas.

— Apoiado! E nós temos grandes expoentes do canto lírico, da declamação... Agora mesmo, o tenor Mário Marques acaba de ser aplaudido de pé no Municipal, por quinze minutos, depois de cantar a ária "Ride Palhaço", da ópera de Leoncavallo. E ele é um irmão nosso...

— Seria melhor se o espetáculo traduzisse a força da nossa cultura...

— A música tem que ser vista como um alimento substancial da alma e não como um café com broa de milho... Ou um sanduíche de "mortandela" com refresco de groselha.

— Apoiado!
— Nem tanto ao mar. Mas de fato é preciso não esquecer da juventude! Nós da diretoria somos responsáveis por incutir nos nossos jovens os bons conhecimentos de arte.
— A arte não pode ser desinteressada: ela tem que ter um caráter formador, socializante.
— Tudo bem. Mas cá entre nós: música clássica é uma xaropada, minha gente! Façam-me o favor!
— Mas a ópera...
— Ópera? Que ópera, que nada! Quem sabe da vida dessa tal de ópera é o Orestes Barbosa. Ele diz que, na ópera, as cantoras dão ataques histéricos e assustam as plateias; e as mulheres da plateia não vão ao Municipal pela arte e sim pra mostrar os vestidos.
— Essa é muito boa!
— Grande Orestes Barbosa! Grande poeta da nossa música popular!
— Poeta? É um escrevinhador de versos, isso sim.
— Mas vocês estão pensando em trazer quem, pra cantar?
— É um pessoal novo, mas muito bom: Agostinho dos Santos, Johnny Alf, Alaíde Costa, Claudete Soares...
— Não conheço nenhum! São de onde? De Caxias, Nova Iguaçu, São João de Meriti?
— São cantores de boate, gente! De Copacabana...
— Ah! Ainda se fosse uma Élida Faria...
— Élida Faria fez operação plástica pra ficar com nariz de branca, pintou o cabelo de louro, passa creme pra clarear a pele...
— Isso é boato! Intriga, mexerico!

— O fato é que ela não gosta de negro. Deu na *Revista do Rádio*.

— Isso é boato! E a própria *Revista* já desmentiu.

— Nós estamos programando Dolores Duran, Agostinho dos Santos, Johnny Alf, Alaíde Costa...

— Um monte de calouros, desconhecidos.

— Tem que prestar atenção. Essa moçada está renovando a nossa música, renovando as velhas estruturas harmônicas do samba, polindo suas arestas, chegando aos ouvidos mais apurados, aos redutos dos grã-finos.

— É a tal da bossa nova, não é? Dos desafinados...

— Durma-se com um barulho desses. E o baile?

— Pro baile, pensamos na Orquestra do Maestro Cipó ou na de El Cubanito.

— Ora essa! Baile de rumba?

— Música afro-cubana! Num clube afro-brasileiro, nada melhor.

— Nós temos também o Bob Fleming.

— Como? Americano?

— Brasileiríssimo! E nosso amigo. Da casa.

— Melhor é a Orquestra de Raul de Barros.

— O trombonista?

— Sim. A orquestra é toda de músicos escurinhos.

— Parece um ninho de anu, um pé de jamelão...

Gargalhada geral. O pessoal do Redenção tem autoestima elevada e cabeça boa. Tanto que pode até, digamos, se autossacanear.

Nesse clima, a ideia inicial vence, o baile-show é um sucesso. E os comentários chegam, é claro, à Cinelândia.

— Mas o que eu não entendo é o porquê daqueles crioulos de lá serem tão metidos, tão cheios de pose.
— É a Negritude, meu chapa. É a Negritude...
— Que negócio é esse de Negritude?
— É coisa que vem de fora, claro! Sempre é. Eles dizem que têm que olhar a vida dentro de uma perspectiva deles mesmos, e não pelos olhos dos brancos.
— E negro lá tem "perspectiva"?
— Devagar, Edigar... Devagar. Eu acho que eles em parte têm razão, sim! Esse povo tem sido muito sacaneado.
— Mas eles é que estão fazendo separação, achando que são diferentes. Por que têm que fazer um clube só pra eles?
— Pensa bem, Edigar. Não tem Clube Sírio-Libanês, Hospital Italiano, Sociedade Hebraica, Casa de Espanha, Orfeão Portugal? Então?
— Mas eles são brasileiros; não são imigrantes nem descendentes.
— Pensando bem, são sim. E vieram de uma imigração à força, contra a vontade, o que é muito pior. E aí, eles têm também o direito de mostrar sua identidade, seu jeito de ser, ora bolas!
— Você anda é lendo muito Jean-Paul Sartre, meu chapa. Cuidado, hein!? Cuidado que o jacaré te abraça.

• • •

A festa do Redenção é comentada até no Dancing Avenida.
— Há muito tempo que eu não dançava num baile igual, Lurdinha!

Quem fala é Odaleia; e a opinião dela tem peso: peso profissional.

Odaleia trabalha no Dancing Avenida, no final da Rio Branco, no subsolo do Edifício São Borja. É dançarina na modalidade "*taxi dancing*", ou seja, aluga-se a homens que queiram dançar; mas tem carteira assinada pela casa.

— O termo *tax*, em inglês, significa "taxa"; e o verbo *tax* se traduz por "taxar" ou "cobrar uma taxa" — explica Isa Isidoro, prima de Odaleia, repassando mais uma lição aprendida com a finada Etiópia de Oliveira Houston.

— Eu sou uma *taxi dancer*, uma bailarina de aluguel, com muito orgulho — a bailarina se defende. — Muita gente confunde as coisas; mas eu sou uma artista e exerço uma profissão digna e reconhecida.

No Avenida, como no vizinho Brasil Danças, o sistema é interessante. Antes de cada turno de trabalho, a dançarina pega no caixa uma cartela de papelão numerada, semelhante às de jogo de víspora ou bingo; e os homens, ocupantes das mesas, recebem algo como uma comanda de pedidos. Após cada uma das sequências de dança com o mesmo cliente, a bailarina leva a comanda do cliente e seu cartão para serem perfurados por um funcionário, num código equivalente à minutagem transcorrida durante a sequência. Assim, fechada a conta ou terminada a noite, ela sabe quanto terá a receber; e o freguês sabe quanto deverá pagar pelas danças que dançou.

O segredo do lucro da casa é a boa orquestra e os bons cantores, os quais, executando longas e contagiantes sequências de músicas, vão incentivar os clientes a não interromperem seu prazer, dançando sempre mais, e a pagarem na proporção do tempo que permanecerem dançando.

Enquanto Odaleia fornece essa didática explicação, na casa de sua prima Isa o rádio inunda a sala com a voz inebriante da grande Ângela Maria:

"Quem descerrar a cortina / Da vida da bailarina / Há de ver cheio de dor (...) / Que ela é forçada a enganar / Não vivendo pra dançar / Mas dançando pra viver"

Pro pessoal do Abará, esse negócio de pagar pra dançar é coisa de otário. O que Nelsinho Lorde, Jorge Teté, Trajano, Cadô e sua rapaziada gostam mesmo é dos clubes e gafieiras. Aonde vão sempre bem-vestidos, nos trinques, de terno e gravata, sapatos brilhando, lenços perfumados... Principalmente nas domingueiras.

É aí que eles, com suas damas "de fé", levam pro salão aquela dança cheia de pose, ritmo e variedade, na qual o samba incorpora figurações do maxixe, do tango argentino, do *lindy-hop*, do sapateado dos terreiros, e tudo o mais que dê pra inventar.

— No High-Life, na Associação, no Sindicato dos Contabilistas, no Guanabara... Só baile bom: Orquestra Tabajara, Marajoara de Raimundo Lourenço, Ruy Rey, El Cubanito, Maestro Carioca... Cada mulatinha, meu chapa! Cada bijuzinho! E dançando o fino; um baile de responsa!...

• • •

O Brasil Danças fica no mesmo subsolo onde se localiza seu irmão gêmeo, o Dancing Avenida; o fundo do palco de um é a parede de fundos do palco do outro. Tanto que do banheiro masculino do Avenida dá pra ouvir a orquestra do Brasil; pelo que muita gente confunde as duas casas. E ninguém nunca soube dizer ao certo em qual deles o fato ocorreu. Mas, naquela noite, uma segunda-feira, aconteceu a maior "canja" de todos os tempos.

Como se sabe, todo bom instrumentista, principalmente o de orquestra, gosta de se reunir a colegas para tocar informalmente, sem obrigação de ler partitura. E é nessas reuniões que cada um dá vazão aos seus sentimentos, improvisando ao sabor da inspiração. Nos Estados Unidos, isso se chama *jam session*; e entre nós, diz-se mais "canja" — embora esse termo seja empregado também no sentido de qualquer apresentação musical gratuita e fora do programa, fora do esperado.

O fato é que ninguém combinou. Mas, naquela noite de folga, como o Brasil Danças era a única casa noturna aberta em toda a cidade, os deuses do samba e do jazz foram encaminhando todos os grandes músicos pra lá, pra bater um papo, tomar um "negócio", e tocar um pouquinho, pra distrair. Porque a orquestra da casa era comandada pelo saxofonista Cipó, tremendo boa-praça e amigo de todo mundo. E todos eles iam chegando, com seus instrumentos.

Por volta da meia-noite, a orquestra atacou o *How High the Moon*, de Morgan Lewis e Nancy Hilton, manjada peça do repertório jazzístico. Só que era levada em ritmo de samba, num tremendo suingue, pros bailarinos se esbaldarem.

Depois do primeiro coro, Cipó meteu lá um belíssimo improviso e entregou pro trompete de Julinho Barbosa, que fez a sua parte e devolveu pro grupo, que passou pro trombone do Maciel... E aí, foi: piano, contrabaixo, bateria... E voltou pro coro. Que beleza! Entusiasmados com o que se passava, e atendendo aos sinais do maestro Cipó, os músicos presentes foram se organizando em fila, empunhando seus instrumentos; e, após o final de cada coro, cada um deles, já no palco, fazia seu solo improvisado, entregava pra orquestra e descia. E, assim, sucessivamente, naquela que entrou para a História como a "maior canja do mundo em todos os tempos", desfilaram pelo palco do Dancing — talvez Avenida, talvez Brasil —, pela ordem, Astor Silva, no trombone, fazendo miséria; Pedro Paulo, no trompete, botando pra jambrar; Paulo Moura, no clarinete, deixando cair; Dom Salvador, no piano, bagunçando o coreto; Aurino Ferreira, no sax barítono, pintando o sete; Bola Sete, na guitarra, pintando os canecos; Norato, no trombone, acabando com o baile...

Canja de bateria é complicado. Mas, mesmo assim, Bituca, auxiliado por seu aluno Wilsinho das Neves, um menino ainda, conseguiu fazer seu solo no instrumento do Sut, que era o efetivo, e entregar as baquetas ao Doum Romão, pra delírio da plateia. E, a partir daí, sucederam-se: Jorginho Ferreira, no sax alto e na flauta ao mesmo tempo; Carioca, no trombone; Moacir Silva, Macaé e Juarez Araújo, nos sax-tenores; Waltel Blanco, na guitarra; Vadico, Tião Marinho e Moacir Peixoto, no piano; Darci da Cruz e Araquém, no trompete; Orlando Silveira, no acordeom...

Tem gente que diz que estavam lá também, e tocaram, o pianista Nonô, tio do Ciro Monteiro; os pistonistas Bonfiglio de Oliveira, Sebastião Cirino e Pedroca... Pixinguinha eu posso garantir que não estava, o que, aliás, foi uma pena! O que eu sei é que a canja (ou a *jam session*, como dizem os americanos) só acabou quando, lá fora, o sol já alto, os garçons vieram botando as cadeiras em cima da mesa, enquanto outros molhavam esfregões nos baldes d'água e passavam no chão, agressivos, putos da vida.

8

"Passa cantando, vai cantando e passa..."

Ainda é manhã e o telefone toca insistente, acordando Isa. Que custa a levantar, e atende de mau humor. Do outro lado fala João, o Maní, choroso, avisando da morte de Tia Caetana, de repente, de um colapso cardíaco, na madrugada.

Soube por uma vizinha. E veio logo com o Pepe; que está na rua tomando providências. Mas o corpo ainda está em casa, lá em cima, no cortiço da Travessa da Conceição, com duas senhoras amigas, mais alguns parentes e conhecidos.

Tia Caetana era da Irmandade. Então, agora, já no meio do dia, as informações são mais concretas:

O corpo da veneranda senhora está sendo velado na Igreja de Nossa Senhora do Rosário e São Benedito, na Rua Uruguaiana; e o sepultamento ocorrerá na necrópole do Catumbi, às 16 horas, dá na Rádio Nacional.

Com um atraso de mais de cinquenta minutos, porque esperavam um parente que viria da Bahia, quase às quatro horas sai o féretro, com enorme acompanhamento. A concentração de gente que foi levar o último adeus à pranteada Tia, acrescida de um grande número de curiosos, causa tumulto; e dificulta o embarque dos ocupantes nos muitos carros que integrarão o cortejo. A confusão é grande: estivadores, atacadistas da Rua do Acre, contrabandistas, meretrizes, marinheiros estrangeiros, fuzileiros navais, fanzocas de auditório, gente de tudo quanto é jeito se comprimindo. E, no meio do bolo, casais de artistas como Ciro Monteiro e Odete Amaral; Jackson do Pandeiro e Almira; Gilda e Raul de Barros; Zé e Zilda, e muitos outros, se esgueiram entre a multidão para tomar seus lugares nos carros de praça, que buzinam impacientes.

Já são mais de cinco horas quando o cortejo chega ao Catumbi. Na entrada, o coche — simples, de segunda, sem penachos, mas digno em sua fúnebre solenidade — estaciona, para que o caixão seja levado nas mãos de entes queridos.

Ministro e Maní, cada um de um lado, pegam nas alças dianteiras, na cabeça. Nas do meio, um senhor escurinho de cabeça branca e um outro, mais novo um pouco, mulato de cabelo bom repartido do lado. Nas alças de trás, um rapazola de topetinho e um senhor de bigode cheio, de anel no dedo, jeito de marajá do Cais do Porto. Todos de terno e gravata.

O cortejo se movimenta, solene, pela alameda principal do cemitério. Quinca Quioco segue atrás, cabeça baixa, concentrado, mais sério ainda do que o habitual.

Boa parte dos acompanhantes veste-se inteiramente de branco. E, entre esses, chama atenção um grupo de nove mulheres, de saias cheias e rodadas, batas ornadas de rendas, turbantes altos, engomados, longos colares de miçangas pendentes dos pescoços ou usados à bandoleira, e graciosas chinelinhas.

À frente delas, de gorro e empunhando uma sineta de metal niquelado, vai um senhor gordo, de gestos muito pronunciados e andar sinuoso.

É um babalorixá, como alguém esclarece. E é certamente nessa condição que ele, de repente, faz tilintar a sineta para que o cortejo detenha a caminhada. Então, a tarefa de levar Caetana da Gamboa à sua morada derradeira é entregue a seis outros homens, de branco e tendo as cabeças devidamente cobertas.

O babalorixá sola, em língua africana, uma cantiga curta, no que é respondido em coro pelas mulheres e homens de branco, que agora levam o caixão suspenso nos ombros. A procissão, então, segue em frente, dançando: três passos à frente, dois atrás... três passos à frente, dois atrás, até o jazigo da Irmandade. O espanhol Pepe protege e consola um abaladíssimo Maní.

Coitado do Maní! E nem mesmo ele sabia que a querida Tia Caetana mereceria um enterro assim solene; e ninguém imaginava que o Bar do Zica, na Praça Mauá, fosse fechar as portas naquele dia, como também o fizeram outros estabelecimentos comerciais, como a Casa Matias e o Dragão, a "Fera da Rua Larga".

Mas no Abará, praticamente vazio, o clima é diferente: Dionísia, maldosa, despeitada, dando vaza à amargura que lhe vem invadindo a alma, destila seu veneno junto à cozinheira ajudante:

— Tu já viu isso, Marivalda? Se essa velha coroca nem feita era, pra que esse afoxé todo, essa presepada de cerimônia? Quem não conhece é que compra! Oxe! Aquilo não valia nada! Bastava embrulhar e despachar no lixo, pros urubu comer, não é? Pra que cerimônia? Essa crioula não sabia nada, não conhecia nada, não tinha fundamento nenhum. Me diga quem raspou e catulou! Onde? Ela dava santo de "equê", santo de teatro! Aqueles búzios dela era tudo farol, tudo de araque. Comigo, não, violão! Por tudo isso e mais alguma coisa, o Rio começa a sentir que o carnaval deste ano promete.

— E como! Anteontem, no ensaio dos Aprendizes, de repente parou na porta um carrão novinho em folha e desceram uns bacanas. Todos de roupa esporte mas muito bem-vestidos, perfumados... Já tinha lá uma mesa reservada pra eles. Então, sentaram, cantaram, tomaram bastante leite de onça, beberam mais de uma caixa de cerveja e só foram embora com o dia já claro. E, assim mesmo, só depois de se lambuzarem no angu à baiana, naquela barraca lá fora.

— Agora é moda, meu chapa! No Império, na reunião de quinta-feira, chegou lá um ofício de um embaixador que quer ir com a família conhecer o samba. Vê se pode!?

— É... O samba tá ficando importante. Daqui a pouco vai ter até turista americano...

Nos preparativos do desfile, os Aristocratas convidam Isa Isidoro para integrar a comissão de carnaval. Sua atribuição é organizar a dança espontânea das alas, em consonância com a direção de harmonia.

Mas Isa não tem a mínima vivência de escola de samba. Então, entendendo mal o alcance da missão que lhe foi confiada, e apesar da segura orientação da mestra Mercedes Batista, ela resolve coreografar todo o desfile. E o faz inspirada em danças dramáticas que conheceu vagamente, já bastante estropiadas pela estilização, em sua viagem fantástica.

É assim que, depois de três exaustivos meses de ensaio, a escola chega à Avenida causando grande espanto.

Abrindo o desfile, depois do abre-alas e o tradicional "pede passagem", surgem: num andor, uma imagem de São Benedito, seguida pelo rei mago Baltazar; depois, a Rainha Jinga, o Príncipe Dom Obá e todo um séquito de cortesãos. Todos dançam uma coreografia complexa, pastiche daquelas das antigas cortes europeias. Integradas ao cortejo, mas dançando livremente, vêm: primeiro, a ala dos "velhos", de fraque e cartola, apoiados em bengalas e simulando os movimentos trêmulos e vacilantes dos anciãos decrépitos; depois, vem a das "pretas velhas", matronas, gordas, em trajes coloniais, abanando-se com leques enormes; e, em seguida, a dos "sapateadores", dançando sobre pernas de pau e realizando prodigiosas acrobacias.

Só aí, a escola já tem cerca de trezentos componentes executando passos marcados por Isa Isidoro que, não contente, ainda coreografou todos os movimentos dos setenta componentes da bateria. Por ideia dela, a cada oito compassos do samba, os tocadores de chocalhos, tamborins e agogôs lançam seus instrumentos ao alto para serem apanhados por outros ritmistas do naipe, sem deixar o ritmo cair. Os cuiqueiros, a cada volta do samba à primeira parte, apoiam seus instrumentos no ombro esquerdo e executam um frenético gemido de cuíca durante um minuto, cravado. E tem mais coisa... Que não vale a pena descrever.

A primeira manifestação vem da grande dama Irina Ulianova, do Corpo de Baile do Teatro Municipal e integrante do júri:

— Isto é um absurdo! — diz a Dama, num esgar de raiva; no que o cenógrafo Giácomo Tutti explode numa sonora gargalhada.

O enredo é *Apoteose econômico-financeira do Segundo Império: Barão de Tefé e suas realizações*. Mas Isa, com seu incrível poder de convencimento, conseguiu provar à diretoria da escola que todas aquelas coreografias eram apropriadas, adequadas, oportunas e pertinentes ao enredo. Até que causaram um certo impacto. Mas ocorre que os juízes são gente que entende do riscado. Então, se não fossem o belíssimo samba do trio Duca, Marujo e Bola; as luxuosas e bem-feitas fantasias; as alegorias moldadas e decoradas pela equipe de artistas da Casa da Moeda comandada pelo escultor Jorge Braz... Se não fosse isso, os Aristocratas tinham dado com os burros n'água.

Mas a escola consegue se manter entre as cinco primeiras. Enquanto a Floresta, coitada, politizada, bem-intencionada mas ainda sem eira nem beira, vai pra "poeira", desfilar na Praça Onze, longe da Avenida, cujos ecos reboam no Abará.

Agora, nos papos do bar, Isa já não fala mais de sua fantástica excursão sul-americana, a qual parece ter sido engolfada por uma cinzenta nuvem de esquecimento.

A viagem, aliás, já tem um bom tempo. Mas todo mundo sabe que ela deixou marcas muito fortes na Isidoro. No corpo, ficou a resistência às intempéries e às más condições de subsistência, refletidas hoje em sua frugalidade e em seu estoicismo. Já na alma, ninguém sabe ao certo; pois toda vez que se fala em amores, amantes, namorados, ela disfarça, abre a cigarreira de prata ("de Potosí"), tira um Colúmbia, risca o Ronson com o bem torneado polegar, acende o cigarro, tira uma baforada e cantarola o bolero de Osvaldo Farrés:

— "*Quizás... quizás... quizás...*"

Realmente, tocar nesse assunto com ela, agora, é perda de tempo. O máximo que ela faz é encaminhar a conversa para a atual conjuntura político-econômica:

— Veja bem! O cinema americano está botando muita coisa na cabeça dessa gente. Ele faz acreditar que lá na América é tudo azul. Então, os sul-americanos, coitados, ficam todos querendo se vestir como americano, comer, cantar, dançar e até beijar como americano. Aí, tem gente que acha mesmo que é natural a separação, lá, entre os brancos e o *colored people*. É aquela mentira: "separados mas iguais".

A afirmação de Isa acaba gerando uma saraivada de manifestações contra os efeitos do "imperialismo macarthista" na América Latina:

— Eles acham que comunista come criancinha...

— No Chile o Partido agora está na ilegalidade. Mas na Argentina, a violência que a gente vê lá hoje, depois do Perón, não tem nada a ver com comunismo.

— Lá no Peru, o Partido ganhou mas não levou. No Paraguai, aquele alemão nazista não vai largar o osso tão cedo.

— Os fazendeiros uruguaios ganharam rios de dinheiro com a exportação de carne durante a Guerra, mas, em vez de investir pra melhorar a produção, eles preferem aplicar no exterior, na especulação financeira ou em seus luxos pessoais.

— E as reservas de petróleo da Colômbia estão todas nas mãos dos americanos.

— Tudo está. A produção de bananas, a mineração, a geração e distribuição de energia...

— É uma sangria desatada.

— Fale quem quiser, mas o único país da América do Sul onde eu viveria hoje seria a Venezuela. — Isa é quem diz. — O petróleo deu estabilidade ao país; e colocou um certo freio nos americanos. Até já ando pensando seriamente...

Isa Isidoro conhece bem a Venezuela, país com o qual tem muito mais laços do que se possa imaginar. Dizem os boateiros que teve um filho por lá. Um menino, filho de um professor. Que vem sendo criado pela avó materna.

E é assim que a arte negra e o Brasil perdem Isa Isidoro... Pra sempre! Pra Caracas!

• • •

Mas a vida segue em frente. E assim, com os lucros do Abará, o espanhol Pepe vai aumentando seu capital particular, sem que Dionísia (à frente da casa) saiba ao certo de suas transações. Ela vive para o restaurante e nem percebe que ele mudou. Tornou-se elegante, vestindo-se muito bem e demonstrando cada vez menos interesse por ela. Deu até pra cantar boleros; e gosta especialmente de um que diz "*Tu me acostumbraste a todas esas cosas y tu me enseñaste que son maravillosas*".

Segue a vida lá fora; acontece tudo! E o Abará tem muito que conversar:

O ator Grande Otelo, por exemplo, esbanja talento dramático no filme *Rio Zona Norte*. O músico Paulo Moura finalmente grava o *Moto perpetuo*, de Paganini, ao clarinete, realizando um sonho e um prodígio, graças à sua apurada técnica. O galã Haroldo Costa empresta o brilho de seu talento ao personagem-título da peça *Orfeu da Conceição*. O paraense Dalcídio Jurandir, que todos julgam caboclo mas se autorrefere como mulato, milita febrilmente no jornalismo de esquerda e publica o romance *Três casas e um rio*. Solano Trindade publica *Seis tempos de poesia*, seu terceiro livro...

A roda do Abará conversa sobre tudo. Mas também gosta um bocadinho de mexericos, fuxicos, fofocas, trancinhas... O grupo não é tão discreto ou solidário quanto parece ou deveria ser. E as piadinhas começam a virar brincadeira de mau gosto.

— E então, baiana, cadê o Espanhol? A gente quase não vê mais ele aqui...

— Ah! Pepe tem lá os negócios dele. E é muito sistemático, muito esquisito. Então é melhor mesmo ele andar menos por aqui — Dionísia se defende.

— Acho que ele arranjou uma garotinha e está te passando pra trás, baiana!

— E ele é besta! O dia que ele me botar chifre, eu rodo a baiana. Mas rodo mesmo. Jogo meu Bará de Queto em cima dele.

— Tu tinha mais é que levar ele na Dom Manuel, baiana. Casar de papel passado. Aí, se ele quiser ir embora, tem que primeiro chegar nas conversas.

— Mas... Quem é que está pensando nisso? Vocês tão a fim de me xuetar, é? De fazer sotaque comigo? Sai pra lá, azar! Eu sou mais eu! Tô velha mas ainda dou caldo. E ele não é besta de se meter a gato mestre comigo.

Esse tipo de papo zombeteiro já é recorrente. Mas Dionísia acha que é só sacanagem, só farra desses crioulos cariocas, tudo safado... E a conversa sempre termina em gargalhadas.

— Oxe! Deixa eu ir lá cuidar do meu dendê... Vocês estão com a vida ganha.

A realidade é que Pepe está mesmo enrabichado pelo Maní. E como o rabicho não é daqueles desvairados, possessivos, destruidores, o próprio João está entendendo como uma coisa não natural mas positiva, que pode lhe proporcionar algo de bom na vida. Mas o "tambor de nagô" bate solto, espalhando a fofoca por todos os cantos.

— Que pouca-vergonha! Quer dizer então que o espanhol é mágico, hein!?

— É... É ocultista: esconde rola... E eu já sabia disso há muito tempo.

— Coitada da baiana!

— Que coitada! Essa Dionísia é roçona, meu chapa! Mulher de candomblé, quando fica velha, vira tudo roçona. Cria até barba.

— De fato ela é meio machona, mesmo.
— Eles tudo se merece.

Entre os intelectuais, o nível da conversa obviamente é outro:

— A homossexualidade é um comportamento desviado... Eu falei "desviado". E como desvio é uma patologia, uma doença. E sendo desvio de conduta, é antissocial. Ferri, Garófalo, Lombroso e Hélio Gomes deixaram isso bem claro...

— Permita-me discordar, meu preclaro... Na lógica do seu raciocínio, o fato de um indivíduo ser canhoto seria então um desvio... Só porque a norma humana é ser destro... Ou seria uma manifestação da diversidade que existe na espécie?

— A conduta homossexual é um fator que propicia, favorece a conduta criminosa, nobre colega.

Apesar do alto nível das argumentações, ninguém chega a um acordo. E, no rádio, a voz de Dolores Duran parece alertar:

"*Eu desconfio / Que o nosso caso / Está na hora de acabar...*"

O alerta, se bem entendido, também se aplicaria a determinados vícios que campeiam nocivamente no ambiente. Como no caso de Eledê, na carteira de identidade, Lázaro Dantas.

Eledê não bebe por prazer, e sim por necessidade, fuga. Por isso, sem dinheiro, acaba descendo aos mais amargos e tóxicos sabores, à genebra, ao conhaque vagabundo, àquela "que passarinho não bebe" e à "que matou o guarda" — como pede, em qualquer balcão, tentando, pela ironia, minimizar seu drama. E assim passa vários dias emendando um porre no outro.

Aos poucos, começa a sentir medos cada vez mais estranhos; a achar cada vez mais que está sendo perseguido; a não se sentir bem em lugar nenhum e de nenhum jeito; nem mesmo dormindo.

Ontem, acordou aos gritos, encharcado de suor, fugindo de horrendos bichos imaginários, de sanguinários bandidos; de diabólicas mulheres seminuas e com garras de feras; de íncubos e súcubos; de quiumbas, vumbes, eguns mal despachados; de aves agourentas portadoras de feitiços, ebós, carregos brabos.

Até que foi imobilizado e conduzido na ambulância para Jacarepaguá, para os amplos e sombrios espaços da Colônia Juliano Moreira.

Também na tranca, depois de um bom tempo sumido, Nelson Custódio da Silva amarga, há mais de um ano, a acusação de autoria da morte de Mário Duílio Mancini, secretário particular de uma alta autoridade eclesiástica do Rio de Janeiro. O corpo foi encontrado, alguns anos atrás, numa quarta-feira de cinzas, dentro do automóvel DKW-Vemag, placa 6064, na Lagoa, perto da entrada da Favela da Praia do Pinto. Tinha perfurações de bala calibre 32 e marcas de coronhadas.

Nas investigações, a polícia descobriu que o morto, um senhor muito elegante, era amante de Jurema de tal, conhecida na noite boêmia do Rio como "Norma Nadall", a qual, ao mesmo tempo, mantinha também uma relação amorosa com o acusado.

Mas "Nelsinho Lorde" — como é alcunhado o preso —, inteligente, simpático e bem articulado, tem excelente comportamento carcerário. Assim, é agora quase um funcionário da direção do Presídio, datilografando ofícios, arquivando pastas, e executando tarefas burocráticas enquanto espera a progressão da pena, o regime diferenciado, a semiaberta. Como bom malandro, tem bons contatos em toda a massa carcerária, inclusive na ala feminina.

E, lá fora, a vida vai seguindo... Sempre alternando realidade e fantasia; planos concretos e fantásticos delírios. Como os de Osmar Rezende.

Aproveitando o ensejo da comemoração dos cento e cinquenta anos da "Brigada Real da Marinha", antigo nome do popular Corpo de Fuzileiros Navais, fundado por Dom João VI, o vibrante diretor de carnaval imagina, para os Aristocratas, sua escola de samba, um enredo em homenagem à briosa corporação. Para tanto, vai até o Ministro da Marinha, que compra a ideia e, através de sua assessoria, coloca a biblioteca à disposição da ala de compositores, e até permite que a bateria, que representará a famosa banda marcial, treine evoluções e ensaie seu ritmo no pátio do quartel da Ilha das Cobras.

Muitos obstáculos são criados por alguns setores mais conservadores; mas o comandante é um almirante da fuzarca, e tudo dá certo, inclusive com uma autorização escrita, com selo, carimbo e estampilha, e diversas cópias autenticadas.

Chega então o domingo do desfile. A semelhança das fantasias com os diversos fardamentos, atuais e históricos, da corporação é impressionante.

Finda a apresentação, Feijoada, da Ala dos Baluartes, está todo prosa, vestido de sargento, numa mesa cheia de cerveja preta e tremoços, ao lado de duas cabrochas fantasiadas de enfermeiras.

A cena se passa num botequim da esquina da Rua Visconde Duprat com Presidente Vargas, ao redor de uma mesa sobre a qual repousam duas latas de sardinha já vazias; um prato de louça com rodelas de pão e de cebola; duas cervejas pretas achampanhadas, marca Black Princess (uma vazia, outra pela metade); um cálice de conhaque Dreher; uma garrafa pequena de Malzbier; e algumas moscas sobrevoando.

"Sargento" Feijoada está à vontade, o quepe no alto da cabeça, gandola desabotoada, aberta, peito e barriga à mostra, trocando umas bicotas com a sua "enfermeira". Até que chega um tenente de verdade.

— Sargento! Sentido! Apresente-se à autoridade superior!

Feijoada não entende nada. E nem se preocupa em olhar pro tenente. Mas quando os dois fuzileiros, de verdade, obedecendo à ordem do tenente, investem para pegá-lo e levá-lo preso por infringir o Código Penal Militar (expondo ao ridículo o fardamento do Corpo de Fuzileiros Navais), ele sente o drama e se defende:

— O senhor pode me prender, tenente. Mas vai ter que prender uma porção de gente. A escola toda. Mas toma cuidado, que o senhor também pode se ferrar. Tem uma porção de oficiais mais graduados que o senhor espalhados por aí. Tem até almirante.

Quem conta esse caso é o advogado Paula Assis. Que foi chamado para esclarecer a confusão e soltar o Feijoada.

Paula Assis é um grande contador de casos. E boa parte de seu repertório é autorreferente, relativo a poucas e boas que experimentou em sua trajetória de rapaz pobre que chegou lá:

— Neste negócio de advocacia, às vezes a aparência e as origens familiares contam muito mais que o saber jurídico e a prática forense. Vejam só um belo exemplo.

A turma se prepara, atenta, interessada, pois sabe que vai saborear mais um caso, no mínimo, interessante.

— Quando me formei, eu morava com minha saudosa mãezinha na Penha. Então resolvi montar lá, em Olaria, no cantinho da alfaiataria de um amigo, o Manuel da Dulcineia, uma "extensãozinha", um "braço", digamos, do escritório de advocacia em que eu trabalhava na Travessa do Paço, aquele bequinho ali na Dom Manuel. Meu colega de escritório era um manequim, sem pernas e sem cabeça, onde o Manuel modelava os paletós dos fregueses, entre os quais eu me incluía.

O subúrbio de Olaria, na época a que o Doutor Paula Assis está se referindo, já experimentava algum progresso. Tanto que, em 1910, já tinha até um jornal local. Então, nada mais lógico que tivesse também uma alfaiataria; e, dentro dela, uma banca de advogado. Na medida. Mas deixemos a palavra com o nosso ilustre causídico.

— Eu tinha entre meus clientes uns três comerciantes portugueses. Aliás, convém comigo: falar em "negociante português" no subúrbio é quase um pleonasmo. Porque lá praticamente todos os negociantes são portugueses, principalmente nos bares e nos armazéns. E aí eu fui advogar pra um deles num caso, lá, de reintegração de posse, contra um "patrício". Mas o que eu não sabia era que os dois tinham vindo para o Brasil juntos, eram quase parentes, e frequentavam a mesma Casa de Trás-os-Montes. E, aí, ficavam de pinimba, um instigando outro. Numa segunda-feira, o meu cliente chegou ao escritório com uma queixa: contou que o *ex-adverso*, o adversário dele na ação, tomou, lá, um vinhos a mais e começou a gritar que ia ganhar a ação porque "o advogado dele era branco e da cidade". E ele veio me contar isso pra me acicatar, estimular.

A pequena plateia se delicia com a narração, habilmente teatralizada, principalmente na imitação do sotaque dos portugueses.

— Convém comigo: foi mesmo um estímulo, não foi? Então, como eu sempre soube que *dormientibus non sucurrit jus* (o direito não socorre os que dormem no ponto), eu me apliquei ainda mais. E, aí, passado um tempo, eu comuniquei ao cliente que nós tínhamos vencido definitivamente a demanda, pois a decisão a nosso favor tinha transitado em julgado, ou seja, não cabia mais recurso nenhum.

Papo bom esse Doutor Paula Assis: diverte, educa e instrui.

— Mas aí vem a parte melhor da história. Muito feliz com o resultado, o lusíada veio me buscar para tomar um *vin d'honneur*, um vinho comemorativo, em sua casa. E veio num Oldsmobile conversível, com a capota arriada. Achei estranho, mas fui; porque ele, além de tudo, tinha em casa uma adega de primeira linha. Só que, quando dei de mim, ele estava passeando comigo em carro aberto, pelo comércio do bairro. A mensagem dele, oculta naquela parábola automobilística, era a seguinte: "Estão vendo? Meu advogado não é branco, nem é da cidade, mas eu ganhei a causa!!!" E cá com os seis botões do meu jaquetão — cortado, alinhavado e costurado pelo Manuel da Dulcineia — eu pensava: *Labor omnia vincit improbus*.

O impagável Doutor Paula Assis ainda está às voltas com o "Crime da Copa" ou "Justiçamento da Rua Larga" — como dizem certos jornais. O processo continua andando a passo de tartaruga. Mas agora parece que a verdade já começa a vir à tona.

Quem realmente viu — e o Maní é uma das principais testemunhas — conta que tudo começou com um grupo de boa aparência, parecendo ricos ou pelo menos remediados.

Diz que eles vieram bebendo desde o Maracanã, pra afogar as mágoas da derrota do escrete brasileiro. E, pelo hábito de alunos do Pedro II, acabaram a farra, uma parte deles na Central e outra no Botequim do Joia, na Rua da Conceição. Neste, fizeram uma grande arruaça; e caminharam até a Rua Larga, onde, depois de roubarem panelas no Dragão, além de troféus e medalhas na Casa Nair, encontraram o pobre do rapaz já sendo perseguido e vaiado. Então, aos gritos de "Ao Pedro II tudo ou nada!" e "Tabuada!", procederam ao linchamento.

E o andamento do processo realmente avança. Em poucas semanas, Paula Assis recebe a auspiciosa notícia e toma ciência: enfim, o Ministério Público pede a abertura de ação penal contra os acusados de matarem o "Bigode", na Rua Larga, após a Copa do Mundo. O motivo foi fútil e as circunstâncias do crime não deram à vítima a mínima chance de se defender.

No Abará, o grande advogado — agora, por sua própria decisão, trabalhando de graça, apenas atendendo aos apelos humanísticos de seu coração, pelo que assumiu a função de auxiliar da acusação — tira do bolso do paletó a cópia da denúncia. Da qual lê o seguinte trecho:

"EXMO, SR. DR. JUIZ DE DIREITO DA 1ª VARA CRIMINAL DO RIO DE JANEIRO, DF

Inquérito policial nº. 177/1950

I — Consta dos inclusos autos de inquérito policial que no dia 17 de julho de 1950, por volta das 15 horas, em plena avenida Marechal Floriano, nas proximidades do Largo de Santa Rita, nesta cidade e comarca, Amílcar Muniz Quintanilha, qualificado às fls. 129; e Marcelo Campos de Vicenzi, qualificado às fls. 130, mataram João da Silva, mediante recurso que dificultou a sua defesa, causando-lhe os ferimentos descritos no exame necroscópico de fls. 71/72, concorrendo para a prática deste crime Walter Strozenberg, qualificado às fls. 117, os três atuando previamente ajustados e com unidade de desígnios.

II — Consta, outrossim, dos inclusos autos de inquérito policial que no mesmo dia e local os mesmos denunciados e acima qualificados..."

Paula Assis acha perfeita a denúncia e elogia o trabalho do promotor. Mas aí se dá conta de que hoje é o último dia do ano. E que daqui a pouco a orla da Zona Sul estará presenciando um espetáculo de fé que se anuncia como algo jamais visto no Rio de Janeiro ou em qualquer outra parte do território nacional: a monumental festa de Mamãe Guiomar!

A festa já vem de muito tempo, pelo menos desde a finada Maria Rainha e das tímidas e disfarçadas cerimônias a Nossa Senhora da Glória, em sua praia e na de Santa Luzia. Mas agora — saudando o ano de 1958 que já vem raiando lá pros lados daquelas ilhas na entrada da baía — a festa é grande, aberta, pra todo mundo ver e se admirar.

Tata Gregório tem 53 anos. Mas, gordo e imponente como um legítimo rei africano, ele até parece ter mais. E é bom que pareça, pois ele, o "tata", o grande líder do povo das macumbas cariocas é um dos papas do Omolocô, a umbanda mais africana que existe, sem essa de hinduísmos e orientalismos. E é homem do samba também, cofundador que é da Federação Brasileira das Escolas.

Chamado respeitosamente de "Tatariâmi" (meu pai) ou simplesmente "Tata", pelos seus muitos filhos, para este último dia do ano Pai Gregório Calixto organizou uma procissão de arromba, do jeito que Mãe Iemanjá (que "guia o mar") gosta e merece. Então, hoje, desde o cair da tarde, uma multidão de fiéis, envergando seus trajes rituais, ou simplesmente vestidos de branco, se aglomera no Leme, no início da Avenida Atlântica.

O núcleo da procissão é um enorme barco, em cima de uma carreta, ornamentado de flores, muitas flores, de todas as espécies, em buquês, grinaldas, corbelhas e arranjos, mais cestas e balaios, muitos, de todos os tamanhos e formatos, cheios de oferendas e presentes: bonecas, vidros de extrato, loções, colônias, *rouge*, pó de arroz, pentes, sabonetes, moedas, fitas, garrafas de vinhos finos e champanhes. E também ex-votos, além de bilhetes com pedidos de amor, casamento, saúde, felicidade e dinheiro.

Conforme o tempo vai passando, a multidão vai crescendo. Chegam tendas e terreiros inteiros, com seus componentes uniformizados, tudo muito organizado, com atabaques, agogôs e cabaças de afoxé.

A uma ordem do Tata, à frente e ao lado de grandes chefes da umbanda, da quimbanda e do candomblé, como Seu Zezinho do Cabula e Quinca Quioco, a procissão começa a andar. Ruflam os atabaques, dobram runs, rumpis, lês, ilus, angomas e caxambus. Ao megafone, único recurso possível para o comando da multidão, o ogã Carlinhos Komokanta, também conhecido como "Índio", puxa o primeiro ponto, no que o coro da multidão responde e acompanha. Espocam os fogos Adrianino, os morteiros Caramuru; e as lágrimas de Nossa Senhora colorem o céu.

A procissão segue, com a pompa de um grande acontecimento, pela avenida mais elegante do Rio cheia de curiosos e crentes; que repetem as saudações aos orixás e em louvor à Senhora do Mar.

As calçadas estão cheias de gente bem-vestida que se acotovela, boquiaberta, espantada com o ineditismo do espetáculo. De algumas janelas chegam gritos, saudações e gestos aprovativos. Alguns atiram flores, fitas, papéis coloridos.

Na calçada, Norma Nadall, constrangida e desajeitada, tenta conter a amiga Nilza, que se treme toda e começa a se entortar, à beira do transe.

— Calma, Nilza, para com isso. Vai dar vexame aqui, é?

— Que Nirza, que Nirza nenhuma, sá mureca! Tu sabe que eu num sô Nirza, sá fia da puta!

A gargalhada explode aterrorizante. Mas a procissão segue em frente.

Posto Dois... Três... Quatro... Cinco... No Posto Seis, mais gente ainda. Aqui, o barco de prata é entronizado numa espécie de palanque, também prateado e florido de branco. Os últimos ofertantes depositam nele, também, seus presentes e suas flores, muitas flores. Então, com a chegada das últimas alas da procissão, começa a cerimônia, sempre ao som dos atabaques.

Pedidas as necessárias licenças e proteções de todas as entidades das águas, um grupo de cambonos suspende o barco, tira-o do palanque, o leva nos ombros, entra com ele no mar, e o deposita nas águas, após a sétima onda.

O Tata e os outros maiorais não param de trocar língua com as entidades e de puxar os cânticos apropriados, a que filhos e filhas respondem contritos. Aí, o barco é posto numa barcaça na qual entram também, além dos maiorais, algumas mães de santo. E sai para o mar alto.

Os atabaques ruflam cada vez mais firme e forte, e retomam o ritmo numa cadência irresistível — os do candomblé dizem que estão dando "rum" pros santos. Porque "rum" é termo do Daomé e quer dizer "tambor"; mas que significa também muitas outras coisas...

Nessas alturas, ninguém se aguenta mais: todo mundo que tem santo vira nele, é tomado, incorpora, recebe, entra em transe. Só quem não tem santo é que não tremelica, sacode, rodopia, pula, faz careta, mãozinha pra trás. Até mesmo umas duas ou três mocinhas bacanas, influenciadas, começam a sentir o barravento. E, aí, dois trêfegos rapazolas, talvez com inveja, recebem suas "santas" também.

Na beira d'água, calças arregaçadas, vendo o barco sumir na escuridão da noite, o Tata, feliz, realizado, ergue os braços para o céu e reza uma linda oração, em bom português, para que todos possam entender o que ele pensa e deseja. Foguetes estouram, explodem brados de euforia, o nome de Iemanjá ecoa por toda a noite de Copacabana.

Menos de meia hora depois, a barcaça vem de volta, missão cumprida: as oferendas foram entregues e bem recebidas por Mamãe Guiomar.

O grande cerimonial agora dá lugar a uma grande confraternização. Fiéis, curiosos, amigos, inimigos, irmãos, todos se abraçam, desejando um feliz Ano-novo. Muitos vão de grupo em grupo, de tenda em tenda, consultando os santos e orixás, tomando passes, rindo, namorando, bebendo, comendo... É a Festa de Iemanjá!

Toda a orla de Copacabana é um rosário de luzes, velas acesas e de fé, muita fé. Os foguetes ainda espocam, e o céu continua se encantando de cores e grafismos absolutamente maravilhosos.

Então, de repente, por cima do Forte, chamando a atenção de toda a assistência, um desses desenhos vai se transformando, como num caleidoscópio, para formar a figura de uma mulher.

É uma Senhora. Tem, na cabeça, pequenas e elaboradas tranças. Os seios são fartos, e, caindo sobre eles, colares de translúcidas contas azuis pendentes do pescoço. Veste camisu e saia comprida, de uma branquitude absoluta. Que contrasta com sua pele escura, cor de chocolate.

Ela desce por uma escada cristalina, de degraus fosforescentes; e, na altura de ser bem vista e admirada, acena para o povo.

Tata Gregório brada: "Odo-Iá!" Seu Zezinho grita: "Omi-ô!" Quinca Quioco saúda a grande *Máma*, baixinho, na língua de seus antepassados:

— *Àmi au vúmbi namusányikina umáma!*

A Senhora sorri; e o povo, percebendo que ela quer falar, vai silenciando, silenciando, silenciando, até não restar mais um murmúrio, um cicio, em toda a orla de Copacabana. Então, a voz doce, diáfana, líquida, começa a ser ouvida:

— Meus filhos, minhas filhas: Nossa religião não pode ser vista como uma coisa somente folclórica, festiva e do passado. Ela é uma força viva, em movimento e transformação, mais do que todas as outras que se praticam aqui e em todas as Américas. E, para que ela se conservasse assim forte, não foi preciso que nenhum santo ou pai, mãe, filha e filho de santo fosse pro meio da rua pra buscar adeptos e seguidores. Quem precisa de orixá é que nos procura. E nós recebemos; não pro outro mundo, mas pra este aqui.

A Senhora agora, usando uma técnica de oratória conhecida, fala como se fosse parte do público que a ouve contrito; como se fosse um ser mortal, comum:

— Nossos santos nos ajudam a tornar o mundo mais leve e mais fácil de viver; nos ensinam a seguir adiante. Por isso, nossa religião nunca vai se extinguir, nunca vai acabar. Nós vivemos num mundo de gente que pensa diferente de nós; e que tenta impor sua vontade. Mas neste mundo há também aqueles que, como nós, resistem, lutam contra as imposições. E, nesta luta, temos do nosso lado os seres espirituais benfazejos, que trabalham para que cada pessoa tenha aquilo que merece.

A plateia, entusiasmada, começa a se manifestar com alguns "assim seja", "axé", "amém" e outras expressões. A Santa ouve, sorri e continua:

— Desde o tempo do cativeiro até aqui, as diversas formas de nossa religião já passaram por tudo. Nunca contaram com nenhuma boa vontade dos governos nem dos mais abastados. Quando muito, foram pesquisadas, estudadas. Apesar disso, os mais velhos souberam enfrentar as restrições e conseguiram fazer com que nossas crenças sobrevivessem. Tiveram que criar estratégias, esconder nossos santos dentro das roupas dos santos católicos. E foi assim que nossa fé, nossas crenças, sobreviveram no ambiente de hostilidade, de perseguição e de desconfiança.

O discurso é arrebatador; e a multidão quase não deixa a Senhora terminar. Mas ela termina; e sua imagem vai se desvanecendo aos poucos, em meios aos fogos que alegremente voltam a espocar.

É então que Vovó Maria Conga, incorporando em uma senhora com aparência nórdica, avisa a Seu Gregório que, daqui a uns vinte, trinta anos, um discípulo dele vai utilizar contra a Umbanda e os Orixás tudo o que ele ensinou.

E que, aí, da festa de Mamãe Guiomar só vão ficar os fogos de artifício e a música dos artistas do rádio.

Tata Gregório nem imagina quem possa ser esse judas mencionado pela Vovó; e, sinceramente, não crê na profecia. Ministro, que imagina quem seja o pilantra, se afasta, acende um charuto, dá uma baforada, sopra pro alto, sapateia e esconjura:

— Comigo não, violão! Comigo ele se fode!

Mas o importante é que o novo ano entra bonito, sob altas proteções astrais.

Na sociologia, brilha o talento de Guerreiro Ramos, com a publicação de *A redução sociológica*, livro em que cutuca certos cientistas sociais que plagiam suas ideias. E no qual fustiga, também, a "sociologia científica", aquela que equaciona, equaciona, mas não resolve coisíssima nenhuma.

No cinema, o Orfeu carioca, transposto para o celuloide por um cineasta francês, ganha a Palma de Ouro em Cannes. E, na música, além de Elizeth Cardoso cantando Tom Jobim e Vinicius de Moraes, o que também se ouve com prazer e alegria — depois da coroação de Luiz Gonzaga como rei do baião — é Jackson do Pandeiro, cantando o baiano Gordurinha:

"*Eu só boto* bebop *no meu samba/ quando o Tio Sam pegar no tamborim...*"

Mas o Ano-novo só começa, mesmo, é com a Copa do Mundo. Não sem discussões e polêmicas; menos no Rio Negro do que no Abará, onde cada um é um pouquinho técnico e estrategista:

— Mas como é que não levam o Canhoteiro? É o melhor ponta-esquerda do Brasil, meu chapa!
— Canhoteiro tem medo de avião.
— E por que o Garrincha está no banco de reservas?
— É aleijado: tem as pernas tortas, uma pra dentro e outra pra fora. Não dá, meu chapa!
— E o Zózimo? E o Moacir?
— Calma, rapaz! Tem gente boa demais nesse escrete. E, aí, o técnico vai ajeitando, vendo quem se adapta melhor.

Mas craque mesmo é o Didi. Esse não é só um craque do futebol. Como disse um jornalista famoso, ele "dança com a bola". E, se não é ele, não tem Pelé nem Garrincha no time, não. É ele que convence o técnico Feola a botar os dois, um "aleijado" e o outro "criança", lá pra jogar. Só que os dois comem a bola. E aí, é isso que a gente está vendo.

A multidão vai pra rua acompanhar pelo rádio cada detalhe da narração da final da Copa. A festa colore a cidade de verde-amarelo com cariocas de todos os estados, enlouquecidos de alegria, acompanhando pelo rádio a vitória do escrete, de camisa azul, sobre a verde e amarela Suécia, por 5 a 2. Trilado o apito final, o grito sufocado há oito anos explode. A vitória une, num só coração e no mesmo samba triunfal, cariocas de todos os recantos, procedências, sexos, idades e condição social, num maravilhoso e espontâneo carnaval, em pleno mês das festas de São João.

Mas há sempre um estraga-raça, um desmancha-prazeres, uma voz destoante:

— Que campeão? Campeão de quê? Nós não temos nada! Nós não somos nada! Nada!!!
Tem gente que bebe bem, tem gente que bebe mal. O Doutor Paula Assis, por exemplo, é um "aperitivista elegante", que não bebe e sim "ingere" — como gosta de dizer. Mas o pintor Lázaro Dantas, o Eledê, lamentavelmente, há muito tempo já caiu para o segundo grupo:

— Nós não temos nenhum Banco; nenhuma indústria; nenhum comércio! Nós não temos nada! Nossos antepassados tiraram ouro dos rios, semearam e colheram cana e café; plantaram esta Nação. E nós não temos nada, não somos nada!

Eledê fugiu de Jacarepaguá, da Colônia Juliano Moreira — cujo nome, aliás, homenageia um negro ilustre. Lá, ele pelo menos poderia, quem sabe, transformar sua desventura em arte, como está fazendo o Bispo do Rosário. Artista refinado, Seu Bispo passa o dia criando uns estandartes, uns mantos, uns painéis, que ninguém sabe exatamente o que significam. Mas são peças muito bonitas, de "fino lavor" — como diria a finada Etiópia de Oliveira —, que já estão chamando a atenção. Daqui a pouco, chega lá um crítico de arte e pronto! Seu Bispo vai acabar reconhecido como artista.

Mas o Eledê não quis saber de nada: deu o pira da Colônia. E agora, cada vez pior, é mais um dos que engrossam a turba de zumbis do povo da rua. Sujo, fedorento, já não lhe resta um pingo de dignidade. Mora debaixo da marquise do Abará, em frangalhos, sob a assuada dos moleques na noite, que já começa a cair.

Bêbado como um gambá, sujo como um rato de esgoto, é mais um dos que não conseguiram suportar.

O silêncio se abate sobre a tragédia; e só é quebrado pelo esconjuro que escapa, baixo, da boca de Dionísia, que constata a decadência do artista:

— Que coisa triste, meu Pai! "Eledê"... Nome sujo! "Eledê", em língua de nagô, quer dizer "porco". Virgem Santíssima!

Nessa altura dos acontecimentos, a festa do futebol já tomou as ruas. Inclusive em Vaz Lobo, um lugarejo sem muita expressão nem identidade.

Espremido entre Irajá, Madureira e Vicente Carvalho — este, um subúrbio mais acanhado ainda —, a localidade absorveu das duas primeiras as poucas características visíveis. Sua saída para a importantíssima Avenida Brasil — conhecida, até pouco tempo, como "Variante" — é através de Irajá ou da Penha Circular, outra incógnita geográfica. E, para quem precisa do trem da Central, transporte fundamental, o jeito é ir até Madureira, a outra grande capital do subúrbio, depois do Méier.

Sebastião Quirino dos Santos mora em Vaz Lobo, numa rua que começa na linha do bonde, sobe o morro e vai dar lá pras bandas de Rocha Miranda. Por estratégia, "Seu Santos", como é chamado e respeitado pela vizinhança, finge ser como o bairro onde mora: inexpressivo e sem identidade. E assim vai levando sua vida: sempre de camisa branca social, abotoada nos punhos, calça escura, sapato e meia; debaixo do braço, a pasta preta sem alça. E hoje não parece dar muita importância à festa que enlouquece toda a cidade; no meio da qual o Doutor Paula Assis conversa animado:

— Doutra feita, eu precisava cumprir uma precatória em Campos — Campos dos Goitacazes, na comarca de lá.

Então, me dirigi ao Aeroclube de Manguinhos, lá na Avenida Brasil, onde peguei uma aeronave... Convém comigo: "aeronave" entre aspas, pois no fundo era um teco-teco sem as mínimas condições de segurança...

A plateia, inebriada pelo sabor da vitória na Suécia, aperta os cintos para apreciar melhor a narração de mais uma aventura eletrizante do grande advogado.

9

"É certa auréola que te faz divina..."

Se viva fosse, hoje, dia 13 de maio, a finada Etiópia de Oliveira Houston faria 60 anos de idade. Então, sua memória é evocada de modo glorioso e definitivo, do jeito que sua presença e seu legado mais merecem.

O clima é de festa; no Redenção, na Gafieira Elite, no América Futebol Clube (do qual foi a primeira mulher a adquirir um titulo de sócio proprietário) e nos Aristocratas do Salgueiro. Nessa escola um dos diretores propõe um enredo sobre sua vida, o que não consegue aprovar. Na Rádio Nacional, Ângela Maria canta "Babalu" em sua homenagem; no show de Carlos Machado, o ator Grande Otelo faz um emocionado discurso:

— Até hoje, passados mais de setenta anos do fim da escravidão no Brasil, pessoas de cor instruídas, como Machado de Assis, André Rebouças, Patrocínio, Padre José Maurício, Luiz Gama, General Glicério, Teodoro Sampaio, ainda são vistas como exceção. Entretanto, até o fim da primeira República, muitos negros e mestiços se destacaram, como regra e não como exceção, em profissões e atividades intelectuais mais valorizadas, como as de escritor ou professor. Mas quando essas pessoas são pretas, muitas vezes elas são saudadas como "mestiças".

Otelo faz uma pausa, bebe um longo gole d'água, respira fundo e prossegue:

— Etiópia de Oliveira nasceu num lar humilde, filha de um marítimo e uma dona de casa...

Essa afirmação do orador parece contradizer o que até aqui se sabe da homenageada. Mas, apesar da estranheza que provoca, ele prossegue em seu emocionado discurso, para contar que a mãe da ilustre professora era uma mulher analfabeta que, enfrentando grandes dificuldades financeiras, esforçou-se para propiciar instrução a todos os doze filhos que gerou e criou. Ela lutava, segundo o genial Otelo, para afastar do destino dos filhos os obstáculos e dificuldades que encontrara.

— E Etiópia, como filha caçula, e talvez mais bem-dotada e receptiva — o orador tem a voz embargada —, beneficiou-se, mais que seus irmãos, dos esforços da senhora sua mãe — conclui, emocionado, o Grande Otelo, já consagrado, desde o filme *Somos todos irmãos*, como um dos maiores atores do cinema brasileiro em todos os tempos.

No Café e Bar Rio Negro, na roda que aos poucos volta a se desenhar, o assunto não pode ser outro:

— Antigamente, no nosso povo tinha muitos professores. Hemetério dos Santos, por exemplo, foi catedrático do Pedro II e do Colégio Militar. Tivemos Pompílio da Hora, Antenor Nascentes, Castriciano de Souza, Sebastião

Nascimento, Souza Marques, Corinto Filho, Nila Alves... Tudo irmãozinho nosso!

— É... Foram sumindo...

— Nos anos 20, o Brasil queria ser França, Inglaterra... Então, para o Governo, ter gente de cor no magistério era mau exemplo.

— O ofício de professor é uma coisa estratégica, meu amigo. O bom mestre molda o pensamento de muita gente.

— O aluno preto, mulato ou mestiço, tendo um mestre da sua cor, ele vê que pode chegar lá também; que é possível romper a barreira.

— Apoiado! É barreira mesmo; e das mais difíceis de romper. Principalmente porque é insidiosa, sub-reptícia, encoberta — exalta-se Paula Assis. — É uma *capitis diminutio*.

— Como assim, doutor?

— Uma diminuição da capacidade. Ou melhor: da capacitação.

— A gente é desestimulado de tudo quanto é jeito. Aí, quem é mais fraco se entrega, acaba desistindo, ficando no mesmo lugar. Ou no meio do caminho.

— É verdade... Quer ser advogado, acaba despachante; quer ser médico, acaba auxiliar de enfermagem; quer ser engenheiro, acaba mestre de obras...

— Ou então fica na cozinha, na colher de pedreiro, na enxada...

— ... no hospício, na cadeia, na cidade de pé junto.

— Por falar nisso, como está o caso do "Crime da Copa", Paula Assis? Ninguém falou mais nada.

— É... O inquérito policial *requiescat in pace*; na mais absoluta paz: a paz dos cemitérios. Aliás, anteontem, na

Garnier, encontrei meu amigo promotor Demóstenes Garcia e ele também me perguntou pelo caso...

Assim como os bares, cafés e restaurantes, as livrarias do centro da cidade ainda conservam um pouco do ambiente do tempo de Luiz Edmundo. É o caso da José Olympio, da Francisco Alves, da Garnier e da Quaresma, todas na Rua do Ouvidor. São casas que ainda abrigam rodas de conversa de escritores, hoje cada vez mais episódicas do que as de outrora, com literatos cada vez menos interessantes. Entre os escritores do povo negro, que já são em número considerável, poucos frequentam essas rodas. Possivelmente, o piauiense Júlio Romão da Silva, de 33 anos, que publicou um ensaio sobre a poesia satírica de Luiz Gama e produz estudos sobre as línguas indígenas. Jamais o sergipano Raimundo Souza Dantas, que, apesar dos dois romances publicados (*Sete palmos de terra* e *Solidão nos campos*), ainda é um humilde e subalterno empregado de jornal.

Antenor Nascentes, autor de vários dicionários e estudos linguísticos, mas já sessentão e morando no Andaraí, certamente não tem o hábito. Muito menos Solano Trindade, autor de *Poemas de uma vida simples*; exatamente por isso, pela vida simples que leva.

Famosos como Jorge de Lima e Viriato Correa — e outros "mulatos *in criptam*", enrustidos, como diz Paula Assis — talvez frequentem as rodas, onde a fermentação de ideias é grande:

— Você já viu como estão surgindo agora entidades importantes? O povo humilde está tomando consciência e reivindicando seus direitos...

— Justamente. O Estado Novo era o "papai". Ele é que tinha que resolver tudo, paternalisticamente. Então, desmobilizou o povo; porque os desfavorecidos é que sabem onde dói o pé.

— E eles é que têm que trabalhar pra resolver seus problemas; unidos dentro de seus clubes, suas associações, suas entidades.

— Interessante é que, agora, além dos clubes e associações do samba, o Rio e a Baixada Fluminense têm até uma sucursal do Afoxé Filhos de Gandhi.

— Afoxé? O que vem a ser? Tenho ouvido falar, mas...

— Afoxé é uma brincadeira do carnaval da Bahia. Aliás, nasceu como brincadeira, organizada pelo povo do candomblé, mas virou uma coisa séria. Alegre, mas séria, porque é o candomblé saindo à rua, louvando seus orixás, o que até bem pouco tempo dava até cadeia.

— Ah! Entendi. E foi esse o caso do samba. Que era proibido e agora já é até atração turística.

— Perfeitamente. É a cultura trabalhando pela dignidade do nosso povo. A União Cultural Brasileira dos homens de cor prossegue em plena atividade. E as ramificações, as sucursais, as "Uagacês", vêm surgindo em vários pontos do Rio, de Niterói e da Baixada.

— Um dos líderes da Uagacê carioca é o professor Pompílio da Hora, intelectual respeitado...

— Aquele que...?

— Exatamente. Aquele que, anos atrás, foi ridicularizado — "sacaneado" é o termo — pelo Ministro das Relações Exteriores, porque queria ser diplomata.

— Que diplomacia, hein!?

— Pois é... E é por isso que temos que fortalecer ações como as do Teatro Experimental do Negro. Eles já realizaram duas grandes convenções de âmbito nacional e até constituíram um Conselho Nacional de Mulheres Negras.
— Isso tem que estar nos jornais...
— Pois então?! Já existe também uma imprensa se fortalecendo. Jornais como *Quilombo*, *Redenção* e *Voz da Negritude* vêm fazendo um trabalho muito bom, no Rio, na Baixada e em Niterói. É trabalho de formiguinha, mas...

Então, por conta dessa efervescência e através desses canais, a UHC resolve promover um grande Festival Literário, e a ideia prospera.

A importante Livraria São José, por estar no ponto mais central do centro da cidade, é o local escolhido como núcleo de difusão do evento. De pronto, o livreiro Carlos Ribeiro topa a ideia, destacando o funcionário Germano, sambista da Ilha do Governador, como o "homem" da São José na festa.

O dia escolhido é o 24 de janeiro, dia de São Francisco de Sales, padroeiro dos escritores e jornalistas; e a programação é a seguinte:

6h — Alvorada
7h — Missa sob a evocação de São Francisco de Sales na Igreja de Nossa Senhora do Rosário e São Benedito, sob os auspícios da Irmandade dos Homens Pretos
8h — Abertura solene da Feira de Livros
9h — Torneio de futebol no estádio do tradicional Clube de Regatas Vasco da Gama, em disputa da "Taça Etiópia de Oliveira Houston"

15h — Feijoada (ajantarada) no Clube Social Redenção
19h — Declamação dos poemas "Navio Negreiro" e "Vozes d'África", de Castro Alves, e "Irmão Negro", do aplaudido poeta Alves Cruz, a cargo da poetisa e declamadora Ricléa Timóteo
20h — Baile-show
24h — Encerramento.

Os organizadores começam a pensar grande. A ideia é que a festa seja um balão de ensaio para voos mais altos. Pensam em trazer, em próximas edições, gente como Leopold Senghor, Aimé Cesaire, David Diop:

— Os poetas da Negritude devem ser os paradigmas da nossa atuação... Eles é que vão fazer a independência e a descolonização dos países africanos. E nós temos a missão de descolonizar o pensamento brasileiro.

Pensam também em estabelecer laços com jovens escritores africanos de língua portuguesa, como Viriato da Cruz, Noêmia de Souza, Marcelino dos Santos, José Craveirinha, Mário de Andrade...

— Ué!? Mário de Andrade já morreu. Não é aquele mulato careca de São Paulo?

Coincidências onomásticas à parte, a cidade aguarda ansiosa o Festival. Porém, o calor que sufoca o Rio desde a tarde mais os raios silenciosos que riscam o céu por cima do Sumaré são uma ameaça. As nuvens estão muito carregadas, tudo fazendo prever que vai cair um toró daqueles — de cachorro beber água em pé. E não dá outra.

É cada relâmpago e trovão de meter medo. A água começa a rolar em cachoeira e de repente já está tudo

alagado. E o toró caindo. E a trovoada comendo. Três horas de chuva sem parar.
Sorte que os livros ainda estavam encaixotados, dentro da sede. Mas é tudo uma imensa tristeza e frustração. Mais uma!
Em Vaz Lobo, o aguaceiro faz estrago. E Seu Santos, com as mangas da camisa branca social dobradas, as calças arregaçadas, de tamancos e, obviamente, sem a pasta preta, faz o que pode no trabalho de limpeza da casa e da rua, e de ajuda aos desabrigados.
Esse respeitável senhor é primo de Seu Lino do Catete, com quem até chega a ter alguma semelhança física. Mas, ao contrário do primo já famoso, não gosta de jogo de bicho nem de escola de samba. Seus negócios são outros.
E é por conta desses negócios que ele, agora — passado o temporal e as coisas mais ou menos no lugar —, lembra da conversa que teve, naquele dia, no hall de um hotel em Copacabana, com o "Engenheiro", como exigia ser tratado aquele homem de quem ele nada sabia.
Tão sério quanto misterioso, o Engenheiro, como Santos reparou — "Deus o tenha!" —, vestia-se com sobriedade e elegância, falava firme mas com serenidade, e olhava com olhos penetrantes, por trás dos óculos sem aro. Como das outras vezes, ele expôs um projeto intrincado, que o homem de Vaz Lobo procurava entender, para, na medida do possível, como das outras vezes, materializar, executar. Afinal, ele era o "mestre de obras" — como o outro dizia —, encarregado de pôr tudo em prática, com as equipes temporárias que arregimentava, contratava, pagava e dissolvia, desmanchava, sem deixar pista ou

rastro. E procurava memorizar bem, como memorizou, as instruções que recebeu:

— O trem sai da Central a tantas horas. E vai parando em cada uma das estações...

Quem pôs Seu Santos em contato com o Engenheiro foi Jurema, que então era mulher de show de boate, com outro nome, que ele não se lembra. A moça, que ele conhecia desde menina, era filha de um compadre seu já falecido, e foi sua vizinha em Anchieta. Ela o indicou porque o Engenheiro precisava de um homem assim, assado, nessas condições, pra fazer um determinado serviço. E homem, naquelas condições tão especiais, Jurema só conhecia ele.

Seu Santos topou a empreitada. Mas, pra ele, com franqueza, dessa vez... Parecia coisa de livro. Ou de filme!

• • •

No Brasil, a tradição literária e livreira já vem de longe. Mas a produção de cinema tem pouco mais de vinte anos; e, assim, ainda não construiu uma história consagrada. Na cena atual, o que predomina, mesmo, é o cinema popular, difundido a partir do Rio, com comédias de tramas bem simples, intercaladas de números musicais. Como os personagens são tipos populares, os *scripts* reforçam muitos clichês, como o do rico corrupto, do nobre efeminado, da esposa que manda no marido etc. E quanto aos pretos e mulatos, cabe a eles aparecerem como a sociedade mais se acostumou a vê-los: sambistas, malandros, bandidos, empregadas domésticas...

É sobre isso que gira a conversa, hoje, na roda do Abará:

— É muito chato ver esses "irmãozinhos", no cinema, arregalando o olho e fazendo "boca de flor".
— Agora, temos aí a Ruth de Souza e o Henricão, nesse filme *Sinhá moça*. O filme é sobre uma revolta de escravos e o Henricão é o chefe.
— Bom de samba, o Henricão.
— E agora é guerreiro, valente.
— Mas é escravo.
— No *O cangaceiro*, o Capitão Galdino é o Milton Ribeiro, que é mulato também.
— Mas é bandido.
— De qualquer forma, é melhor ele do que um ator pintado de marrom, não é mesmo?
— Ah, isso é verdade. Mas ainda não tivemos um filme nosso, como já fizeram nos Estados Unidos.
— O *Orfeu da Conceição* virou filme, já soube?
— Não sabia, não. Quem fez?
— Foi um francês, Albert Camus, parece.
— Albert Camus é autor de grandes peças de teatro. Virou diretor de cinema, agora?
— Desculpe! Não é Albert. É Marcel: Marcel Camus, um cineasta que gosta das coisas do Brasil. Amigo do Mononcle.
— Mas é a mesma coisa da peça?
— Não. Parece que modificou bastante. O Orfeu é um motorneiro de bonde, compositor, que consegue fazer o sol nascer só com os acordes do seu violão... Veja você! E tem uma cena em que, depois que a Eurídice morre, ela se manifesta numa velha, num terreiro, e fala com ele. Mas

o resto é mais ou menos a mesma coisa. É uma adaptação livre. Dizem que ficou muito legal.
— Filmaram no morro.
— Qual?
— No Morro da Babilônia, no Leme...
— Ah! Tem uma vista muito bonita..
— Mononcle foi que arregimentou o pessoal.
— Mas o Mononcle não morreu, não deram sumiço nele?
— Morreu nada, rapaz! Aquilo foi boato. Mononcle não tem nada de espião, de guerrilheiro: ele quer é festa, teatro, cinema... Aquilo é um sabidão, meu amigo. E agora está preparando a viagem de uma escola de samba pra Cuba.
— Não brinca! Pra Cuba? Esse cara vai arrumar ideia. A crioulada vai acabar toda no *paredón*.

• • •

No Morro do Salgueiro tinha um paredão.
Tinha um paredão no Morro do Salgueiro.

E, neste decisivo momento, lá, no ponto mais alto, sob a orientação de Hamilton Nascimento e a firme liderança de Seu Geraldo Basílio, a escola de samba Príncipes da Floresta vai se recompondo e estruturando, sem se afastar, física, social ou ideologicamente, da comunidade onde nasceu e vive. Todos os seus dirigentes são moradores do Salgueiro, assim como todos os componentes de setores estratégicos, tais como bateria, baianas, casais de baliza e porta-bandeira, velha guarda etc.

Financeiramente, a escola se mantém e progride à custa de um quadro de sócios contribuintes e mantenedores sempre crescente; e de uma administração séria, competente e que enxerga longe.

A grande diferença da Floresta para as outras escolas é que ela mantém, no amplo terreno de sua sede, uma horta, uma granja, uma padaria e uma oficina comunitárias. Da oficina saem os instrumentos, os trajes e fantasias, os carros alegóricos e demais itens industriais do desfile de carnaval. Da horta e da granja, além do alimento básico dos componentes, sai um excedente de produção que é fornecido ao comércio local a preços atraentes. E da padaria saem os já famosos "Quitutes da Floresta", vendidos pelas baianas da escola em seus caprichados tabuleiros, em quase todas as esquinas do centro urbano do Rio. Os lucros do capital despendido — e os há — são reinvestidos em poupança e aplicações na Caixa Econômica.

Assim organizada, e valorizando a prata da casa, a escola vai obtendo boas colocações nos desfiles e ganhando prêmios significativos. Modesta e simpática, ela vai se tornando a "segunda escola" de todos os sambistas; a "queridinha" do povo e da imprensa escrita, falada e televisada. E mais: sua sede no Morro, simples mas confortável, já é própria; e isto num momento em que outras escolas preferem pagar aluguéis em clubes no asfalto, sujeitando-se a todo tipo de influência e manipulação.

— A Floresta jamais abre mão dos princípios consagrados em seus estatutos — quem diz é Hamilton, num discurso sereno mas firme, transmitido pelo potente serviço de alto-falantes e ouvido por todo o Salgueiro.

— E esses princípios são: "Criar e manter um grêmio recreativo e escola de samba no qual o desenvolvimento da arte e da cultura nacionais sejam prioridade absoluta; onde se trabalhe pela elevação social, educacional e econômica da comunidade; e que seja a casa de todos os aficionados e amigos do samba, sem distinção de raça, cor, credo ou ideologia."

Mas como tudo tem um preço, a escola, apesar de suas cores serem o verde e o amarelo, já começa a ser chamada de "comunista", "bolchevista", "Príncipes de Moscou".

10

"São ilhas de degredo atroz, funéreo..."

Eis que, então, o governo revolucionário de Cuba resolve convidar uma escola de samba brasileira para ir a Havana, participar de um festival em celebração à vitória da revolução de Fidel Castro. Todo mundo pensa que a escolha vai recair na Príncipes da Floresta. Mas, depois das negociações e politicagens de estilo, a honra cabe a um grupo de vinte e poucos componentes dos Aristocratas, numa delegação de mais de cinquenta "turistas", entre políticos, jornalistas, homens de negócios, artistas de rádio etc. Em missão oficial.

Com a delegação, segue também o aclamado poeta Alves Cruz, o ex-vendedor de bilhetes revelado na noite da Cinelândia. Vai declamar, entre outros, seu aplaudido poema "Irmão Negro", homenageando o grande contingente de descendentes de africanos que compõe a população do país irmão.

Na chefia da delegação está o diretor Osmar Rezende, "comerciante", de atividade misteriosa, herdada do pai, seu ídolo e inspirador. Osmar é fascinado pelo mundo do show business e pelos musicais de Hollywood; e sonha ter uma boate com shows como os do Casablanca, do Night and Day etc. É amigo do empresário e produtor de espetáculos Walter Pinto, que muito admira. Frequentador não assíduo da roda do Abará, Osmar é alegre e fala muito, sempre gesticulando. Sabe coordenar atividades, distribuindo tarefas. Mas, embora sempre pareça o mais ativo, fala mais do que faz. Além disso, é fantasista e meio mentiroso.

O grupo sai do Rio no último dia do mês de abril. E logo depois da chegada a Havana e hospedado no Hotel Nacional, desce para o Malecón, a grande avenida litorânea da cidade. Lá participa dos festejos do 1º de Maio. Depois, exibe-se nos jardins da embaixada brasileira e, no dia seguinte, no cabaré Tropicana, onde desperta mais curiosidade do que entusiasmo.

No Tropicana, o único *frisson* na plateia é causado por Alves Cruz com a declamação do "Irmão Negro", numa versão em portunhol. Ao ouvir o poema, muita gente da seleta plateia se entreolha:

— Pero... *Esto es el poema* Hermano Negro, *de nuestro chino Regino Pedroso. Es una contrafacción, una contrahechura!* Es uma gravíssima *falsificación*, un *plagiato*, un *plagio!*

Sob os apupos da plateia, Alves Cruz — ainda tentando explicar a "tradução" que fez do poema cubano — é retirado do palco por dois militares barbudos, em farda de campanha, e atirado dentro de uma caminhonete fechada.

Dia seguinte, apesar do sumiço do poeta bilheteiro, que ninguém sabe onde foi parar, a trupe cumpre um bem elaborado roteiro turístico; primeiro, levada a um *bembé* num solar do apimentado bairro Atarés. Na outra noite, em segredo, uma parte do grupo vai a uma cerimônia de *palo mayombe* e fica horrorizada:

— Coisa pesada! Quimbanda braba!

Mas é aí que uma entidade revela que a jovem escola de samba carioca é de *Nsasi-Mukiamuilo*, um Xangô do Congo; e pode ter muitas vitórias. Mas, para tanto, precisa ter cuidado com a politicagem, que pode provocar muita desavença, e até mesmo mortes.

A viagem é então — fora o episódio do "poeta plagiário", até agora desaparecido — um sucesso. Só que a diária de três dólares, prometida pelo Departamento de Turismo do Rio a cada um dos sambistas, não sai; e então as coisas se complicam. A ponto de, no aeroporto, de volta, uma passista dar um show de rebolado, requebrado, balacobaco e ziriguidum, para depois "passar o pandeiro", a fim de arrumar um trocadinho em dólares norte-americanos.

Quiproquó e bololô maior se dão na escala em Trinidad, onde, depois de ouvir de uma *steel-band* um solo de "Aquarela do Brasil", um dos ritmistas avança no tambor de aço achando que é um caldeirão de feijoada.

Mas, entre mortos e feridos, todo mundo se salva; e, na manhã de 5 de maio, a turma dos Aristocratas, exausta, faminta, sem um tostão no bolso, mas imensamente feliz, desembarca na Ilha do Governador, vinda diretamente da "Ilha do Ditador" — como glosou o debochado pasquim do famigerado "Clube da Lanterna". Mas Osmar Rezende fica por lá, namorando o Tropicana.

Sim! O célebre Tropicana, o cabaré mais famoso de Cuba, localizado na periferia de Havana, no distrito de Marianao, no meio de uma floresta, com palco e um salão de danças ao ar livre. Originalmente uma propriedade campestre, pertencente a uma rica viúva, a majestosa *finca* (chácara, sítio) ganhou sua nova destinação — casa noturna, com restaurante, cassino e palco — há exatos vinte anos, pois foi inaugurada na última noite de 39. Seu palco giratório abriga espetáculos com mais de duzentos bailarinos, grandes orquestras e conjuntos folclóricos, numa espécie de anfiteatro com capacidade para mais de mil pessoas. Por ele já passaram Carmem Miranda, Josephine Baker e Nat "King" Cole, entre outros grandes astros internacionais; e, dos nativos, seu palco viu-se engalanado principalmente com as atuações do genial Bola de Nieve, do bárbaro Benny Moré e da deslumbrante Rita Montaner.

Entre 46 e 49, La Montaner, acompanhada ao piano por Bola de Nieve ou por Felo Bergaza, foi a estrela principal dos espetáculos de meia-noite e do final da madrugada. E neles consagrou definitivamente seu nome em magníficas interpretações de canções como "Ay, mama Inês"; "Siboney"; "El manisero"; "Aquellos ojos verdes"; "Babalú, e muitas outras.

Osmar Rezende é fã ardoroso da cantora. Mas em sua estada em Havana, o que dela resta no Tropicana é a lembrança, a triste lembrança, pois há cerca de um ano

La Montaner partiu para o *Ilê Babanlá*, a "terra" de seus falecidos ancestrais lucumis, africanos.
— *Lástima que tu no hás podido conocerla!...*
— Pois é... Triste isso. E eu tinha um show prontinho para ela.
— *Tu escribiste?*
— Um musical, onde o samba encontra a rumba e se casa com ela.
— *Magnífico! Me encanta esta temática.*

O interlocutor de Rezende no Tropicana, num papo regado a fartas doses de rum, ritmadas com pedacinhos de *yuca* (aipim) no molho de limão e alho, é o cantor e chefe de orquestra Benny Moré, o "Bárbaro do Ritmo", como é carinhosamente chamado. Ardoroso defensor da Revolução, agora, quando quase todos os profissionais do show business abandonaram a Ilha, El Benny resiste, inclusive procurando melhores atrações para o Tropicana.

A ideia de um espetáculo mesclando tradições cubanas e brasileiras entusiasma o cantor. Entretanto, a aprovação do projeto depende do todo-poderoso Comissário Geral de Cultura, que Benny e o povo chamam de "Kid Chocolate".

O apelido remete ao maior pugilista cubano de todos os tempos, Eligio Sardiñas Montalvo, hoje doente e alquebrado, aos quarenta e poucos anos. O Comissário, bem preto, baixinho, musculoso e de cabelo esticado, lembra muito o campeão Kid, que abandonou o ringue em 39 mas permanece na memória dos cubanos. Daí, o apelido. E é até ele que Benny leva Osmar Rezende, em busca de aprovação para a interessante ideia.

O gabinete é simples, mas bem-arrumado. Nas paredes, os retratos oficiais de Fidel, Camilo Cienfuegos e Che Guevara; e na parede de fundo, atrás da escrivaninha e da cadeira de espaldar alto, a bandeira tricolor, abaixo da qual fala alto a palavra de ordem: *"Patria o Muerte!"*.

A secretária oferece charutos e *mojitos*. E os está servindo quando chega o Comissário.

A primeira reação de Osmar, quando o vê, é a inevitável mas silenciosa exclamação: "Eu conheço esse crioulo!" E qual não é sua surpresa ao ouvi-lo falar portunhol. E perceber que está diante, nada mais, nada menos, de Esdras do Sacramento, aquele neguinho folgado, metido a valente, da turma do Rio Negro; e que fugiu do Brasil pra não ter o rabo comido pelos lacerdistas da Aeronáutica. "Quem diria, hein!?"

Mas Osmar não diz nada: faz boca de siri. Porque seu projeto é muito mais importante.

E é graças à aprovação de sua brilhante e mirabolante ideia que o diretor dos Aristocratas consegue permanecer em Cuba, não retornando com a escola; e nunca mais regressando nem enviando notícias ao Brasil. Aliás, para alegria e satisfação de Hamilton Nascimento e Quinca Quioco, totalmente envolvidos na preparação do enredo "O negro na civilização brasileira".

Com esse enredo, a Príncipes da Floresta, sem plumas nem paetês — utilizando materiais insólitos, como argila, palha e flores naturais — e garantida num belo e bem-cantado samba, aclamado por toda a Ala de Compositores, é forte candidata ao título no carnaval que se aproxima.

Enquanto, em Vaz Lobo, Seu Santos, com aquele seu jeito

de mosca-morta, maquina coisas, de modo muito mais cerebral e maquiavélico do que alguém possa imaginar. De posse do adiantamento recebido e de todo o planejamento da incumbência milionária que o Engenheiro lhe confiou, naquele encontro promovido pela Jurema de Anchieta, Santos resolveu assumir sozinho o negócio. E mandou ripar, executar o elegante, perfumado e insuspeito mentor intelectual — que tinha como grande álibi, para suas atividades criminosas, sua condição de assessor mais íntimo e próximo de uma eminentíssima autoridade da Igreja Católica no Distrito Federal.

Mas a revelação dos detalhes do "Crime do DKW" nunca veio a público. E o caso foi que, certa noite, no Abará, Nelsinho, sabendo do sucesso de Jurema como Norma Nadall, resolveu procurá-la para reatar o antigo namoro, o que a moça recusou. Segundo a versão acolhida pelo inquérito e divulgada num jornal de escândalos, o "proxeneta", não conformado, teria ameaçado a "decaída" com uma navalha, tentando convencê-la a abandonar o "patrono".

Dentro do automóvel, além do corpo, foram encontrados, segundo a polícia, documentos da vítima, batons, brincos e uma fotografia de Norma, com dedicatória. As impressões digitais encontradas não puderam levar a uma identificação precisa; mas a artista foi conduzida à delegacia para prestar depoimento. Nesse ínterim, apareceu ali à sua procura Nelsinho, identificando-se como seu noivo. Foi atendido pelo mesmo policial condutor; e, a partir daí, o caso ganhou notoriedade como provável crime passional, envolvendo um triângulo amoroso.

Havendo a polícia montado a história, restava levar Nelsinho a júri: este apresentara como álibi o fato de, no momento do crime, estar em uma festa de sua ala no Clube Confiança, no Andaraí. Para a polícia, entretanto, o álibi teria sido forjado, após a consumação do crime. A versão real para o que ocorreu é um segredo profissional do Dr. Paula Assis, que através dele garante provar a inocência de seu amigo e cliente Nelson Custódio da Silva, o "Nelsinho Lorde", assim como já conseguiu excluir do rol de culpados a "noiva" dele, Jurema Sabino, a "Norma Nadall" — que aliás agora faz realmente grande sucesso, como estrela da companhia de Silveira Sampaio no Teatro Serrador, onde neste instante ensaia com extrema dedicação.

Do outro lado da Esplanada, na Rua Dom Manuel, no 1º Tribunal do Júri, Cristalino Damásio da Encarnação, o "Lino do Catete", vai a julgamento pelo assassinato de Rolf Werner, o Alemão. Todo o mundo do samba espera ansioso pelo resultado. O advogado de defesa é o incansável Dr. Paula Assis; que tem, como assistentes, seus colegas de turma Serrano Neto e Romeiro Neves.

Ao final do julgamento, a tese de "legítima defesa da honra" prevalece, e o réu é absolvido por unanimidade.

Delírio na assistência. Abrindo caminho junto à multidão, Norma Nadall conduz Nilza, agora sua comadre de verdade, chorando de emoção, e trazendo no colo um nenenzinho sarará, de olho claro. Lino abençoa o "filho do estupro", como acredita, e promete assumir a paternidade do inocente, registrando-o com seu sobrenome.

Quase ao mesmo tempo, o onipresente Paula Assis amarga uma grande decepção em outro julgamento igualmente rumoroso.

Tendo a polícia apurado que o linchamento do "Bigode", na Rua Larga, no dia 17 de julho de 1950, foi liderado por um grupo de estudantes do Pedro II, o processo vai chegando ao fim. Entretanto, embora atuando durante bom tempo por sua própria conta — *"sponte mea"*, como diz — na assistência da promotoria, o nobre causídico, apesar de seu esforço e de sua competência, é afastado do caso.

O crime já tem mais de nove anos. E só agora, depois de uma tramitação delongada por uma infinidade de agravos, chicanas, mandados, de parte a parte, é que os réus vão a julgamento.

Foi na tarde de 17 de julho de 1950. Três rapazes, alunos do curso científico do Colégio Pedro II, seção Centro, na esbórnia desde o dia anterior, resolveram tomar a "saideira" num botequim da Central, na ponta da Marechal Floriano, a velha Rua Larga.

Estavam de férias. Mas uma espécie de atração maligna os trouxera, numa peregrinação infindável, do Maracanã até o ponto axial de toda farra, bagunça, sacanagem, perturbação que planejavam e executavam. E a motivação era a pior possível: exorcizar o fantasma da vergonhosa derrota do escrete brasileiro diante da seleção do Uruguai.

Os grandes culpados eram os pretos: Barbosa, Juvenal e Bigode. Pretos frouxos, medrosos, covardes. Que se borraram todos diante do adversário. E entregaram o ouro ao bandido.

Paula Assis, é claro, não pensava assim; e já tinha alinhavado, com o promotor, os argumentos da acusação. Tudo não passara de uma brincadeira, uma estudantada, como disse a defesa. A vítima realmente parecia muito com o jogador Bigode, mas os estudantes sabiam que não era ele. A ideia era fazer os passantes acreditarem que ali ia realmente o halfe esquerdo do Fluminense e do escrete; e colocá-lo "na roda", "na berlinda", para explicar o que realmente acontecera.

Essa era a linha central do argumento de defesa: um caso fortuito, uma morte acidental, decorrente de uma brincadeira imprudente, sim, mas inocente. Afinal, os rapazes eram filhos de ótimas famílias, gente da melhor sociedade carioca.

O jovem Amílcar Q. era filho de um médico, professor e escritor de grande renome, o qual exercia, na época, importante cargo na Secretaria de Educação e Cultura da Prefeitura do Distrito Federal. Já o pai de Marcelo era lente substituto na Faculdade de Direito de São Paulo, regendo a cadeira de Medicina Legal e Higiene Pública. Finalmente, Walter era filho de um influente empresário do ramo imobiliário, tido pela imprensa como grande desbravador, responsável por levar o progresso e a civilização aos inóspitos rincões do chamado "sertão carioca", representado pelas terras que se estendiam do Largo de Campinho, na direção sudoeste, até o mar.

Os três respondiam ao processo em liberdade. Estiveram, sim, presos por algumas semanas, mas logo foram soltos graças a um *habeas corpus* no qual seus advogados argumentavam com a desnecessidade da medida. Eram filhos de ótimas famílias, alunos de um tradicional estabelecimento de ensino (escola pública, onde estudavam não por necessidade econômica, mas por reconhecerem a excelência do conhecimento que nele se produzia), e por terem residência fixa.

No período em que estiveram presos, os acusados gozaram de regalias não usuais, como direito a banho quente, a manter privacidade pela instalação de cortinas na cela que compartilhavam e a terem consigo cópia da chave. Um deles chegou até a ser visto, uma noite, bebendo num bar em Copacabana.

Esses fatos foram denunciados pelo promotor responsável pela acusação; o qual, logo depois que a imprensa noticiou esses privilégios, foi afastado do caso.

Assumindo o processo, o novo representante do Ministério Público dispensa a ajuda de Paula Assis. Com a mão molhada, ou melhor encharcada, segundo se diz, pelas famílias dos réus, acaba admitindo que tudo não teria passado de "caso fortuito, de uma triste obra do acaso". Concordando com a tese da defesa, ele também acha que tudo tenha sido "uma estudantada, uma inocente travessura de estudantes, os quais tiveram seu ardor juvenil espicaçado pelo vergonhoso e humilhante revés imposto a toda a Nação brasileira — senhores jurados! —, derrota essa devida à inação de alguns jogadores desprovidos, por notórias condições atávicas, das mínimas condições emocionais exigidas em momentos de situação adversa".

Também na defesa de Nelsinho, o ilustre patrono não logra êxito. O sambista continua recluso, aguardando decisão sobre os "remédios legais" — como diz o agora acabrunhado Paula Assis — "receitados" em sua defesa, mas que aguardam um demoradíssimo "aviamento".

•   •   •

Por tudo isso, os ânimos no Abará estão acalorados. Mas a conversa acaba recaindo no nome de Paulo Cordeiro, que há muito não manda notícias. E alguém lembra de Marina, sua paixão — agora muçulmana. As últimas informações diziam que ela estava muito bem nos Estados Unidos. Tinha se casado com um dos filhos do Venerável Elijah Muhammad, e prestava assessoria à cunhada, na supervisão de uma das Universidades do Islã mantidas pelos *black muslims*.

Entretanto, um jornal desta semana trouxe notícia distribuída pela agência UPI segundo a qual o líder muçulmano negro está envolvido em rumorosos processos de investigação de paternidade movidos por duas fiéis da seita, uma do templo de Boston, outra da Filadélfia. A primeira diz que ele é o pai de seus dois filhos e que espera outro filho dele. A segunda mulher, que também aponta o Venerável como pai de seu casal de filhos, tem sua foto divulgada na matéria.

E se a foto não é de Marina, a infiel amada que Cordeiro parece jamais esquecer, é de uma irmã gêmea. Ou de uma mulher muito, mas muito mesmo parecida com ela: nem alta nem baixa, magra, quase branca, cabelo curto (apesar do véu), de túnica em vez do uniforme do Banco Comércio e Indústria. Que a Paz esteja com ela!

Islamismos à parte, na Frei Caneca a aproximação do Natal deixa Nelsinho Lorde levemente apreensivo. É que a festa do Presídio será animada pelo grupo misto que formou, e que está sendo aguardado com grande expectativa. O conjunto tem, além dele, como cantor e "maestro": no ritmo e nos pés, Fumaça, firmando no surdo a marcação; Gato, no pandeiro; Alvaiade, no tamborim; Estélio, no reco-reco de mola; Pega-Dormindo, na cuíca. E nos gogós, nas cadeiras, no miudinho, vestidas de baianinha, deixando a mocidade louca, Cidinha (artigo 156), Tiana (121), Soraia (171), Dalva e Leonor (155)...

Então, com vocês... Nelsinho Lorde e sua Academia do Samba!!!

...

Entendo, leitor! Você não está a fim de batucada. Tem razão. Mesmo porque a grande compositora e cantora Dolores Duran, com apenas 29 anos de idade, acaba de ser encontrada morta, em casa, depois de uma noitada em Copacabana. Mas a vida é assim mesmo.

Então, o convido para voltarmos ao Abará, onde a revelação do romance do espanhol Pepe com João Amendoim, agora definitiva e carinhosamente rebatizado como "Maní", chega até Dionísia da maneira mais cruel.

Pepe revela à baiana, de forma brutal, que irá morar, mesmo, feito um casal, com o ex-vendedor de amendoim, a quem acaba de dar, de papel passado, sociedade no restaurante. Então, Dionísia, enlouquecida, o põe pra correr, brandindo uma faca deste tamanho. E depois de quebrar todas as louças, garrafas e vidros existentes no Abará; depois de rasgar toda a roupa do espanhol e as suas também, inclusive as do próprio corpo; depois de varar o centro da cidade em todas as direções... Depois disso tudo, Dionísia agora está sentada bem no meio da encruzilhada formada pelas ruas Senador Dantas e Evaristo da Veiga, em frente à loja Tonelux, preparando um fantástico molho nagô.

Primeiro, ela pega novecentas e noventa e nove pimentas-malaguetas secas, cento e doze colheres de sal, quinhentas xícaras de camarões secos, descascados e moídos, suco de duzentos limões, quinhentos quiabos cozidos e quatrocentos jilós. Aí, esmaga as pimentas com o sal, junta os camarões secos e mói tudo bem moidinho. Então, acrescenta o caldo dos limões, os quiabos e os jilós. Depois, mistura tudo e amassa bem amassadinho. Quando vê que o molho está grosso e consistente, ela "frita" o Abará (registrado como Restaurante Nosso Senhor do Bonfim, mas impiedosamente apelidado de "Café e Bar Colored"), numa fogueira gigantesca; que ilumina ainda mais a noite da Cinelândia e acaba de enegrecer os anos dourados do Rio.

No Rio Negro, inebriado pelo cheiro de dendê queimado que toma o centro da cidade, junto com o som da Orquestra Afro-Americana de Sebastião Arruda, que vem do Bola Preta; e tendo ido um pouco além da medida na degustação de seu insubstituível Johnny Walker, Doutor Paula Assis evoca a memória da legendária Etiópia de Oliveira Houston. Entretanto, porque sabe mais sobre ela do que todo o Rio de Janeiro, abre o seu verbo flamejante, *verbo ad verbum*, certificando e dando fé, como numa certidão de inteiro teor:

— *Data maxima venia* — convenham comigo! — vocês transformaram essa mulher num mito. Mas ela não foi nada disso que se diz por aí. Ela foi responsável pelo maior desfalque até hoje dado num órgão público do país. Ela montou uma quadrilha dentro do Ipase, o "Instituto dos pobres Servidores do Estado". — O velho Ministro para pra escutar; mas, quando percebe o teor do discurso, vai saindo de fininho. Paula Assis arremata: — Foi um esquema de desvio de verbas de aposentadorias, envolvendo diversas pessoas, advogados, procuradores, juízes, desembargadores. E até hoje ninguém descobriu. Agora, morreu, a punibilidade foi extinta, ela foi canonizada, virou santa. Santinha do pau oco!

Doutor Paula Assis hoje bebeu mal. A ponto de injuriar, difamar e caluniar a ex-amada, que não fez nada disso que ele está dizendo. É pura dor de corno! Só porque ela, escorpiana justíssima, um dia decretou que não tinha mais lugar em sua vida de homem bem-casado, e foi à luta.

Mas isso acontece; e *the show must go on*.

Assim, tendo por trilha sonora o crepitar das chamas e o ritmo da batucada, a cidade se enfeita à espera da nova década. O único motivo de tristeza é a perspectiva de deixar de ser a Capital Federal. Mas a alegria supera tudo.

Com todo esse ânimo, aqui neste barraco na Favela do Esqueleto, estão reunidos vários bandidos, numa festa de confraternização. São liderados por Tião Espírito-Mau, 50 anos presumíveis, morador de Vaz Lobo, onde é conhecido como "Seu Santos".

Seu Santos veste, como sempre, camisa branca, social, abotoada nos punhos, calça escura, sapato e meia. Debaixo do braço, segura a grossa e inevitável pasta preta sem alça, onde leva a pistola Lugger e o revólver 32. Fala calmo, pausado, mas atira com uma rapidez espantosa. E, nos confrontos, sempre foge atirando, no que quase sempre acerta pelo menos um oponente. De arma na mão é um elemento frio e sanguinário, como reza a crônica de sua trajetória:

— Uma das vezes que fugiu da Ilha Grande, ele foi à caça de um dos guardas do presídio, para acertar as contas de uma ursada, de uma crocodilagem — conta alguém, à boca pequena. — O guarda morava em Mangaratiba, numa vilazinha de casas de pescadores. Então, o Espírito-Mau se informou bem sobre tudo do sujeito e da família e partiu pra dentro. Quando chegou lá, encontrou dois meninos pequenos brincando em frente da casa. Com a certeza de que eram filhos do procurado, ele agarrou um, botou-lhe a pistola na cabeça e mandou o outro chamar o pai. — O informante fala assustado, olhando pros lados. — O guarda veio e mandou o filho correr. O garoto fez a pista e entrou numa viela e o pai correu atrás. Espírito, então, apertou o gatilho uma, duas, três, quatro vezes, acertou os dois. E aí mandou o outro menino avisar à mãe que ela tinha acabado de ficar viúva — conclui o alcaguete.

Na reunião, os bandidos da quadrilha de Tião Espírito-Mau são instruídos e municiados para assaltar um trem da Central do Brasil. Esse trem leva o pagamento de mais de mil ferroviários, empregados nas estações ao longo da extensa linha de Japeri: muita grana; na verdade, uma fortuna.

Todo esse dinheiro estará contido numa caixa de madeira, guardada apenas pelo tesoureiro e dois auxiliares. Diz que a ideia é de um engenheiro, que bolou todas as possibilidades de ocorrência para que o assalto seja bem-sucedido. Para facilitar o ataque, os assaltantes deverão dinamitar os trilhos e fazer a locomotiva e o vagão descarrilarem ("feito no cinema", ele diz). Deverão entrar no trem disparando, levando, o mais rápido possível, todo o dinheiro que encontrarem. Mas há uma exigência: ninguém poderá gastar o dinheiro do assalto antes de completado um ano.

Seu Santos mora em Vaz Lobo com a família; mas Tião mora aqui no Esqueleto, com a Roxinha. Lá, ele é cobrador do Madureira Tênis Clube, por isso anda sempre de camisa social, calça escura, sapato e meia, com a pasta embaixo do braço. Aqui, onde vem três ou quatro vezes na semana, à noite, todo mundo só o conhece como Seu Tião, "amigo" da Roxa.

Tanto lá como aqui, ele é de pouca conversa, mas muito respeitado. Porque é um homem que honra as calças que veste e cada fio de bigode que tem. E a "rapaziada" sabe que tudo vai dar certo, na firmeza:

— O homem já foi, já está fora da parada. A ideia foi dele mas o serviço é nosso. E quem trabalha é que tem direito de ganhar.

Os argumentos com que Sebastião Quirino dos Santos justifica seu plano são estranhos: trata-se, segundo ele, de uma compensação por tudo o que sofreram seus pais e antepassados; e sofrem seus parentes e contraparentes, até hoje. Assim, à meia-noite, virada do ano, os bandidos brindam ao sucesso do assalto que vão fazer em 1960; e que, por suas características cinematográficas, vai embasbacar Hollywood e o Mundo. Se Deus quiser!

Já ano novo, Seu Tião se levanta; e sai sem se despedir. Vai na direção de Mangueira, devagar, as pernas curtas ainda mais arqueadas sob o tronco maciço; os olhos ainda mais apertados por cima dos malares de banto sul-africano.

NL — jan., 2013.

Este livro foi composto na tipografia Minion Pro
Regular, em corpo 12/16, e impresso em
papel off-white no Sistema Digital Instant Duplex
da Divisão Gráfica da Distribuidora Record.